높은 곳에 오르다
登高

바람 세고 하늘 높은데 원숭이 울음소리 애절하고
강가 물 맑고 모래 흰데 새 맴돌며 난다
끝없이 나무들에선 낙엽이 우수수 떨어지고
그치지 않는 장강은 출렁출렁 밀려온다

風急天高猿嘯哀 渚清沙白鳥飛廻
無邊落木蕭蕭下 不盡長江滾滾來

일도양단

일도양단 5
장영훈 新무협 판타지 소설

초판 1쇄 찍은 날 § 2005년 11월 3일
초판 1쇄 펴낸 날 § 2005년 11월 13일

지은이 § 장영훈
펴낸이 § 서경석

편집장 § 문혜영
편집책임 § 유경화
편집 § 장상수 · 이재권 · 심재영

펴낸곳 § 도서출판 청어람
등록번호 § 제1081-1-89호
등록일자 § 1999. 5. 31
어람번호 § 제2-0738호

주소 § 경기도 부천시 원미구 심곡1동 350-1 남성B/D 3F (우) 420-011
전화 § 032-656-4452 팩스 § 032-656-4453
http://www.chungeoram.com
E-mail § eoram99@chollian.net

ISBN 89-5831-812-0 04810
ISBN 89-5831-484-2 (세트)

일도양단

Fantastic Oriental Heroes

5

장영훈 新무협 판타지 소설

도서출판

청어람

목차

제41장 이간계 … 7

제42장 흑사령 … 45

제43장 마교행 … 65

제44장 복마전 … 99

제45장 풍운령 … 133

제46장 격돌 … 169

제47장 극마동 … 193

제48장 새로운 강호 … 227

제49장 재회 … 253

제50장 재소집 … 273

第 41 章

이간계

이간계

칠일 후. 중경.

십여 명의 사내들이 한 대의 마차를 중심으로 대형을 갖춰 이동하고 있었다.

표기에 늠름하게 새겨진 글자.

대호표국(大虎鏢局).

그들은 바로 중경표국과 더불어 중경이대표국의 하나인 대호표국의 표사들이었다.

불과 십여 명으로 구성된 소표행이었는데, 대호표국의 표사들과 조금이라도 일면식이 있는 사람이 그 행렬을 본다면 분명 고개를 갸웃거릴 것이다.

선두에 선 중년 사내.

그가 바로 대호표국의 대표두 박성(朴成)이기 때문이었다.

삼십만 냥 이상의 대표행이 아니라면 결코 나서지 않는다는 그가 이 같은 소표행을 직접 이끌고 있다는 사실은 분명 의아한 일이었다.

게다가 표사 복장을 한 주위의 사내들 역시 대호표국의 표두들이었다.

대호표국의 날고 긴다는 표두들이 표사로 위장까지 하며 나선 오늘의 위장표행은 그럴 만한 이유가 있었다.

지난 사흘간 줄지어 일어난 세 건의 약탈 사건. 가볍게 생각한 첫 번째 약탈이 있은 후, 미처 대책 마련을 하기도 전에 연이어 두 번의 약탈이 일어난 것이다.

더욱 놀라운 것은 그 약탈을 주도한 자들이 넷에 불과하다는 사실이었다.

대호표국의 표사들은 강호에 이름난 일류표사들이었다. 그런 그들이 불과 네 명의 흉수에 의해 표물을 약탈당했다는 것은 수치심 이전에 경악할 만한 일이었고, 표국의 신임도에도 막대한 영향을 끼칠 만한 일이었다.

어쨌든 그 덕분에 대호표국은 발칵 뒤집어졌고, 결국 박성을 비롯한 모든 표두들이 이렇게 나서게 된 것이다.

박성은 평소와는 다르게 잔뜩 긴장한 얼굴로 연신 주위를 살피고 있었다.

그에 비해 그와 말 머리를 나란히 한 표두 위진(委眞)은 사뭇 여유로운 얼굴이었다.

"도대체 어떤 놈들 짓일까요?"

위진의 말에 박성은 고개를 가로저었다.

"글쎄. 하지만 이번 일은 우연히 벌어진 것이 아니네."

위진 역시 그 말에 전적으로 공감했다.

분명 누군가 자신의 대호표국을 의도적으로 공격하고 있는 것이 틀림없었다.

그럼에도 위진은 별달리 걱정이 되지 않았다.

대호표국을 대표하는 모든 표두들이 참여한 표행이었다. 오히려 놈들이 나타나 주길 바라는 마음까지 들었다.

대표두 박성이 어떤 인물이던가?

중경 일대의 가장 이름난 표두 중 하나가 아니던가?

과거 이십 년간 그가 이끈 수백 차례의 표행 중 표물을 강탈당한 일은 거의 손에 꼽을 정도였다.

'어떤 놈인지 나타나기만 해봐라.'

그것이 바로 혈기 왕성한 위진의 마음이었다.

그렇게 조심스럽게 이동하던 그들이 막 중경의 외곽 지역으로 들어서던 그때였다.

휘리릭.

검은 복면인들이 그들 앞을 막아섰다.

"놈들입니다."

과연 듣던 대로 복면인의 수는 모두 넷이었다.

위진의 나지막한 외침에 표두들이 기다렸다는 듯 일제히 대열을 갖추며 경계를 시작했다.

자신들을 향해 겨눠진 십여 개의 검 앞에서도 복면인들은 매우 침착했다.

박성이 긴장감을 늦추지 않고 우렁차게 소리쳤다.

"어디서 오신 분들이시기에 본 표국의 길을 막아서시오?"

평생을 표국에서 잔뼈가 굵은, 그야말로 산전수전 다 겪은 박성이었다.

그들이 바로 지난 세 약탈 사건의 주범임을 짐작했지만 아무 내색도 하지 않았다.

복면인들 중 하나가 한 발 앞으로 나서며 말했다.

"표물을 두고 이대로 떠난다면 아무도 해치지 않겠다."

목소리의 주인공이 생각보다 젊다고 느낀 박성의 눈에 살짝 이채가 발했다.

박성이 내심 긴장을 풀지 않으며 껄껄거렸다.

"하하, 무리한 부탁이오. 배가 고프면 땀을 흘려 일을 하는 것이 세상의 이치, 그렇지 않고 저마다 돗자리를 깔고 앉아 표물을 내놓으라 소리친다면 우린 뭘 먹고 살겠소?"

박성은 굳이 하지 않아도 될 말을 길게 늘어놓으며 유심히 복면인들을 살폈다.

사내 셋과 여인 하나.

뿜어져 나오는 기도가 모두들 보통이 아니었다.

복면인 역시 박성이 당연히 그냥 물러서지 않으리란 것을 예상했다는 듯 가볍게 고개를 끄덕였다.

"할 수 없지."

복면인이 앞으로 나서자 표두들이 일제히 검을 뽑아 들었다.

한 치의 두려움도 느껴지지 않는 절도있는 동작이었다.

그들의 검끝에서 느껴지는 날카로운 예기에 복면인이 흠칫 놀라 발걸음을 멈추었다.

"…함정?"

그 의문에 대한 답은 위진의 싸늘한 한마디로 풀렸다.

"감히 본 표국을 건드리고도 무사할 줄 알았더냐?"

복면인이 뒤의 세 동료를 향해 고개를 돌렸다. 나머지 세 복면인도 조금 당황한 기색이었다.

"잠깐."

박성의 어조는 처음과는 달리 매우 차갑게 가라앉아 있었다.

"누가 시킨 짓이냐? 지금 먼저 밝히는 자는 풀어주겠다. 단 한 명뿐이다."

박성은 복면인들의 동요를 이미 읽었다. 동요를 한다는 것은 자신이 걱정할 만큼의 고수들은 아니라는 뜻.

이미 주도권은 자신에게로 넘어왔음을 깨달은 것이다.

"흐흐. 그딴 수작으로 우릴 반목하게 만들려고 하다니. 어림없다."

복면인은 기세가 꺾이지 않으려 노력하고 있었지만 이미 그의 목소리는 조금 떨리고 있었다.

"굳이 벌주를 마시겠다면 할 수 없겠지."

차아앙!

박성의 검이 경쾌한 소리와 함께 시원스럽게 뽑혀 나왔다.

"쳐라!"

외침과 함께 박성은 이미 말등을 박차고 날아오르고 있었다.

동시에 표두들이 일제히 복면인들을 향해 검을 휘두르며 날아들었다.

쉭쉭쉭!

복면인들 역시 그대로 당하고 있지만은 않았다.

챙챙!

검과 도가 부딪치며 주먹이 날아들었다.

박성이 노린 상대는 맨 처음 나선 흑의인이었다. 분명 그자가 이들을 이끄는 자가 틀림없다는 확신 때문이었다.

쉬이익—

박성의 박도(朴刀)가 허공을 가로질렀다.

날아들던 복면인이 몸을 흔들어 피하며 박성을 향해 주먹을 내질렀다.

슁—

박성이 재빨리 몸을 비틀어 주먹을 피했다.

"과연 한 수가 있는 자구나."

대전 중에 말을 할 만큼 여유가 있었지만 박성은 결코 긴장을 늦추지는 않았다.

복면인의 몸놀림은 방심을 허용할 만큼 어수룩하지 않았던 것이다.

쉬이잉—

박도가 다시 복면인의 옷자락을 길게 찢으며 스쳐 지나갔다.

찢어진 옷자락 사이로 복면인의 맨살이 보였다.

순간 박성의 시야에 들어오는 하나의 그림.

'뱀 문신?'

분명 그것은 붉은 뱀이 또아리를 틀고 혀를 내밀고 있는 문신이었다.

펑펑!

다시 복면사내가 연이어 주먹을 내질렀다.

박성의 몸놀림이 순간 둔해졌다.

뒷걸음을 치며 당황한 표정을 짓던 박성이 크게 고함을 질렀다.

"모두 물러서라."

박성의 명령에 복면인들을 합공하던 표두들이 일제히 뒤로 몸을 날렸다.

위진이 이해할 수 없다는 표정으로 박성을 바라보았다.

분명 그들은 우세를 점하고 있었고, 그들 모두를 제압하는 것은 시간문제였던 것이다.

박성 역시 모를 리 없을 터인데 갑작스럽게 후퇴 명령을 내린 것이다.

"형님?"

위진의 말에 문뜩 정신을 차린 박성이 입술을 살짝 깨물며 나지막이 말했다.

"모두 돌아간다."

위진은 물론 다른 표두들도 이해할 수 없었지만 위진은 단호하게 등을 돌렸다.

흑의인들은 더 이상 그들을 쫓아 공격하지 않았다.

말을 박차며 달리는 박성의 표정은 차갑게 굳어 있었다.

그렇게 그들이 모두 사라지자, 앞서 옷자락이 길게 찢어졌던 문신의 복면인이 복면을 벗었다.

낯익은 미공자의 얼굴. 바로 곽철이었다.

뒤이어 복면을 벗는 이들은 물론 비영과 서린, 팔용이었다.

저 멀리 사라지는 대호표국의 표두들을 바라보며 곽철이 알지 못할 미소를 지었다.

마교 잠입을 위한 첫 작전은 그렇게 중경 대호표국에서부터 시작되고 있었다.

반 시진 후.

따스한 봄기운이 완연한 가운데 유독 찬 기운이 뻗치는 곳이 있었으니 바로 대호표국의 내실이었다.

대호표국의 국주 천길(千桔)의 얼굴은 평소의 그 인자한 미소를 완전히 잃어버린 채 무섭게 표정이 가라앉아 있었다.

"적사단(赤蛇團)이 틀림없나?"

그의 앞에 굳은 얼굴로 선 중년인은 바로 대호표국의 대표두 박성이었다.

"…네, 틀림없습니다."

지난 이십 년간 대호표국의 대들보가 되어왔던 대표두 박성을 향한 그 두터운 신뢰에도 불구하고 여전히 천길은 믿지 못하겠다는 표정이었다.

"적사단이라… 적사단이라… 그들이 왜?"

"제 눈으로 분명히 확인했습니다. 틀림없습니다."

천길이 묵묵히 고개를 끄덕였다.

박성이 이렇게까지 말한다면 틀림없을 것이다.

적사단은 중경 일대에서 은밀히 활동하는 범죄 조직으로 갖은 상권과 이권, 부정부패에 관련되어 있었다.

적사단은 지방의 변두리 폭력 조직 따위가 아니었다. 수많은 고수들이 운집한, 천룡맹에서도 함부로 다루지 못하는 거대 조직이었던 것이다.

지금까지 대호표국과는 이렇다 할 은원이 없었는데 그들이 본격적으로 자신의 표국을 공격하고 나선 것이다.

"당분간 모든 표행을 중단하게."

"알겠습니다."

천길이 박성을 물리고 향한 곳은 자신의 연공실이었다.

연공실 앞에서 비질을 하던 노인 하나가 공손히 인사를 건넸다.

"잠시 들어오게."

노인이 공손히 천길의 뒤를 따랐다.

천길이 석벽으로 둘러싸인 이십여 평 남짓한 연공실의 한쪽 벽면을 조작하자 비밀문이 열렸다.

수십 개의 향이 피워진 하나의 밀실.

금방이라도 튀어나올 듯한 커다란 눈알을 부릅뜬 악귀상이 가장자리 벽면에 새겨져 있었다.

그 앞에 놓인 태사의에 몸을 싣는 천길의 기도가 바뀌기 시작했다.

그의 몸에서 무시무시한 마기가 쏟아져 나오기 시작했다.

"감히 놈이 수작을!"

그의 진정한 정체가 밝혀지는 순간이었다.

마교의 중경제일지단 지단주가 바로 그의 정체였다.

대호표국은 마교의 중경지단이었던 것이다.

노인의 구부정한 허리가 쭈욱 펴졌다.

표국 마당이나 쓸며 허드렛일을 도맡던 노인은 바로 부단주 설괴(渫怪)였다.

이곳이 마교의 중경지단이란 것을 아는 유일한 두 사람이었다.

대표두인 박성은 물론이고 일반 표두들은 자신이 천직이라 여기며 일해온 곳이 마교의 중경지단이란 사실을 까맣게 모르고 있었다.

그도 그럴 것이 대호표국은 여느 표국과 다름없이 철저히 정도의 길을 걸어왔던 것이다.

"사마(蛇魔)! 그자가 본색을 드러냈소."

사마. 중경 제이지부장이자 자신과는 피할 수 없는 앙숙지간이었다.

중경에 자리한 마교의 지부는 모두 두 개였다.

천길이 맡은 제일지부는 대호표국으로 위장되어 있었고, 제이지부장인 사마는 적사단을 이끌고 활약하고 있었던 것이다.

설괴는 그 말에도 크게 놀라지 않았다.

"짐작 가는 바가 있습니다."

설괴의 반응에 천길은 의외라는 표정을 지었다.

"무엇이오?"

"곧 본 맹의 지단심사가 들어갈 겁니다."

올봄은 삼 년에 한 번씩 있는 마교 내 대규모 인사이동이 있는 해였다.

자신이 지부를 떠나 본단으로 들어가느냐 마느냐가 달린 문제였다.

언제까지 지방의 지부장으로 겉돌 수는 없는 노릇이었다. 그 심정은 사마 역시 마찬가지리라.

"설마 놈이 그것 때문에?"

"틀림없습니다."

"놈이 아무리 간이 배 밖으로 나왔다 하더라도, 이런 반역을 저지르지는 않을 것이오."

"……."

설괴는 묵묵히 천길을 바라보았다.

그 눈빛은 마치 올해의 그 심사가 자신이나 사마에게 어떤 비중을 차지하느냐고 묻고 있는 듯 보였다.

"만약 사실이라면, 놈은 제 무덤을 판 것이오."

설괴가 고개를 가로저었다.

"증거가 없습니다."

"흐음."

천길이 태사의에 몸을 깊숙이 파묻었다.

"…증거가 없다?"

틀린 말이 아니었다.

그 문신을 확인한 것은 대표두 박성. 어차피 박성은 이쪽 사람이었다. 박성이 놈들을 두들겨 잡아왔어야 했는데, 적사단의 개입에 놀란 나머지 그대로 줄행랑을 친 때문이었다. 그만큼 중경 일대에서 적사단의 위세가 대단했다.

다시 설괴가 차분하게 말했다.

"이번 일로 손해가 적지 않습니다."

"금액으로 얼마나 되나?"

"팔십만 냥입니다."

꽈작!

태사의 한쪽 손잡이가 가루가 되어 날렸다.

"가장 큰 표행만 노렸습니다. 그 가치는 이십만 냥에 미치지 못하지만, 그중에는 표행에 실패했을 시 열 배로 배상하겠다는 계약이 하나 끼어 있습니다. 이번 계약은 녹림 따위가 알 수 있는 정보가 아니었습니다."

설괴가 나지막이 말을 이었다.

"분명 이번 심사에 큰 영향을 미칠 것입니다."

"찢어 죽일 뱀대가리!"

"어차피 살아남는 쪽이 이기는 겁니다."

천길이 이를 악물었다.

이번 심사에서 탈락하면 다시 삼 년을 기다려야 했다. 더욱 큰 문제는 만약 사마 그 망할 놈이 이번 심사에서 자신을 제치고 본 맹으로 들어가기라도 한다면 자신의 차례는 영원히 오지 않을 수 있었다. 놈은 분명 무슨 수를 써서라도 자신의 출세를 막을 것이 틀림없기 때문이다. 자신 역시 그러할 것이기에.

"놈을 그냥 두지 않겠다."

"분명 갚아줘야겠지요. 하지만 며칠 후면 본 맹에서 심사를 위한 흑사령(黑使令)이 오게 될 겁니다. 부족한 돈부터 메워야 합니다."

"흐음."

천길이 분노를 누그러뜨리며 한숨을 내쉬었다.

"팔십만 냥이라."

지금껏 은밀히 축재한 자신의 사재산을 모두 털어낸다 하더라도 고작 사십만 냥에 불과했다.

마음 같아선 당장이라도 달려가 사마 그자의 모가지를 비틀고 싶었지만 그것은 옳은 방법이 아니었다.

"지금 흑사령은 어디에 와 있나?"

"호북지단에서 심사 중입니다."

"호북이라……."

천길의 눈에서 은은히 피어오르던 마기가 짙어졌다.

"아무래도 형님께 도움을 청해야겠군."

설괴의 생각 역시 다르지 않은 듯 그 의견에 수긍했다.

"아무래도 그래야 할 것 같습니다."

"지금 바로 전갈을 넣게."

"알겠습니다."

"내가 특별히 부탁한다는 말 잊지 말고."

"걱정 마십시오."

설괴가 황급히 밖으로 나갔다.

홀로 남은 천길이 지그시 눈을 감았다.

"사마 이놈! 두고 보자."

그렇게 원한의 골이 더욱 깊어지고 있었다.

같은 시각, 천길을 궁지에 몰아넣은 네 명의 질풍조원은 대호표국 근처의 숲에서 무엇인가를 열심히 만들고 있었다.

땅땅.

팔용이 부지런히 손을 놀리며 풍뢰도의 손잡이로 망치질을 하고 있었는데, 그 손놀림이 덩치에 어울리지 않게 매우 능숙했다. 비영은 옆에서 단검으로 나무를 깎아 나무못이며, 나무 부품 등을 만들어 팔용에게 건네주고 있었다.

팔용과 비영이 그렇게 땀을 흘리고 있을 그때, 곽철은 표국의 건물에서 눈을 떼지 않고 있었다.

"서둘러."

곽철의 재촉에 팔용의 손놀림이 더욱 빨라졌지만 그만큼 입이 더욱 튀어나왔다.

"이놈아, 오랜만에 만드는 것이라 영 헷갈린단 말이다."

사실 질풍조원들 중 가장 손재주가 좋은 사람이 바로 팔용이었다.

곽철은 덩치 큰 사람도 미공자 역을 맡을 수 있다는 팔용의 주장을 철저하게 무시하고 있었지만, 덩치 큰 사람도 손재주가 좋다는 의견만은 전적으로 인정했다.

부지런히 팔용을 위해 나무 부속을 깎아주던 비영이 이윽고 제 할 일을 끝내고 자리에서 일어섰다.

비영이 대호표국 쪽을 바라보며 말했다.

"도대체 강호에 이런 위장 조직이 몇 개나 있을까?"

비영은 마교가 강호 전역에 퍼져 있다는 것을 알았지만 대호표국마저 그들의 지단이란 사실에 조금 놀라고 있었다.

"흐흐. 수도 없을걸. 강호에 존재하는 표국이나 전장, 도박장, 주루 등 돈이 되는 곳의 삼분의 일은 그들의 것이라 보면 정확하겠지."

곽철의 말에 팔용이 부지런히 손을 놀리면서 끼어들었다.

"뭐, 놈들도 먹고살아야지."

"녀석, 또 모든 결론이 먹는 걸로 끝나지."

곽철의 말에 팔용이 망치질을 멈추었다.

그리고 이내 무섭도록 진지한 얼굴로 말했다.

"…철아, 먹는 것은 삶에 있어 정말 중요한 일이야. 대의명분이니 협이니 어쩌니 해도 다 먹자고 하는 일이지. 굶어보지 않은 사람은… 내 말 절대 이해 못해."

서린이 팔용의 마음을 이해한다는 듯, 팔용의 어깨에 손을 올렸다.

팔용이 애처로운 표정을 지으며 서린의 손등 위로 고개를 기울여 얼굴을 부볐다.

그 모습을 어이없다는 듯 바라보는 곽철이었다.

딱!

팔용의 숙연한 분위기는 곽철의 꿀밤과 함께 조용히 사라졌다.

"이놈아! 배고프단 말은 왜 이리 진지하게 해!"

"헤헤."

팔용이 배시시 웃으며 자리에서 일어났다.

"다 됐다."

그의 손에는 석궁처럼 생긴 물건이 들려 있었는데 그것은 바로 그물을 발사하게 만든 장치였다.

그때 비영이 조금 걱정스러운 표정으로 나섰다.

"이 정도에 그가 움직일까?"

곽철이 당연히 그러하다는 듯 고개를 끄덕이며 품 안에서 두툼한 책을 한 권 꺼내 들었다.

바로 화노의 풍운록이었다.

접혀 있던 부분을 펼쳐 읽어보던 곽철이 말했다.

"놈의 성격이나 지금의 상황으로 볼 때, 이 정도면 충분할 거야."

곽철의 확신에 찬 말에 모두들 고개를 끄덕였다.

팔용이 풍뢰도를 휙휙 내저으며 호기롭게 말했다.

"근데 굳이 이렇게까지 해야 하나? 그냥 몰래 들어가는 방법 없을까?"

곽철이 고개를 가로저으며 단호하게 말했다.

"절대 불가능해."

마교 본단의 위치는 사도맹의 위치를 아는 것처럼 질풍조에서 정확히 알고 있었다. 물론 구파일방이나 사대세가, 사도맹 역시 마교 본단의 위치를 알고 있었다.

대천산(大天山).

아흔아홉 개의 소봉우리의 중심에 우뚝 자리한 대천봉.

문제는 대천산 주위에 마련된 죽음의 십대절진(十大絶陣)이었다.

홀로 능히 열을 막아내는 천연의 지형에 그 요지를 지키는 일천여 명의 정예 마인들.

알면서도 칠 수 없는 곳. 그곳에 바로 마교 본단이 자리하고 있었다.

"마교의 정문으로 당당히 걸어 들어가야 한다. 그리고 그 기회는 오직 중경, 이곳뿐이야."

모두들 잠시 아무 말도 하지 않았다.

지금까지의 임무와는 차원이 다른 작전이었다.

문득 팔용의 시선이 곽철의 손에 들린 풍운록으로 향했다.

"그나저나 형님한테 잔소리 꽤나 듣겠네."

이곳 중경으로 오기 전, 그들은 화노의 풍운록을 훔쳐 온 것이었다.

그들은 이번 작전에 화노를 끼워 넣지 않았다.

화노가 이번 작전을 결코 허락하지 않을 것임을 알았기 때문이기도 했고, 더 중요한 이유는 상대적으로 무공이 약한 화노가 함께하기에는 이번 작전은 너무 위험했다.

팔용이 짤막한 한숨을 내쉬며 말했다.

"제 시간에 해낼 수 있을까?"

"늦더래도 최선을 다해야지."

"조장님이 마교에 들어가기 전, 구해내면 안 되는 거야? 중간에서 가로채는 것이 더 쉽잖아."

곽철이 고개를 절레절레 흔들었다.

"그건 조장님이 원하는 바가 아니야. 조장님은 이미 천마를 만나야 한다고 마음먹었어."

"…복잡한 상황이군."

그때였다.

곽철의 눈이 허공을 향했다.

"떴다!"

한 마리의 전서매가 대호표국을 날아올라 그들의 머리 위 하늘로 날아가기 시작했다.

질풍조원들이 전서매가 날아가는 방향으로 달려가기 시작했다.

바람처럼 달려가던 팔용이 자신의 손에 들린 물건을 서린에게 던졌다.

"지금이야."

다시 팔용이 두 손을 앞으로 내밀었다.

서린이 팔용의 손을 디딤돌로 삼아 허공으로 날아올랐다.

동시에 팔용이 더욱 높이 뛰어오르도록 온 힘을 다해 그녀를 허공으로 던져 올렸다.

휘이익!

서린의 가벼운 몸이 새처럼 하늘로 날아올랐다.

자신을 향해 날아오는 서린의 기척을 느낀 전서매가 크게 방향을 선회했다.

그때였다.

허공에서 서린의 손에 들린 장치에서 그물이 발사되었다.

투앙!

자신을 향해 날아드는 그물에 깜짝 놀란 전서매가 날개를 퍼덕이며 다시 방향을 바꾸려 했지만 이미 그물은 놈을 덮치고 있었다.

휘리릭.

그물에 엉킨 채 전서매가 땅으로 추락했다.

비영이 몸을 날려 전서매를 낚아챘고, 팔용은 서린을 받아 안았다.

한 치의 군더더기없는 동작으로 한두 번 해본 솜씨가 아니었다.

이른바 '전서구 가로채기'로 질풍조의 필수 수업 중 하나였다.

근래 보안을 강화하기 위해 강호의 각 단체들은 더욱 힘이 좋고 높이 나는 전서매로 바꾸었고 경공으로 전서매를 가로채지 못하게 하늘 높이 날게끔 훈련을 시켰지만 질풍조에게 있어서는 소용없는 시도에 불과했다.

곽철이 황급히 전서매에 매달린 밀서를 꺼내 읽었다.

"과연 예상대로군."

모두들 곽철 주위로 모여 밀서를 읽어 내려갔다.

"호북 흑풍회(黑風會)!"

밀서에는 부단주 설괴가 흑풍회주에게 천길의 입장을 설명하고 돈을 빌려달라는 내용이 적혀 있었다.

"흑풍회주는 천길의 의형으로 알려진 자지."

흑풍회.

흑풍회는 호북 지역의 마교지단이었다.

곽철이 밀서를 허공에 들고 유심히 살펴보기 시작했다.

그리고는 빈 허공에 손가락으로 글을 쓰기 시작했다.

필체를 흉내 내는 연습을 시작한 것이다.

다시 곽철이 품 안에서 하나의 작은 약병을 꺼냈다.

뚜껑을 열고 조심스럽게 밀서 위로 약병을 기울였다.

주루룩.

놀랍게도 약병에서 흘러나온 액체는 수은처럼 종이 위를 흐르며 먹물을 빨아들이기 시작했다.

조심스럽게 이어지는 작업.

비영 등은 숨을 죽이고 곽철의 귀신같은 솜씨를 지켜보고 있었다.

이윽고 마지막 마교의 인장을 제외한 모든 글이 지워졌다.

다시 곽철이 그 빈 밀서 위에 글을 적기 시작했다.

방금 전 그 자리를 차지했던 설괴의 필체와 거의 흡사했다.

곽철이 회심의 미소를 지었다.

"흐흐, 돈 대신 좋은 선물을 받게 될 것이다."

이어 위조된 밀서를 전서매의 발목에 매달았다.

매의 날갯죽지를 쓰다듬어 주며 곽철이 다정하게 말했다.

"놀랐지? 자, 이제 네 가던 길로 가거라."

퍼드득.

다시 전서매가 하늘로 날아올라 저 멀리 사라졌다.

하늘을 올려다보던 곽철이 모두에게 주의를 주었다.

"이번 일은 시간 싸움이야. 내일 밤, 정확히 그들이 들이닥친다. 그때에 맞춰 일을 진행시키면서 놈들이 다른 생각을 하지 못하게 정신없이 밀어붙여야 해."

팔용이 자신만만한 표정으로 주먹을 불끈 쥐어 보였고 서린이 미소를 지었다.

곽철이 앞서 걸으며 말했다.

"자, 늑대는 건드려 놨으니… 이제 슬슬 뱀 사냥을 가볼까?"

다음날 아침.

적사단 칠 년차 고참 숭영(崇瑛)은 자신의 숙소 침상에 비스듬히 누워 빈둥거리고 있었다.

"하아암."

늘어지는 하품 소리만큼이나 변함없는 일상.

풍운의 꿈을 안고 적사단에 뛰어든 지 올해로 딱 칠 년째.

중경 일대에 제법 탄탄한 조직을 가지고 있던 그가 적사단에 처음 입단하게 될 때만 해도 그는 풍운의 꿈을 지니고 있었다.

적사단에 가입한다는 것만으로도 사도를 걷는 이들에게 있어 이미 반쯤은 명성을 얻었다는 뜻이었다. 그렇게 동생들의 축하를 받으며 그는 적사단에 입단했다.

그러나 모든 일이 자신의 뜻대로 이뤄지지는 않았다.

적사단에서 자신이 처음 맡은 일이 바로 이곳 중경 도박장이었는데, 그때까지만 해도 그는 이곳에 칠 년 동안이나 처박혀 있게 될 줄은 꿈에도 생각하지 못했다.

"망할!"

그가 신경질적으로 욕설을 내뱉었다.

그렇다고 이제 와 뛰쳐나갈 수도 없는 노릇이었다. 들어올 때야 애지중지 귀한 몸 모시듯 데려왔지만 자신이 나갈 때까지 그런 대접을 할 리는 없었으니까.

똑똑.

문을 열고 적사단 신참 하나가 황급히 들어왔다.

"나가보셔야겠습니다."

"무슨 일이냐?"

"도귀가 한 마리 뜬 것 같습니다."

"젠장."

숭영이 인상을 쓰며 벌떡 자리에서 일어났다.

이곳 도박장이 적사단이 운영하는 곳이란 것을 중경 인근의 도박사들은 모두 알고 있었다. 따라서 이곳에서 수작을 부린다면 어떤 꼴을 당한다는 것을 모를 리 없을 터, 어디 다른 지역에서 원정 온 물정 모르는 놈이 틀림없으리라.

"가자."

수하를 앞세우고 숭영이 도박장으로 이어진 긴 복도를 걸어갔다.

"몇 놈이냐?"

"한 놈입니다."

"한 놈? 딸려온 놈은 없고?"

"없는 것 같습니다."

"흐음."

숭영이 고개를 가로저었다.

대부분 원정을 온 도귀들은 칼잡이 한둘쯤은 데려오기 마련이었다. 그런데 간 크게도 혼자 왔다니 어지간히 욕심도 많은 놈이란 생각이 들었다.

복도 끝의 문을 열고 들어가자 후끈한 열기가 쏟아졌다.

빽빽이 들어찬 사람들이 삼십여 개의 탁자에 나눠져 앉아 도박에 열중하고 있었다.

도박장 네 구석에는 검을 맨 적사단 무인들이 하나씩 서 있었다.

"저쪽입니다."

수하 무인이 가리킨 쪽은 굳이 알려주지 않아도 될 만큼 팽팽한 긴장감이 넘쳐흐르고 있었다.

주위의 노름꾼들조차 주사위 굴릴 생각을 잊은 채 그쪽 탁자의 승부를 구경하고 있을 정도였다.

숭영이 몇 사람의 구경하던 노름꾼들을 눈빛으로 내쫓았다.

숭영이 등장하자 주위에서 구경하던 이들이 '이제 끝이군' 하는 얼굴로 각자 일에 열중하기 시작했다.

주위를 눈빛 하나로 정리한 숭영이 본격적으로 도귀를 살피기 시작했다.

구레나룻을 짙게 기른 중년인이었는데 과연 처음 대하는 자였다.

그의 앞에는 이미 일만 냥은 족히 될 돈이 수북이 쌓여 있었다.

잠시 숭영은 묵묵히 판이 돌아가는 것을 지켜보았다.

또르륵.

도박장 물주가 굴린 주사위가 육, 오, 육이 나왔다.

이번에는 청년이 주사위를 굴렸다.

육. 육. 육.

단박에 모두 육의 주사위를 낸 구레나룻이 주먹을 앞으로 내지르며 환호했다.

"캬! 어젯밤 꿈이 좋더니만… 죽이는구나."

그 모습에 숭영의 입가에 비웃음이 가득 떠올랐다.

숭영이 다시 수하에게 나지막이 물었다.

"지금까지 얼마나 잃었나?"

"일만 오천 냥입니다."

"속임수는 아니고?"

"네. 속임수는 아니랍니다."

"젠장."

"어떻게 할까요? 애들 모두 깨울까요?"

"멍청이. 저깟 애송이 하나 때문에 소란을 피울 셈이냐."

또르륵.

그사이 구레나룻의 주사위가 다시 어젯밤 꿈의 위력을 발휘했다.

울상이 된 물주가 다시 천 냥의 전표를 그에게 밀어주었다.

놈은 철저히 그 판이 정한 한도만큼만 걸고 있었다. 속임수도 아니었기에 그냥 속수무책으로 당할 수밖에 없었다.

승영이 신이 난 구레나룻의 옆 자리에 앉았다.

승영을 돌아보며 그가 히죽 웃었다.

"형씨도 끼실라우?"

눈치가 빠른 자라면 자신이 분명 도박장 측에서 나온 이란 것을 알 법도 한데, 놈은 시치미를 뚝 떼고 있었다.

그 어리숙한 연기의 주인공은 곽철이었다. 구레나룻을 만들어 붙여 제법 나이가 들게 분장을 한 것이다.

"실력이 대단하시오."

승영의 칭찬에 곽철이 다시 꿈 이야기를 들고 나왔다.

"캬, 우리 돌아가신 아버지가 좀처럼 꿈에 안 나타나는데… 웬일인지 어제 떡하니 나타나시더란 말이오. 그리고는 손가락 여섯 개를 쫙 펼치시더란 말이오. 깨고 나서 한참을 고민했지요. 이게 뭘까? 살아생전 하던 욕도 모자라 육시랄 놈이라고 욕을 하시나? 아니면 여섯 시진 후에 내가 죽는다는 소릴까? 아니면 뭘까? 고민하다가……."

곽철이 무릎을 딱 치며 주사위를 던졌다.

"바로 이거란 말이지요."

또르륵.

육. 육. 육.

"으하하하!"

곽철이 호탕하게 웃었다.

물주는 숭영의 눈치를 살피며 다시 천 냥짜리 전표를 곽철 앞으로 밀어주었다.

두 손으로 얼굴과 머리를 신경질적으로 문지르며 숭영이 속삭이듯 말했다.

"이제 그만 하고 꺼져라."

갑자기 무시무시한 살기를 쏟아내며 숭영이 안면을 바꾸자 곽철이 흠칫 놀라며 떨리는 목소리로 말했다.

"왜, 왜 이러시오?"

숭영이 다시 곽철의 귓가에 한마디씩 또박또박 속삭였다.

"꺼.지.라.구!"

"당, 당신이 뭔데……."

순진한 건지 멍청한 건지 곽철이 물러설 기세가 아니자 숭영이 버럭 소리를 질렀다.

"한마디만 더 하면 손발 다 잘라 시전 바닥에 동냥받이로 던져 버린다."

"헉!"

곽철이 부들부들 떨며 자신의 앞에 놓인 돈을 챙기려는 순간.

숭영이 곽철의 손목을 낚아채듯 붙잡았다.

"끙!"

곽철의 입에서 묵직한 비명 소리가 터져 나왔다.

"그냥 무사히 걸어나가는 것만으로도 다행으로 여겨라."

그때였다.

꽈악.

누군가 곽철의 손을 움켜쥔 숭영의 손목을 거칠게 움켜쥐었다.

"으악!"

곽철보다 몇 배는 더 큰 비명 소리가 숭영에게서 터져 나왔다.

북적대던 도박장이 일시에 조용해졌다.

숭영의 손목을 움켜쥔 것은 비영이었다.

"네놈은… 뭐냐?"

손목에서 느껴지는 끔찍한 고통에 숭영의 목소리가 떨리고 있었다.

그때 옆에 앉아 있던 곽철이 숭영의 앞으로 천룡맹 무인임을 나타내는 명패를 흔들었다.

"자넨 방금 불법 도박장 운영, 폭력 및 협박 혐의로 체포되었네."

숭영의 눈이 커다랗게 뜨였다.

"뭣?"

숭영이 토끼눈을 뜨는 것도 무리는 아니었다. 그들은 도박장 운영을 위해 이미 많은 돈을 천룡맹 중경지단 무인들에게 뇌물로 바친 상태였기 때문이다.

"이건 뭐가 잘못된 일이오! 우린 합법적으로 도박장을 운영하고 있소!"

억울하다는 듯 소리치는 숭영을 향해 비영이 사정없이 주먹을 날렸다.

빡!

숭영이 코를 움켜쥐고 바닥을 뒹굴었다.

비영이 쓰러진 숭영을 내려다보며 싸늘하게 말했다.

"합법 좋아하네."

숭영이 쓰러지자 도박장 구석에 서 있던 무인들이 일제히 검을 뽑아

들고 달려나왔다.

"안 돼!"

숭영이 그들을 말리려 했지만 이미 때늦은 경고였다.

퍽퍽!

앞서 달려오던 무인 둘이 바닥을 뒹굴고 비명을 질러댔다.

어느 틈에 노름꾼 사이에 섞여 있던 팔용과 서린이 사정없이 그들을 때려눕힌 것이다.

"천룡맹의 일이다!"

우렁찬 팔용의 경고에 나머지 무인 둘이 움찔 뒤로 물러섰다.

"모두 내보내."

비영이 소리치자 팔용과 서린이 노름꾼들을 밖으로 내몰기 시작했다.

"자자, 모두 나가시오."

근래 몇 년간 천룡맹의 단속이 없었던 탓에 노름꾼들이 불평을 토하며 밖으로 나갔다.

덜컹.

야무지게 문을 닫은 팔용이 그 앞에 버티고 섰다.

숭영이 다시 억울하다는 듯 매달렸다.

"이럴 순 없소. 이건 월권 행위요."

이해할 수 없는 단속이었다.

그러자 비영이 두들겨 패기라도 하려는 듯 숭영을 향해 달려들었다.

"이 개자식! 뭐라 지껄이는 거냐!"

곽철이 황급히 비영을 막았다.

"참게. 자네가 참아."

비영을 한옆으로 보낸 후 곽철이 숭영에게 다가와 달래듯 말했다.

"저 사람 성격이 원래 그러니… 자네가 참게."

"당, 당신들… 정말 천룡맹 소속이오?"

중경의 웬만한 천룡맹 무인들은 모두 일면식이 있는 숭영이었다.

"우린 천룡맹 본맹에서 나온 특별 감찰관들이네."

"특별 감찰관들이 왜?"

"신고가 들어왔네. 사실 우리도 이런 일 귀찮다구."

"신고라니? 감히……."

감히 어떤 놈이 적사단을 고발해라고 소리치려던 숭영이 황급히 말문을 닫았다.

"자자, 우리도 일 처리를 해야 하니 자넨 한옆으로 물러서 있게."

곽철이 부드러운 어조로 숭영을 뒤로 물린 후 팔용과 서린을 향해 말했다.

"자, 여기 돈하고 금고까지 모두 압수하게."

금고란 말에 숭영은 사색이 되었다.

돈을 뺏기는 것도 문제지만, 금고 속에 숨겨진 적사단과 관련된 문서들이 압수당한다면 그것은 보통 문제가 아니었다.

그때 뒤쪽에서 누가 나지막이 자신을 불렀다.

"형님."

앞서 자신을 부르러 왔던 적사단 무인이 어느새 자신의 뒤에 서서 속삭이기 시작한 것이다.

"애들 다 깨웠습니다."

"몇 명이냐?"

"서른입니다. 다 쓸어버릴까요?"

"음……."

숭영이 다시 곽철 일행을 살폈다.

고작해야 상대는 넷이었고 제아무리 천룡맹 본맹 감찰관이라도 적사단 무인 서른이라면 쥐도 새도 모르게 없애 버릴 수도 있을 터.

그러나 천룡맹 무인들을 함부로 죽였다가는 일이 커질 수가 있었다.

이러지도 저러지도 못하는 상황이니 숭영은 고민하지 않을 수 없었다.

"일단 애들 들여보내고, 먼저 덤비지 못하게 미리 단속해."

"알겠습니다."

다시 뒤에 서 있던 무인이 슬그머니 뒤쪽 통로로 사라졌다.

곽철 등은 도박장 내의 돈을 챙기느라 이쪽의 움직임을 전혀 눈치채지 못하고 있었다.

'어떻게 처리해야 하나?'

숭영은 적사단 입단 이후 자신의 인생에 가장 큰 위기가 닥쳐왔다는 것을 느끼고 있었다.

'어떻게…….'

저 멀리서 곽철이 다시 숭영에게 물었다.

"금고는 어디에 있소?"

숭영은 아무 대답도 하지 않았다.

"자자, 고집 피우지 말고 서로 편하게 처리합시다."

유들유들 곽철이 숭영을 설득했다.

숭영이 쉽게 금고를 내놓지 않자 비영의 눈빛이 다시 매서워졌다.

성큼성큼 비영이 몇 발짝 다가서려던 그때였다.

덜컹.
뒤쪽 밀실 쪽의 문이 열리며 우르르 무인들이 쏟아져 들어왔다.
붉은 무복을 맞춰 입은 그들은 적사단의 정예 무인들이었다.
그들 무인 하나가 숭영에게 검을 건네주었다.
검을 받아 든 숭영의 기도는 방금 전과는 사뭇 달랐다.
"뭐 하는 짓이냐? 우린 천룡맹 소속 감찰관이다!"
비영이 날카롭게 소리를 질렀다.
그러나 무인들은 일제히 곽철 등을 포위했다.
"허허, 이거 좋지 않은 방법이네."
곽철이 조금 긴장한 모습으로 주위를 주시하며 숭영에게 말했다.
숭영이 자신의 옷자락을 풀어헤쳤다.
붉은 뱀 문신.
앞서 곽철 등이 위장을 하기 위해 몸에 그렸던 그 문신과 같았다.
숭영이 비장한 어조로 말했다.
"그대들도 이 표시가 무엇을 뜻하는지 잘 알 것이오."
곽철이 문신을 보며 깜짝 놀라 소리쳤다.
"설마 적사단?"
숭영이 묵묵히 고개를 끄덕였다.
곽철을 비롯한 비영, 팔용, 서린의 표정이 동시에 굳어졌다.
"여기가 그럼 적사단이 운영하는 도박장이란 말인가? 젠장!"
곽철이 팔용을 돌아보며 소리쳤다.
"제대로 사전 조사를 하라고 하지 않았나?"
"그게… 분명 적사단의 흔적은 찾지 못했습니다."
팔용의 변명에 숭영이 차분하게 말했다.

"아마 찾아낼 수 없었을 것이오. 본 단은 철저히 비밀리에 일 처리를 하니까."

곽철이 조금 굳어진 얼굴로 물었다.

"이제 어떻게 할 생각인가? 우릴 죽여 살인멸구를 할 셈인가? 설마 우리가 이곳에 온 것을 맹에서 모르고 있으리란 순진한 생각을 하는 것은 아니겠지?"

물론 그것이 숭영을 망설이게 하는 유일한 이유였다. 그것이 아니었으면 벌써 칼부림이 나도 몇 번은 났을 테니까.

"어떻게 했으면 좋겠소?"

이번에는 숭영이 되물었다.

자신들을 포위한 무인들을 돌아보던 곽철이 슬그머니 숭영 쪽으로 다가왔다.

철컥.

숭영이 검을 삼분의 일가량 뽑았다.

"어이, 침착하게. 지금 우리가 필요한 것은 대화니까."

곽철이 두 손을 내밀며 자신은 싸울 의사가 없다는 것을 밝혔다.

"나도 처자식이 있는 몸이네. 이런 곳에서 개죽음당하고 싶지 않다구."

숭영은 곽철의 성격을 대략 파악할 수 있었다.

아마 털어보면 부정부패에, 돈도 꽤나 받아 챙겨 먹었을 불량관리임에 틀림없었다.

곽철이 난감하다는 얼굴로 말했다.

"그렇다고 빈손으로 돌아갈 순 없네. 자네도 조직에 있으니 그쯤은 알지 않나?"

숭영이 묵묵히 고개를 끄덕였다.

"지금 뭐 하려는 거요!"

곽철이 숭영과 타협을 하려 하자 뒤쪽에서 비영이 버럭 소릴 질렀다.

그러자 곽철이 버럭 소리쳤다.

"자넨 잠자코 있게!"

"놈들과 타협하면 안 되오."

"닥치라고 했네."

당장이라도 검을 뽑아 들고 일전을 불사하려는 비영을 옆에 선 팔용이 막아서며 다독였다.

누가 보더라도 청렴결백한 수하 무인과 적당히 부패한 상관의 모습처럼 보였고, 그것은 지금의 상황이 제법 현실적이고 그럴듯한 모습으로 보이게끔 하고 있었다.

곽철이 다시 숭영에게 속삭였다.

"요즘 신참들, 정의니 패기니 큰소리치지만… 세상 돌아가는 이치를 몰라."

숭영이 피식 웃었다.

자신 역시 수하들을 보면서 항상 느끼는 바였다.

"여기 현장에 있는 돈만 압수하겠네. 그리고… 수하들 중 한둘만 내주게. 한 이삼 년 형만 때리지. 어떤가?"

숭영으로서는 넙죽 절을 해서라도 받아내야 할 조건이었다.

이 정도에서 마무리 지을 수 있다면 오히려 조직의 신임을 얻을 수 있을 것이다.

"좋소. 한 가지 조건이 있소."

숭영이 흔쾌히 허락하며 조건을 내걸었다.

곽철이 조금 못마땅한 얼굴로 물었다.

"뭔가?"

"이곳을 고발한 자들이 누군지 알려주시오."

곽철이 난색을 표하며 고개를 가로저었다.

"그건 곤란하네. 신고한 사람의 신분은 천룡맹의 법으로 보호받네."

"그것을 알려주지 않으면 협상도 없소."

철컥.

숭영의 검이 이번에는 반쯤 빠져나왔다.

곽철이 한숨을 내쉬었다.

그 갈등을 감지한 숭영이 좋은 어조로 말했다.

"걱정 마시오. 그쪽에 해가 가지 않도록 비밀을 지키겠소."

"조용히 해결할 자신 있나?"

그러자 숭영이 가슴의 문신을 두 번 두드렸다.

곽철이 숭영의 귀에 속삭였다.

"…대호표국이네."

그로부터 정확히 반 시진 후.

적사단주 사마의 집무실 탁자가 가루가 되어 부서졌다.

"비루먹은 승냥이 새끼가 감히!"

이글이글 타오르는 사마의 눈빛은 그야말로 독이 잔뜩 오른 독사의 그것과 다르지 않았다.

"애들 다 끌어 모아! 당장에 박살을 내버리겠다!"

그에 비해 제이지단 부단주 승도(承挑)는 사뭇 침착한 모습이었다.

"이번 일은 좀 더 신중히 처리하셔야 합니다."

"승도!"

"단주님!"

단호한 승도의 반응에 사마는 '끄응' 하는 신음을 토하며 다시 자리에 앉았다.

그러나 여전히 분이 풀리지 않는지 씩씩대며 분을 삭이기 시작했다.

"천 단주는 매우 영리한 사람입니다. 쉽게 이런 일을 벌였다고 생각되지 않습니다."

"틀림없이 놈의 짓이야. 이번 심사에서 나를 따돌리고 본단으로 들어갈 작정이지."

사마는 천길의 구린내 나는 속을 다 꿰뚫어 본 사람처럼 확신하고 있었다.

다행히 그에 비해 승도는 매우 신중한 사람이었다.

"제가 따로 확인을 해보겠습니다."

사마가 길게 한숨을 내쉬며 고개를 끄덕였다.

"서두르게. 시간이 없어."

승도가 가볍게 고개를 숙여 인사를 하고는 사마의 거처에서 나왔다.

"부단주님."

문 앞에는 심복 하나가 자신을 기다리고 있었다.

수하의 굳은 표정에 승도가 사내를 이끌고 사마의 거처에서 멀리 물러났다. 흥분한 사마가 또 다른 좋지 못한 보고를 받게 된다면 말릴 수 없을 정도로 폭발할 것이다.

사내가 심각한 표정으로 말했다.

"일이 또 터졌습니다."

승도가 적사단의 네 개의 숨겨진 창고 중 하나에 도착했을 때는 이미 상황이 종결된 상태였다.

여기저기 부상을 당한 적사단의 무인들이 치료를 받으며 앉아 있었다.

승도가 창고로 도착하자 모두들 자리에서 벌떡 일어났다.

"무슨 일이냐?"

텅 빈 창고를 돌아보며 승도가 다급하게 물었다.

팔에 붕대를 감은 무인 하나가 다가와 면목없는 목소리로 보고를 시작했다.

"기습을 당했습니다."

"기습이라니? 누구 짓이냐?"

무인의 고개가 푹 숙여졌다.

짝!

승도가 사정없이 무인의 뺨을 후려쳤다.

작정하고 기습을 했다면 지키는 이들로서도 속수무책이었겠지만, 그래도 승도는 분을 삭일 수 없었다.

뺨을 맞은 무인은 물론 창고를 지키던 적사단 무인들 모두 고개를 들지 못하고 있었다.

"몇 놈이냐?"

"그게……."

승도의 손이 다시 번쩍 치켜들어졌다.

또 뺨에 불이 날세라 무인이 황급히 입을 열었다.

"두 놈이었습니다."

"뭐야? 고작 두 놈?"

"…네."

"술이라도 마셨던 것이냐?"

"…아닙니다."

"그럼 자리를 비웠더냐?"

"…아닙니다."

승도가 신경질적으로 무인의 머리통을 양옆으로 거칠게 흔들었다.

"그런데 두 놈에게 창고가 털려? 너 뭐 하는 놈이야? 살기 싫어? 그래?"

그때 또 다른 적사단 무인 하나가 숨을 헐떡이며 달려왔다.

"큰일났습니다!"

"뭔 일이냐?"

"지금 또 다른 창고가 공격받고 있답니다!"

승도가 두말없이 몸을 날렸다.

그 뒤로 적사단 무인들이 우르르 따라 달려갔다.

第42章

흑사령

흑사령

그날 오후.

대호표국의 뒷문을 지키던 표사 이(李)와 최(崔)는 근래에 벌어진 일련의 사건에 대해 이야기를 나누느라 시간 가는 줄 모르고 있었다.

"혹시 중경표국 놈들 짓이 아닐까?"

이의 조심스러운 추측에 최가 고개를 가로저었다.

"그럴 리는 없네. 중경표국주가 제아무리 욕심이 많다 해도 미친 것은 아니니까."

"그럼 도대체 어떤 놈들 짓이란 말인가? 대표두께서 직접 표행에 나섰음에도 표물을 빼앗겼지 않는가?"

"위에서는 쉬쉬하고 있지만 이미 놈들의 정체를 아는 눈치네."

최의 말에 이가 깜짝 놀라 다시 물었다.

"어떻게 알았나? 어떤 놈들인가?"

이의 연이은 물음에 최가 차분하게 설명을 시작했다.

"우선 그날 표행에 참여했던 표두들이 일제히 입을 다물고 있네. 그것만 봐도 뭔가 있다는 소리지. 게다가 평소 그냥 열어두는 뒷문에 이렇게 우릴 지키게 하는 것만 봐도 녹림들의 단순한 약탈이 아니란 것이지. 이번 일에는 분명 어떤 내막이 숨겨져 있네. 어때? 일리가 있지 않은가?"

"……."

"어이, 자네?"

최가 옆을 돌아봤을 때 이는 선 채로 잠이 들었는지 멍하니 앞만 바라보고 있었다.

최가 뭐라 하려는 순간.

따끔.

목에 모기가 문다는 생각이 드는 순간 머리 속이 하얗게 비어버렸다.

두 사람이 영문도 모른 채 그렇게 순식간에 온몸이 마비된 그때였다.

두두두!

마차 한 대가 그들을 향해 달려왔다.

끼이익.

문이 열리고 안에서 누군가 밖으로 나왔다.

놀랍게도 대호표국의 표사 복장을 한 팔용이었다.

마차를 타고 온 이들은 복면을 한 곽철과 비영이었다.

그들은 방금 전 적호단의 두 번째 창고를 털고 돌아오는 길이었다.

팔용의 안내로 마차는 그렇게 대호표국 안으로 사라졌다.

그리고 멀리서 그 모습을 지켜보는 눈들이 있었다.

"망할!"

바로 두 번째 창고로 달려가 때마침 약탈을 마치고 사라지는 복면인 곽철과 비영의 뒤를 미행해 온 승도와 적사단의 무인들이었다.

무인 중 하나가 저 멀리 문의 좌우를 꼿꼿이 지키고 선 이와 최를 보며 말했다.

"분명 저들은 대호표국의 표사들이 틀림없습니다."

승도가 긴 한숨을 내쉬었다.

대호표국의 표사들이 버젓이 마차를 받아들였다는 것은 더 이상 의심할 이유가 없었다.

그들이 자신들이 운영하는 도박장을 고발했다는 말을 들었을 때 솔직히 승도는 그 보고를 믿지 않았다.

그러나 직접 자신의 눈으로 대호표국의 음모를 목격한 이상 믿지 않을 수 없는 노릇이었다.

"일단 돌아간다."

그렇게 우르르 승도와 적사단의 무인들이 그곳에서 사라졌다.

휘리릭.

그들이 사라진 그곳으로 누군가 내려섰다.

바로 서린이었다.

서린이 다시 대호표국 쪽을 향해 손을 흔들어 신호를 보냈다.

끼이익.

다시 문이 열리고 잠시 전 들어갔던 마차가 다시 뒷문에서 나왔다.

마차에는 비영과 팔용이 타고 있었다.

그렇게 마차까지 감쪽같이 사라지자 뒤이어 곽철이 밖으로 나왔다.

멍하니 선 채로 잠이 든 두 표사의 혈도를 재빨리 짚은 후 곽철이 소리없이 사라졌다.

"……."

"……."

"조금 전… 뭐라고 했나?"

얼떨떨한 얼굴로 이가 최를 돌아보았다.

"어? 내가 뭐라고 했지?"

"사람 싱겁긴……."

"웬 놈의 모기가 벌써부터 돌아다니나?"

"흐흐흐. 요즘 모기란 놈이 어디 제철을 가리던가?"

그렇게 두 표사는 따분한 일상 속으로 돌아갔고 그 순간에도 질풍조의 작전은 부지런히 진행되고 있었다.

"제 눈으로 직접 확인했습니다. 그들의 소행입니다."

승도의 굳은 표정에 이번에는 오히려 사마가 설마 하는 얼굴이 되었다.

천길이 도박장을 들쑤셨다는 보고를 들었을 때까진 사실 반신반의한 마음이 없지 않았다. 그런데 놈들이 창고까지 털어가?

승도의 보고가 이어졌다.

"제일, 제이 창고가 털렸습니다. 손해가 막심합니다."

"그 미친놈이 왜 이런 일을 저질렀나?"

"조금 전 알아본 결과, 요 며칠 사이 그쪽에 표물이 강탈당하는 사건이 발생했다고 합니다. 아마도 그 손해를 메우기 위해 일을 저지른 것 같습니다."

"미친놈! 그걸 우리 물건으로 메우겠다?"

"단주님 생각대로 이번 심사 때문이 확실합니다. 지금 상태에서 심사가 들어가면 틀림없이 단주님께서 탈락하게 될 겁니다."

꽈작!

수하들이 애써 교체해 놓은 탁자가 다시 부서졌다.

사마의 몸에서 분노에 가득 찬 마기가 쏟아져 나왔다.

그러나 정작 큰 문제는 지금부터 시작되고 있었다.

적사단의 무인 하나가 황급히 달려들어 왔다.

"큰일났습니다."

"또 무슨 일이냐?"

"흑풍회가 이곳 중경으로 이동하고 있다 합니다."

"흑풍회라면 호북지단 쪽 애들이잖아. 그놈들이 왜 이리로 와?"

"그건 밝혀지지 않았습니다만, 그들이 완전 무장을 하고 출동했다고 합니다."

그야말로 정신없이 일이 진행되고 있었다.

"이거 도대체 일이 어떻게 돌아가는 거야?"

열심히 머리를 굴리던 승도가 한 가지 결론을 내놓았다.

"우리가 이번 일이 그들 소행이란 것을 알아낸 것을 눈치챈 것 같습니다. 흑풍회주는 그의 의형이 아닙니까?"

"그러니까 그 미친놈이 우리에게 다 뒤집어씌우려 한다?"

"어차피 이번 일은 반역죄입니다. 본 교에 반역죄가 얼마나 무거운 죄인지 잘 아시지 않습니까?"

"최후의 발악이란 말이지."

"그들이 우리에게 훔친 물건이 대호표국에 있습니다. 증거를 없애기 전에 선수를 쳐 그 물건을 확보할 수만 있다면, 천 단주는 끝장입니다."

사마가 고개를 끄덕였다.

어차피 지는 쪽은 죽는 싸움이었다.

"애들 다 집합시켜."

"네."

그렇게 적사단의 정예 무인들이 완전 무장을 하기 시작했다.

그날 밤.

그림자 하나가 달빛을 밟고 대호표국의 담을 넘고 있었다.

순찰을 하던 표사들의 머리 위로 소리없이 날아가는 주인공은 바로 비영이었다.

표사들을 피해 몸을 날리던 그가 내려선 곳은 한 작고 허름한 건물 앞이었다.

표국의 뒤쪽 외진 곳에 따로 마련된 그 단칸방의 주인은 바로 설괴였다.

주위를 살펴 아무도 없음을 확인한 비영이 문을 두드렸다.

똑똑.

"뉘시오?"

설괴의 목소리가 들려왔다.

"위 표두입니다."

비영이 목소리를 흘려 자신의 목소리를 숨겼다.

"뉘시라고?"

덜컥.

곧바로 문이 열렸다.

설괴의 혈도를 제압하려던 비영이 벼락처럼 검을 뽑았다.

문이 열리기가 무섭게 비영을 향해 무엇인가 날아들었던 것이다.

챵!

비영의 검에 부딪친 것은 갈고리 모양의 병기였다.

설괴는 본래 의심이 많고 눈치가 빠른 이였다. 평소라면 속았을지 모르겠지만 요즘 같은 상황에서는 그의 신경이 한껏 곤두서 있을 때였다.

챵챵!

불꽃이 튀며 검과 갈고리가 연속해서 부딪쳤다.

은밀히 그를 제압해 나오려던 계획이 틀어지자 비영의 검이 매섭게 허공을 갈랐다.

자신을 찔러오는 검을 막으려고 혼신의 힘을 다했지만 설괴의 무공은 그 의지만큼 강하지 못했다.

푸욱!

비영의 검이 그대로 설괴의 심장에 박혔다.

"큭!"

설괴가 단말마를 내뱉고는 그대로 뒤로 쓰러졌다.

"휴우."

비영이 짤막하게 안타까운 한숨을 내쉬었지만, 그렇다고 긴 시간 자신이 죽인 이를 애도할 성격의 그가 아니었다.

비영이 설괴의 방을 뒤지기 시작했다.

은밀히 숨겨두었던 돈이며 무기 등을 챙겨 들었다.

다시 설괴의 시체를 이불보에 칭칭 감았고 바닥의 피를 깨끗이 닦아냈다.

시체를 둘러맨 비영이 서둘러 방을 나섰다.

그렇게 비영이 그곳을 빠져나간 직후.

탁탁탁.

진짜 표두 위진이 그 앞을 지나 황급히 달려가기 시작했다.

그가 단숨에 도착한 곳은 바로 천길의 처소였다.

"큰일났습니다!"

초조하게 흑풍회주의 도움을 기다리고 있던 천길은 위진의 다급한 목소리에 가슴이 철렁 내려앉았다.

"또 무슨 일이냐?"

자신의 처소로 문을 박차다시피 들어온 위진이 다급한 얼굴로 말했다.

"적사단이 우릴 목표로 출동했다고 합니다!"

"뭐야!"

천길은 깜짝 놀라 자리에서 벌떡 일어났다.

"적사단이 왜?"

위진이 그 이유를 알 까닭이 없었다.

"모두 깨워 대비를 하게."

"알겠습니다."

황급히 달려나가는 위진을 향해 천길이 덧붙였다.

"설 노인을 불러주게."

"알겠습니다."

천길이 초조하게 이리저리 방을 오가기 시작했다.

"미친놈! 감히 날 쳐?"

분명 이쪽에서 그들의 약탈을 알아냈다는 것을 눈치챈 것이 틀림없었다. 양쪽 모두 같은 결론을 내고 있었다.

"국주님!"

잠시 후, 오라는 설괴는 오지 않고 위진이 다시 뛰어들어 왔다.

"아무리 찾아도 설 노인이 보이지 않습니다. 숙소에 가보니……."

"뭐야?"

천길이 위진의 말을 더 이상 듣지 않고 문을 박차고 달려나갔다.

위진이 이상하다는 얼굴로 그 뒤를 따라 달렸다.

설괴는 표국 내에 잡일을 거드는 노인으로 알려져 있었다.

지금 같은 중요한 시기에 국주가 허드렛일이나 하는 노인을 찾는다는 것이 이상하기만 한 위진이었다.

천길이 달려간 곳은 설괴의 처소였다.

덜컹!

거칠게 문을 박차고 들어간 천길이 깜짝 놀랐다.

방은 어질러져 있었는데, 막 물건을 챙겨 어디론가 떠난 것 같았다.

'이게 도대체 어떻게 된 일인가?'

뒤따라온 위진이 아까 하려던 말을 마무리했다.

"어딘가로 떠났든지, 아니면 도적이 든 모양입니다."

둘 다 말도 안 되는 소리였다.

마교 중경지단의 부단주가 도적에게 털려 납치될 수는 없는 일.

'설마?'

천길은 불현듯 '배신'이란 상상도 하기 싫은 단어를 떠올렸다.

그러나 이내 고개를 내저었다.

설괴는 십 년 동안 자신의 사람이었다.

'혹시 사마 그자가?'

은밀히 고수를 풀어 설괴를 납치해 갔을 가능성이 다분했다.

더 이상 천길의 고민은 이어질 수 없었다.

챵! 챵!

멀리서 병장기 부딪치는 소리가 들려왔고 이어 표사들의 외침 소리가 이어졌다.

"습격이다!"

다시 그쪽으로 신형을 날리는 천길은 그야말로 한 가지 생각뿐이었다. 사마 그자를 때려죽이겠다는 살심이었다.

대호표국의 앞마당에서는 이미 큰 싸움이 벌어지고 있었다.

대표두 박성을 중심으로 표사들이 일사불란하게 움직이며 검을 휘두르고 있었는데, 점차 적사단 무인들에게 밀리고 있었다.

펑!

천길이 사정없이 일장을 날려 적사단의 무인 하나를 쓰러뜨리며 소리쳤다.

"모두 멈춰라!"

내공이 가득 실린 천길의 고함 소리에 장내의 싸움이 잠시 멈추었다.

양쪽 진영이 다시 진형을 갖추며 서로를 경계했다.

천길이 재빨리 사마를 찾기 시작했다.

이와 같은 큰일에 수하들만 보냈을 리가 없었다.

과연 적사단의 무인들 사이에서 사마가 그 모습을 드러냈다.

"이익!"

천길이 이를 악물었다.

같은 식구끼리 이 무슨 짓이냐고 고함을 지를 수도 없는 노릇이었다. 대호표국의 표사들은 자신들이 적사단과 한 핏줄의 마교의 일원이란 사실을 까맣게 모르고 있었으니까.

물론 그것은 사마 역시 마찬가지였다.

일부 고위층만을 제외하고는 적사단의 수하들 역시 자신들의 진정한 소속을 알지 못했다.

"무슨 짓이오?"

천길의 호통에 사마가 지지 않고 소리쳤다.

"우리 물건을 찾으러 왔소!"

"뭣이라?"

천길의 입장에서는 억울함을 넘어 황당한 말이었다.

정작 물건을 찾으러 가야 할 사람은 자신이 아니던가?

천길이 평정심을 유지하려 안간힘을 썼다.

"뭔가 오해가 있으신 것이 아니오? 본 표국에 그대들이 물건을 맡긴 적이 없다고 알고 있소."

그러자 사마가 비웃음 가득한 얼굴로 말했다.

"강호에 이름난 대호표국이 본 단의 물건을 약탈하다니, 모든 강호인들이 비웃을 일이오."

천길에게 있어서 적반하장도 이 정도면 꽤나 심각하게 정도를 넘어선 꼴이었다.

"그 무슨 개소리냐?"

평소의 평정심을 잃고 천길이 버럭 소리를 질렀다.

그러자 사마의 입가에 비릿한 조소가 피어올랐다.

"잘 아실 텐데."

서로 산 채로 씹어 먹을 눈빛으로 서로를 노려보는 두 사람. 어차피 시시비비를 하나씩 따져 가며 가릴 입장이 아니었다.

천길의 전음이 사마에게 전해졌다.

"해보자 이거지?"

"개 같은 놈. 오늘 사생결단을 내자!"

파르릇.

두 사람 사이에 차가운 한기가 흐르기 시작했다.

그야말로 일촉즉발의 상황이었다.

"멈추시오!"

중년 사내 하나가 일갈을 내지르며 홀연히 두 사람 사이를 막아섰다.

천길과 사마의 얼굴이 차갑게 굳어졌다.

'흑사령!'

마침내 마교의 흑사령이 등장한 것이다.

흑사령은 마교의 감찰관으로 칠마존에 버금가는 힘을 가진 자리였다.

휘리리릭.

대호표국의 담장 위로 온몸은 물론 얼굴까지 검은 두건으로 가린 흑의무인들이 도열하기 시작했다.

그들은 흑사령의 수하들로 모두 삼십여 명이었는데, 그 하나하나 내뿜는 기도가 보통이 아니었다.

그들의 등장에 대호표국의 표사들은 물론 적사단의 무인들이 어리둥절한 표정을 지었다.

흑사령의 전음이 두 사람에게 동시에 전해졌다.

"수하들을 모두 물리시오."

거역할 수 없는 명령이었다.

사마가 수하들을 향해 말했다.

"모두 돌아가거라."

부단주 승도가 재빨리 적사단의 수하들을 수습해 대호표국을 빠져나갔다.

천길 역시 표사들을 해산시켰다.

"상황은 종료됐다. 모두 해산하도록."

표사들은 일이 어떻게 돌아가는지 몰라 어리둥절한 표정으로 각기 건물 안 숙소로 돌아갔다. 특히 대표두 박성은 크게 의심스런 눈빛을 감추지 못하고 있었다.

'젠장, 복잡하게 됐군.'

하지만 천길의 발등에 떨어진 불은 박성이 아니었다.

장내의 상황이 대충 정리되자 흑사령이 말없이 대호표국 밖으로 걸어나갔다.

천길과 사마가 묵묵히 그 뒤를 따라 걸었다.

대호표국에서 일 리 정도 떨어진 외진 숲에는 호북지단주 흑풍회주와 흑풍회의 무인들이 대기하고 있었다.

흑사령의 참고 참았던 호통이 쩌렁쩌렁 울려 퍼졌다.

"이 무슨 짓들이오?"

천길과 사마가 무릎을 꿇고 앉으며 동시에 말했다.

"신교불패 천마불사."

흑사령이 형식적인 예 따위는 집어치우라는 얼굴로 다급하게 말했다.

"도대체 어떻게 된 일이오?"

그러자 두 사람이 동시에 소리쳤다.

"저자가 반역을 일으켰소!"

"본 표국의 물건을 저자가 강탈해 갔소. 틀림없이 이번 심사에서 나를 물먹일 속셈이 틀림없소. 그것도 모자라 이렇게 본 표국에 공격을 가해왔소."

"본 단이 운용하는 도박장이 저자의 밀고로 천룡맹의 단속을 당했소. 또한 두 개의 창고마저 저자의 손에 의해 털렸소. 이건 명백한 반역 행위요."

두 사람이 동시에 앞서의 모든 말을 토해냈기에 듣고 있던 흑사령이나 흑풍회주는 누가 무슨 말을 하는지조차 헷갈렸다.

흑사령이 어이없다는 표정을 지었다.

분명 어떤 오해가 있었던지, 누군가 거짓말을 하고 있음이 틀림없었다.

흑사령이 흑풍회주를 돌아보며 말했다.

"오늘의 내분을 연락해 온 자가 누구라고 했소?"

그러자 흑풍회주가 정중하게 말했다.

"제일부단주 설괴입니다."

"설괴가 내분을 연락하다니 그게 무슨 말씀이십니까?"

천길은 무슨 말이 오가는지 이해할 수 없었다.

흑풍회주가 밀서를 내밀며 말했다.

"부단주 설괴가 중경지단 내에 내분이 일어났다고 급히 도움을 요청

했네. 동생은 모르는 일이었나?"

"……?"

천길은 도무지 무슨 말인지 이해할 수 없었다. 흑풍회주에게 돈을 빌려달라는 연락을 했을 터인데, 내분이라니?

흑사령이 준엄하게 물었다.

"지금 설괴는 어디에 있소?"

"그게… 행방이 묘연합니다."

"뭐요?"

일그러지는 흑사령의 얼굴을 보며 천길은 뭔가 자신이 함정에 빠졌다는 것을 직감했다.

천길이 사마를 노려보며 소리쳤다.

"모두 저자의 음모입니다. 저자가 설괴를 납치해 갔습니다!"

"개소리 집어쳐라!"

두 사람이 다시 눈에 불을 켜기 시작하자 흑사령이 호통을 쳤다.

"주둥아리들 닥치시오!"

화가 단단히 난 흑사령이었다. 그 서슬 퍼런 엄포에 두 사람이 찔끔 물러섰다.

"이번 일은 심각한 일이오. 일개 하급무인도 아니고 지단주들 간의 내분이라니! 이번 일은 본단 차원에서 철저히 내막을 조사하겠소."

그러자 천길이 오히려 반갑다는 얼굴이 되었다.

"제가 바라는 바입니다."

"흥! 누가 할 소리!"

사마 역시 지지 않았다.

흑사령이 싸늘하게 말했다.

"만약 이번 일의 책임을 지게 되는 쪽은 무사하지 못할 것이오."

그러한 무서운 경고에도 두 사람은 당당히 자기 주장만을 늘어놓았다.

흑사령은 이번 일을 시급히 처리해야겠다고 생각했다.

"두 사람 함께 본단으로 가주셔야겠소."

다시 흑사령이 수하들을 돌아보며 말했다.

"이번 중경 내사(內査)를 취소하고 최대한 빨리 귀환한다."

"네, 알겠습니다."

흑사령이 심복 하나에게 따로 명령을 내렸다.

"너는 양쪽 모두 철저히 조사해 보고하도록."

"알겠습니다."

흑사령이 이번에는 흑풍회주를 돌아보며 말했다.

"회주께서 도움을 주셔야겠소."

"알겠습니다. 제가 전적으로 지원하겠습니다."

그 길로 천길과 사마를 대동한 흑사령과 그의 수하들이 마교로 급히 귀환하기 시작했다.

멀리서 질풍조원들이 그 모습을 지켜보고 있었다.

곽철과 비영은 어느새 흑사령의 부하들과 같은 복장을 하고 있었다.

"괜찮겠어?"

팔용의 걱정에 곽철이 고개를 끄덕였다.

"걱정 마."

두 사람은 흑사령 일행을 미행하다 대천산 입구에 당도했을 때 기회를 봐서 흑사령의 부하 둘과 바꿔치기 할 작정이었다.

쉽지 않은 일이겠지만 곽철과 비영이라면 충분히 해낼 수 있을 일이기도 했다. 눈에 띄는 체격을 지닌 팔용이나 여인인 서린은 함께 갈 수 없는 작전이었다.

그리고 그것은 처음 곽철이 이번 작전을 구상할 때 의도적으로 계획한 일이기도 했다.

곽철과 비영의 시선이 잠시 만났다.

비영이 평소와는 달리 피식 미소를 지었다. 비영 역시 그러한 곽철의 의도를 어렴풋이 짐작하고 있었다.

그가 얼마나 서린을 좋아하고 있는지, 팔용의 순박함을 얼마나 좋아하는지.

그리고 자신과 함께 죽자고 요구할 만큼 얼마나 자신을 믿고 있는지.

그렇게 바람은 마교로, 마교로 거세게 불고 있었다.

第43章

마교행

마교행

질풍조의 마교 잠입 작전이 막바지에 다다른 그 시각, 묵룡비궁의 밀실에서는 그 누구도 상상 못할 일이 벌어지고 있었다.

"으으으……."

묵룡비궁 제십이관 제단(祭壇)에서 훅 불면 꺼져 버릴 것 같은 가냘픈 신음성이 계속 이어지고 있었다.

신음의 주인공은 참혹한 몰골의 한 중년 괴인이었다.

산발이 된 머리카락에 벌거벗겨진 채로 석벽에 매달린 괴인.

정확히 표현하자면 그의 양손과 양 발이 커다란 쇠침에 박혀 벽에 고정되어 있었다.

말라비틀어진 피로 보아 괴인이 벽에 매달린 지는 꽤 오랜 시간이 지났음을 말해 주고 있었다.

괴인을 무심히 바라보고 있는 중년인이 있었다.

그는 바로 죽은 것으로 알려진 전대 천룡맹주 사마진룡이었다.

"어떤가?"

사마진룡이 담담한 음성으로 물었다. 감정이라고는 찾아볼 수 없는 메마른 어조였다.

"으으으."

괴인은 그저 고통스런 신음만 내뱉었는데 그것이 육체의 고통 때문인지 앞에 선 사마진룡에 대한 적개심 어린 으르릉거림인지 구별할 수 없었다.

"자, 고개를 들고 그대가 이룩한 업적을 보게."

사마진룡이 돌아서자 제단 아래에는 수백 명의 무인들이 숨소리 하나 내지 않고 도열해 있었다.

그들은 바로 사마진룡과 함께 묵룡비궁으로 들어온 구대문파의 제자들이었다.

사 년 전, 처음 이곳에 들어올 때와 비교해 그들의 외모는 변한 게 없어 보였는데 단 하나, 그들의 얼굴에서 감정을 찾아볼 수 없다는 것이 다른 점이었다.

유난히 우스갯소리를 잘하던 청성파의 무영도, 착하기만 하던 소림의 원명도, 유달리 경쟁심이 강하던 무당의 일성도, 모두들 무표정한 얼굴로 서 있을 뿐이었다.

명문세가의 정의감 강하던 그들이 사람을 벽에 못질해 매달아둔 것을 보면서도 누구 하나 신경 쓰는 이가 없었다.

벽에 매달린 괴인이 끝내 고개를 들지 않자 사마진룡이 거칠게 그의 머리를 강제로 치켜들었다.

"똑똑히 보라! 네가 그토록 바라던 강호일통의 전사들을!"

괴인이 두 눈을 질끈 감으며 고개를 가로저었다.

"으아아악!"

그리고 괴로움 가득한 비명 소리를 질러댔다.

길게 늘어진 머리카락이 좌우로 흔들렸다.

머리카락 사이로 드러나는 얼굴.

놀랍게도 괴인은 사마진룡이었다.

"…내가 바란 것은 이런 것이 아니야……."

그가 바로 진짜 사마진룡이었다.

천룡맹을 동생에게 맡기고 묵룡비궁에 반마공을 배우기 위해 구대문파의 제자를 이끌고 들어온 지 사 년.

처음 삼 년간은 모든 일이 순조로웠다.

묵룡비궁의 일관부터 차근히 무공을 배워 나가던 그들이었다.

외부와 철저히 단절된 생활이었다.

외롭고 힘든 수련의 과정이었지만 곧 마교를 멸할 것이란 기대감에 서로를 격려하며 이겨 나갔다.

문제는 제팔관부터였다.

팔관의 석벽에 새겨진 무공을 익히면서 구대문파 제자들이 서서히 변해가기 시작한 것이다.

눈에 띄게 신경이 예민해지면서 작은 일에도 신경질적으로 변했다.

서로 말다툼을 하는 일이 빈번해지며 그들은 서서히 흉포하게 바뀌어갔다.

사마진룡은 처음에는 그저 자연스런 부작용이라 생각했다.

혈기 왕성한 젊은이들을 가둬놨으니 오죽 답답할까 미안한 마음까지 들었다.

그렇게 다시 한 달의 시간이 흐른 후.

결국 구파의 제자들 사이에 칼부림이 일어났다.

제자들 사이의 다툼으로 네 명의 제자들이 목숨을 잃는 사건이 발생했고, 그 싸움의 원인이 고작 식사 시간의 단순한 자리다툼이었다는 사실을 알게 된 사마진룡은 문제의 심각성을 뒤늦게 깨달았다.

칼부림을 일으킨 제자는 바로 소림의 원명으로, 평소 불심 깊고 자비로운 그가 동료를 살해했다는 사실은 충격적인 일이었다.

그때 나갔어야 했다.

나가서 사마진서와 구파 장문인들의 도움을 청했어야 했다.

그러나 사마진룡은 다음 제구관으로 넘어갔다.

그는 하루빨리 모든 무공을 익혀 마교를 멸하리란 생각만이 가득했기에 애써 문제로 삼지 않았다. 아니, 문제 삼고 싶지 않았다는 것이 올바른 표현이리라.

구관의 무공을 모두 배우고 십관에 이르렀을 때, 제자들은 자신의 명령을 듣지 않기에 이르렀다.

뭔가 크게 잘못됐다는 것을 깨달은 사마진룡이 묵룡비궁을 나가려는 그때 또 다른 자신이 나타나 자신을 제압했다.

얼굴도, 목소리도, 무공도 완벽히 똑같은 분신. 자신마저 구별할 수 없을 정도였다. 제자들은 그의 명령을 따르기 시작한 것이다. 어느 틈엔가 그들은 묵룡환체술에 걸려 있었던 것이다.

모든 것은 다 음모였다.

뒤늦게 깨달은 바지만 묵룡비궁의 무공은 반마공임과 동시에 무공을 익히는 이의 심성까지 모두 멸해 버리는 악마공(惡魔功)이었던 것이다.
"…어쩔 셈이냐?"
사마진룡의 힘겨운 물음에 답한 것은 새로 밀실로 들어선 한 노인이었다.
"마교를 멸해야지. 그러기 위해 들어온 것이 아니더냐?"
대답을 하며 밀실로 들어선 이는 기풍한에게 쫓겨 달아났던 무명노인이었다. 그 뒤로 혈사련주가 뒤따라 들어왔다.
"오셨습니까?"
가짜 사마진룡이 정중하게 무명노인을 맞이했다.
"준비는?"
대답 대신 가짜 사마진룡은 도열한 구파의 제자들을 돌아보았다.
십이관의 반마공을 모두 익힌 구파의 제자들이 늠름한 모습으로 자신을 올려다보고 있었다.
"으하하!"
다시 무명노인이 호탕하게 웃음을 터뜨렸다.
"이제 이들의 앞을 막아설 것은 아무것도 없습니다."
사마진룡이 입술을 깨물었다.
이제 더 이상 피가 나오지 않을 것 같은 메마른 그의 입술에서 피가 새어 나왔다.
"…언제부터 시작된 음모더냐?"
사마진룡의 물음에 무명노인이 한쪽 벽으로 걸어갔다.
그리고 벽에 새겨진 무공구결을 손으로 어루만지기 시작했다.
"오랜 세월을 준비해 왔지. 십 년 전, 우리가 우연히 강호에 나타났다고 생각하느냐?"

벽을 어루만지던 무명노인의 손길이 딱 멈추었다.

"장장 백 년을 준비한 일이었다. 참고, 또 참고… 너희들이 패를 갈라 서로 죽일 듯이 싸움을 일삼을 때, 우린 당장이라도 뛰쳐나가고 싶었지. 그래도 참고 또 참았다. 완벽히 이 강호를 지배할 힘을 얻을 그 날까지."

마치 과거의 일이 생생히 떠오른다는 듯, 무명노인의 얼굴에 격정이 휘몰아쳤다.

격정이 다시 사그러지며 무명노인의 목소리가 잦아들었다.

"그러나 우린 한 가지 실수를 했지."

숨겨진 비화가 서서히 드러나자 혈사련주조차 숨을 죽인 채 무명노인의 말을 경청했다.

"질풍조의 존재를 몰랐다는 것이다. 아, 우리에게 삼 년의 시간만 더 있었더라면… 질풍조가 아니라 질풍조 할아비라 하더라도 우릴 막진 못했을 것이다. 결국 그들의 기습 공격에 우린 비궁의 무공을 완성하지 못한 채 다시 닫아야만 했지."

무명노인이 회한 가득한 눈빛으로 한숨을 내쉬었다.

"하지만 너희도 한 가지 실수를 했지."

무명노인이 사마진룡을 바라보며 사악하게 미소 지었다.

"바로 날 살려둔 것이다."

무명노인이 다시 도열한 무인들 쪽으로 향했다.

"모든 일은 계획대로 진행되고 있다. 이제 네 바람대로… 강호는 곧 하나가 될 것이다. 크하하하!"

무명노인을 따라 혈사련주와 가짜 사마진룡이 함께 웃음을 터뜨렸다.

사마진룡의 입에서 흐느낌이 흘러나왔다.
"크흐흑… 진서야… 우리가 속았다… 우리가 속았다."

*　　　*　　　*

기풍한을 태운 채 끝없이 달려갈 것만 같던 마차가 마지막 휴식을 위해 멈춰 선 곳은 도심을 벗어난 인적 드문 벽촌의 한 허름한 객잔 앞이었다.

마차에서 내린 기풍한을 향해 권마가 말했다.

"오늘은 여기서 쉬어가세."

기풍한이 가볍게 고개를 끄덕였다.

"이제 내일 저녁이면 본 단에 도착할 것이네."

마치 함께 여행길을 나선 오랜 친구처럼 권마는 기풍한을 편하게 대하고 있었는데, 그에 비해 고루신마는 자신의 불편한 심기를 애써 감추지 않았다.

목숨보다 소중히 아끼던 신마기를 다섯 구나 한꺼번에 잃었으니 그럴 만도 한 일이었다. 게다가 두 구는 외팔이 신세가 되지 않았던가?

고루신마는 권마에 비해 마교에 뒤늦게 입교한 인물이었다.

기풍한이 마교 교주의 동생이란 사실을 알 뿐 그를 직접 만난 것은 이번이 처음이었다.

객잔 주인과 그의 아내가 달려나와 일행을 반갑게 맞이했다.

"묵고 가실 겁니까?"

권마가 묵묵히 고개를 끄덕이자 간만에 십여 명이 넘는 대손님을 맞은 부부는 신이 나서 바쁘게 움직이기 시작했다.

외부의 이목을 생각해서였는지 신마기는 십여 기만 남고 나머지는 이미 다른 길로 돌아간 상태였다.

"식사하셔야죠?"

중년 여인이 신마기 중 하나에게 반갑게 다가섰다.

흠칫.

신마기의 차가운 눈빛에 여인이 화들짝 놀라 뒤로 물러섰다.

객잔을 운영하며 숱한 강호인들을 보았지만 이토록 섬뜩한 기분이 들게 하는 눈빛은 처음이었다.

"됐네. 그들에게는 쉴 방을 내주고, 여기 한 상만 차려주게."

여인에게 술상을 부탁한 권마가 기풍한과 고루신마를 돌아보며 말했다.

"한잔하지?"

마교를 하루 앞둔 탓에 긴장이 풀렸는지, 권마가 두 사람에게 술을 권했다.

고루신마가 기풍한을 못마땅하게 노려보았지만, 굳이 권마의 청을 거절하기 뭐한지 함께 자리를 잡고 앉았다.

권마가 '자네가 이해하게' 란 표정을 기풍한에게 지어주었고 기풍한은 그저 작은 미소를 지을 뿐이었다.

신마기들은 객잔 주인의 안내를 받아 객실로 들어갔고 잠시 후, 여인이 간단한 안주거리와 술을 가져왔다.

권마가 기풍한과 고루신마의 잔에 술을 따르며 두 사람을 소개했다.

"그러고 보니 서로 초면이겠구먼. 인사하게. 여긴 고루신마네."

지난 여행길 동안 서로 단 한 마디도 하지 않았던 두 사람이었다.

기풍한이 가볍게 고개를 숙여 뒤늦은 인사를 건넸다.

고루신마가 불퉁한 얼굴로 고개를 홱 돌렸다.

그 모습이 재밌는지 권마가 껄껄거렸다.

차마 권마에게 뭐라고 할 순 없었기에 고루신마가 술을 벌컥벌컥 들이켰다.

고루신마가 기왕 이렇게 된 것이란 표정으로 말했다.

"하나 물어보자."

기풍한이 얼마든지라는 얼굴로 고개를 끄덕였다.

"신마기를 벤 수법이 도대체 뭔가?"

고루신마는 그것이 못내 궁금한 모양이었다.

사실 불편한 자리에 억지로 합석을 한 까닭도 거기에 있었다.

"직접 보지 않으셨소?"

기풍한의 짤막한 답변에 고루신마가 인상을 찡그렸다.

물론 고루신마는 권마와 함께 기풍한의 놀랄 만한 무공을 직접 보았다.

하지만 마지막 순간, 다섯 구의 신마기를 단칼에 베어버린 그 수법은 직접 보고도 믿기 어려운 광경이었다.

"검강이었더냐?"

기풍한이 묵묵히 고개를 끄덕였다.

고루신마가 속이 답답했는지 자신이 술을 따라 다시 한 잔 마셨다.

혈마대주의 혈마강도 견뎌내는 신마기가 아니던가?

그렇다면 놈의 검강이 혈마대주의 그것보다 월등하게 강하다는 뜻. 쉽게 믿어지지 않는 일이었다.

고루신마는 신마기를 그렇게 양단할 정도의 고수는 천마밖에 없으리라 생각하고 있었다.

'괴물 같은 놈!'

홀로 분을 삭이며 술을 마셔대는 고루신마에게 기풍한이 무뚝뚝하게 말했다.

"강시는 세상에 존재해서는 안 된다고 생각하오."

"흥! 신마기는 보통 강시가 아니다."

"무엇이 다르단 말이오?"

"신마기는……!"

고루신마가 뭐라 장황하게 설명을 하려다 말문을 닫았다.

함부로 발설해서는 안 될 비밀이기도 했지만, 그것보단 어떤 말을 하더라도 그 생각을 바꾸지 않을 기풍한의 단호한 눈빛 때문이었다.

"건방진 놈."

고루신마의 눈에서 살기가 폭사되어 나왔다.

일반인이 있다면 그대로 피를 토하고 죽을 정도의 강력한 살기가 옆자리에서 솟구쳐 나왔지만 기풍한의 표정은 조금도 바뀌지 않았다.

기풍한이 무표정하게 고루신마를 응시했다.

순간 기풍한의 몸에서 하나의 기운이 뻗쳐 나왔다.

따스하면서도 차분한, 그리고 강력한. 뭐라 딱히 설명하기 어려운 기운이었다.

순식간에 고루신마의 살기가 흩어지기 시작했다.

단 한 수의 기도 싸움에서 밀려 버린 고루신마가 이를 갈며 말했다.

"반드시 후회하게 될 것이다."

고루신마가 자리를 박차고 일어났다.

그리고 권마에게 슬쩍 인사를 건네고는 객실로 걸어갔다.

그때 고루신마의 등을 향해 기풍한이 입을 열었다.

"다시 한 번 그대의 입에서."

매우 담담한 목소리였다.

"강시란 말이 나온다면… 반드시 내 손에 죽을 것이오."

고루신마의 발걸음이 딱 멈추었다.

"지금 네놈의 처지에… 그럴 수 있을까?"

고루신마가 등을 돌린 채 음침하게 말했다.

"만약 죽게 된다면… 저승길에 동반할 친구 하나쯤은 데려갈까 하오. 이 강호에서 가장 사라져야 할 것이라 생각되는 친구 하나. 그 친구가 당신이 되지 않기를 바라오."

마교에서 고루신마의 위치를 생각할 때 상상도 할 수 없는 위협이자 협박이었다.

고루신마의 어깨가 살짝 흔들렸다.

분노 때문인지, 아니면 웃고 있어서인지 알 수 없었다.

말없이 고루신마가 객실로 사라졌다.

그때까지 두 사람을 말리지 않고 술만 홀짝이던 권마가 그제야 입을 열었다.

"허허, 성질들하곤. 자넨 저 사람에게 그럴 필요 없네. 앞으로 오십 년간 신마기는 더 이상 만들 수 없으니까."

기풍한이 짤막한 한숨을 내쉬며 물었다.

"모두 몇 구나 만드신 겁니까?"

"백 구."

권마는 마치 곧 죽어 입을 닫을 사람을 대하듯 마교의 비밀을 거침없이 말해 주고 있었다.

기풍한의 낯빛이 어두워졌다.

"자네가 다섯 구를 없앴으니 이제 아흔다섯 구가 남았군."

기풍한이 술을 단숨에 들이켰다.

"전쟁이라도 일으키실 작정이십니까?"

그 말에 권마가 피식 웃었다.

"글쎄… 앞날의 일을 어찌 알겠나."

기풍한의 마음이 무거워졌다.

자신이 직접 대한 신마기의 위력은 그야말로 무시무시한 것이었다. 그러한 신마기가 무려 백 구나 존재한다면?

그것들이 모두 나선다면 강호에 그것을 막을 수 있는 단체는 그 어디에도 없을 것이다.

다시 몇 순배의 잔이 돌고 나자 권마가 넌지시 물었다.

"그들과는 어떻게 인연을 맺은 것인가?"

권마는 질풍조에 기풍한이 들어간 이유가 궁금한 모양이었다.

기풍한이 미소를 지으며 말했다.

"어쩌다 보니 그렇게 되었습니다."

솔직히 모든 것을 답해준 권마로서는 억울한 생각이 들 만큼 상투적인 답변이었다.

그럼에도 권마는 전혀 기분이 상한 것 같지 않았다.

"그래, 강호의 일이란 게 다 그런 게지. 애초에 인연이 없었다면 아무리 발버둥을 쳐도 엮어지지 않는 법이지."

다시 말없이 몇 순배의 술잔이 돌았다.

"별일없습니까?"

기풍한의 조심스런 물음에 권마가 술을 홀짝이며 말했다.

"뭐 여전하지. 자네가 환요를 죽이는 바람에 칠마존이 육마존으로 바뀐 일 외에는."

"죄송합니다."

"하하, 자네를 나무라는 말이 아니었네. 다 그 사람 운명인 게지."

다시 기풍한이 조심스럽게 입을 열었다.

"…형님은?"

권마가 기풍한의 얼굴을 가만히 응시했다.

기풍한의 얼굴에는 알지 못할 회한이 자리잡고 있었다.

"잘 계시네."

"……."

"자넬 보고 싶어하시더군."

"……."

기풍한은 그저 말없이 술을 마셨다.

얼마나 그렇게 술을 마셨을까?

두 볼이 발그스레해진 권마가 결국 참았던 물음을 던졌다.

"이십오 년 전, 도대체 무슨 일이 있었나?"

이십오 년 전.

모든 은원이 시작된 해였다.

기풍한의 술잔 속에 한 소년의 모습이 떠올랐다.

"정명아……."

그렇게 시간은 이십오 년이란 긴 세월을 단숨에 거슬러 올라가기 시작했다.

"풍한, 빨리빨리."

한 소년의 손에 이끌려 또 다른 소년이 억지로 끌려 달려가고 있었다.

뒤따라가는 소년이 바로 어린 시절의 기풍한이었다.

"이놈아, 숙부라고 불러야지."

"개뿔! 숙부는 무슨, 나이도 나보다 어리면서."

앞서 가는 소년의 이름은 기정명(起靜明)이었다.

기풍한 십이 세. 기정명 십사 세.

정명은 바로 기천기의 아들이었다.

그리고 기풍한은 기천기의 배다른 동생이었다.

기풍한은 전대 천마 기천진(起天鎭)의 늦둥이로 세상에 태어났고, 이미 그때는 기천기의 아들인 정명이 태어난 이후였다.

정실의 혈육이 아니었던 기풍한은 마교 내의 천덕꾸러기로 성장했다. 기풍한의 어머니는 강호인이 아니었고 기천진이 마교 교주라는 것조차 몰랐던 평범한 여인이었다. 우연히 기천진이 강호를 주유하다 만나 사랑에 빠져 기풍한을 얻게 된 것이다.

어쨌든 마교 내에서는 기풍한의 존재를 탐탁지 않게 여겼다.

기천진이 살아 있을 때야 모두들 천마의 눈치를 살피느라 아무 내색도 하지 않았지만 기풍한이 아홉 살 때 기천진이 죽었고 젊은 기천기가 천마의 자리를 이어받았다.

그때부터 마교의 고수들은 드러내 놓고 멸시를 하진 않았지만 은근히 기풍한을 무시하기 시작했다.

기천기 역시 뒤늦게 하늘에서 뚝 떨어진 늦둥이 동생을 좋아하지 않았는데 그 이유는 자신의 생모 때문이었다.

기천진을 마음속 깊이 사랑하던 그녀는 기풍한이란 새로운 자식의 등장에 큰 배신감을 느꼈고, 결국 그로 인해 마음병을 얻어 일찍 죽은 것이었다.

결국 기풍한 때문에 자신의 어머니가 죽었다는 잘못된 생각으로 자란 기천기였다.

외톨이처럼 자라던 기풍한의 유일한 친구가 바로 기천기의 아들이자 풍한의 조카가 되는 정명이었다.

두 사람은 숙부와 조카 사이였지만 친구처럼 자랐던 것이다.

"난 앞으로 마교를 이어받을 몸이야. 괜찮아, 괜찮아!"

매번 이런 식이었지만 기풍한은 굳이 정명의 무례를 뭐라 하지 않았다.

기풍한은 오히려 이렇게 편하게 대해주는 정명이 고마울 때가 많았다.

"근데 어딜 가는 거야?"

"따라와 보면 알아."

한참을 그렇게 이끌려 가던 기풍한이 깜짝 놀라 걸음을 멈췄다.

"여긴?"

두 사람이 도착한 곳은 바로 모든 마인들의 성지라 알려진 천마동(天魔洞)이었다.

"여길 들어가자고?"

"응."

"안 돼!"

기풍한의 놀람에도 정명은 대수롭지 않은 투였다.

"여기를 통하면 몰래 산 아래로 내려갈 수 있어."

"허락없이 산을 내려가면 안 돼."

"헤헤. 벌써 몇 번이나 내려가 봤는걸."

"뭐?"

"괜찮아. 잠깐 구경만 하고 오는 건데. 안 궁금해? 산 아래 뭐가 있는지?"

"하지만……."

기풍한 역시 산 아래 뭐가 있는지, 어떤 사람들이 어떻게 살고 있는지 너무나 궁금했다.

이제 겨우 열두 살의 소년이었다.

교의 엄격한 규칙보다는 호기심이 앞서는 나이였다.

결국 기풍한은 정명의 유혹에 넘어가고야 말았다.

두 시진 후.

"우와아아!"

기풍한의 벌어진 입이 다물어질 줄 몰랐다.

시장 골목을 가득 메운 사람들의 물결 속에서 기풍한은 감탄을 연발하고 있었다.

"우와, 저것 봐!"

화려한 비단을 내건 포목점이며, 전병을 파는 장사치, 수레에 실린 갖가지 연들, 깃발을 내걸고 점을 쳐주는 늙은이, 떼를 지어 다니며 구걸을 하는 거지들, 짙은 화장을 한 채 엉덩이를 흔들며 걸어가는 기녀들, 길을 비키라고 고함을 질러대는 마부… 기풍한은 마치 별천지에 온 것 같은 착각에 빠져들고 있었다.

넋이 나간 기풍한의 표정을 지켜보며 정명이 득의만면한 미소를 지었다.

"어때, 죽이지?"

기풍한이 정신없이 고개를 끄덕였다.

"이리와 봐, 갈 데가 있어."

다시 정명이 기풍한의 손을 잡아끌기 시작했다. 아마도 정명은 그곳에 데려가려고 산을 내려온 모양이었다.

정명의 손에 이끌려 간 곳은 한 작은 객잔이었다.

객잔이란 곳을 처음 와본 기풍한은 그저 어리둥절한 표정이었다.

객잔 안에는 제법 많은 손님들이 북적대고 있었는데, 이제 겨우 열넷밖에 안 된 정명이 제법 손님 행세를 하며 자리를 잡고 앉았다.

"허허, 이번에는 친구와 함께 왔구나."

인상 좋은 중년의 객잔 주인이 반갑게 정명을 맞이했다.

"항상 먹는 걸로 줄까?"

"네."

과연 정명은 한두 번 이곳에 와본 것이 아닌 모양이었다.

객잔 주인이 주방을 향해 소리쳤다.

"자, 여기 특별히 신경 써서 국수 둘!"

객잔 주인이 다시 다른 손님을 맞으러 사라지자, 기풍한이 객잔 안을 둘러보며 물었다.

"여기 국수가 맛있어서 데려온 거야?"

"바보."

어이없다는 표정을 짓던 정명이 객잔 한구석을 가리켰다.

"저길 봐."

그곳에는 한 소녀가 음식을 나르고 있었다.

열서너 살쯤 되었을까?

양 볼에 젖살이 채 빠지지 않은 뽀얀 피부에 까만 눈동자가 너무나 예쁜 소녀였다. 산에만 틀어박혀 지내는 소년의 마음을 빼앗아가기에 충분한 매력이었다.

"예쁘지?"

"응."

기풍한도 넋을 놓고 소녀를 바라보았다.

정명이 자신의 단호한 결심을 밝혔다.

"나 저 아이와 혼인할 거야."

기풍한이 깜짝 놀라 정명을 돌아보았다.

"정말?"

"응. 결심했어."

"형님이 허락하실까?"

"사내라면 자신이 사랑하는 여인쯤은 제 손으로 선택해야 하지 않겠어? 아버지 허락 따윈 필요없어."

기풍한은 이럴 때 보면 정명이 너무나 어른스럽다는 생각이 들었다.

두 소년이 도란도란 이야기를 나누고 있는 사이, 소녀가 국수를 들고 다가왔다.

정명의 두 볼이 이내 발갛게 붉어졌다.

소녀 역시 정명이 자신을 좋아하고 있다는 것을 이미 눈치챘는지 시선을 맞추지 못하고 있었다.

소녀의 볼도 함께 붉어졌다.

국수를 내려놓고 소녀가 황급히 몸을 돌렸다.

"아앗."

그 순간 소녀가 그 옆을 지나던 몇 명의 사내들 중 하나에 몸에 부딪쳤다.

짝!

말리고 말고 할 사이도 없었다.

사내의 무작스런 손이 소녀의 뺨을 후려갈겼다.

꽈당!

소녀가 바닥에 쓰러졌고, 정명이 벌떡 자리에서 일어났다.

입가에 피를 흘리며 소녀가 다급하게 말했다.

"죄, 죄송합니다."

사내들은 일언반구 한마디도 없이 다시 걸음을 옮겼다.

마치 말이라도 섞을 가치도 없다는 태도였다.

소녀의 아비인 객잔 주인이 황급히 달려나와 소녀를 일으켜 세웠다.

"죄송합니다, 죄송합니다."

그 와중에도 객잔 주인은 연신 죄송하다는 말만 반복하고 있었다.

그도 그럴 수밖에 없었던 것이 객잔 주인은 사내들이 누구인지 정확히 알고 있었던 것이다. 이곳 대천산 아래 마을에 검을 차고 돌아다니는 무인은 오로지 한 종류뿐이었다.

대천산의 주인. 바로 마교인들이었던 것이다.

과연 사내들은 마교 천살대의 무인들이었다.

"시끄러. 술이나 가져와."

사내들이 자리를 잡고 앉아 왁자지껄 떠들기 시작했다.

"괜찮니?"

아비가 걱정스럽게 묻자 소녀가 고개를 끄덕였다.

하지만 이미 볼에는 시뻘건 손자국이 나 있었고 눈에는 눈물이 글썽이고 있었다.

정명의 눈에서는 불꽃이 일고 있었다.

정명이 사내들을 향해 걸어갔다.

"안 돼. 참아!"

기풍한이 정명을 말려보려 했지만, 정명의 눈은 이미 돌아간 이후였다.

천살대의 무인 앞에 선 정명이 나지막이 말했다.

"사과해."

정명의 말에 사내들이 서로를 돌아보며 이게 무슨 일이냐는 표정을 지었다.

그리고 이내 웃음을 터져 나왔다.

"자네보고 사과하라네. 으하하! 사과하게."

동료들의 놀림에 소녀를 때린 사내가 아래턱을 좌우로 흔들며 인상을 찡그렸다.

그들은 정명을 알아보지 못하고 있었다.

북풍혈마대의 정예 무인들이라면 모두 알아보았겠지만 천살대의 무인들은 외단 소속으로 정명은 물론이고 천마의 얼굴을 보지 못한 이들이 대다수였다.

주르륵.

말보다는 주먹이 앞섰던 사내의 잔망스런 손이 결코 해서는 안 될 일을 저지르기 시작했다.

자신의 앞에 놓인 술병을 들어 정명의 머리 위에 쏟아 부었던 것이다.

"싫구나. 이걸 어쩌나?"

"으하하하!"

사내들의 웃음소리가 동시에 터져 나왔다.

술에 흠뻑 젖은 정명의 눈빛이 이글이글 타오르기 시작했다.

"저놈 눈깔 보게."

"당장 가입시켜도 제 한몫은 하겠구나."

"꺼져라, 이놈아. 하나밖에 없는 목숨으로 장난치지 말고."

기풍한이 황급히 정명에게 달려갔다.

정명의 손을 잡아끌며 기풍한이 말했다.

"그만 가자."

산에서 몰래 내려온 그들이었다.

그건 둘째 치고라도 당장이라도 큰 사고가 일어날까 기풍한의 마음은 천 길 절벽 위에 위태롭게 매달려 있는 기분이었다.

정명은 천마의 하나밖에 없는 후계자.

그에게 무슨 일이라도 벌어진다면… 그건 상상도 하기 싫은 일이었다.

정명의 분노가 맞잡은 손의 떨림으로 기풍한에게 전해져 오고 있었다.

무시무시한 분노.

화르르!

정명의 몸에서 마기가 피어오르는 순간, 기풍한은 숨이 컥 막혔다.

정명의 눈에서 살기가 솟구치고 있었다.

"명아! 안 돼!"

정명 역시 사고를 쳐서는 안 된다는 것을 알고 있었다.

게다가 상대는 마교의 무인들.

사내들의 조롱 속에 정명의 갈등은 계속 이어지고 있었다.

"이만 돌아가자."

기풍한이 정명의 손을 다시 잡아끄는 순간.

퍽.

정명이 기풍한을 후려쳤다.

기풍한의 몸이 뒤로 날아가 탁자를 부수며 바닥을 뒹굴었다.

자신을 돌아보는 정명의 눈에서는 이미 이지가 사라져 있었다.

'주화입마?'

기풍한의 가슴이 덜컹 내려앉았다.

구화마공은 분노를 할수록 더욱 강한 힘을 얻는 무공이었다.

아직 분노를 다스리는 법을 완전히 깨닫지 못한 정명이 억지로 화를 참자 구화마공의 내력과 충돌하면서 주화입마의 초기 증상에 빠져들게 된 것이다.

정명이 떠나지 않고 여전히 자신을 죽일 듯이 노려보자, 사내의 얕은 인내심이 금방 바닥을 드러냈다.

"이 쥐새끼 같은 놈이……!"

사내가 사정없이 정명을 후려치려는 순간.

퍼엉!

정명의 일격에 사내가 탁자를 부수며 날아갔다.

아직 삼성에 불과한 구화마공이 열네 살 소년의 손에서 펼쳐졌지만 일개 천살대 무인이 맨몸으로 막아낼 경지가 아니었다.

"끄르륵."

숨넘어가는 소리와 함께 실제로 사내의 숨이 끊어졌다.

그 일격에 놀란 것은 기풍한뿐이 아니었다. 함께 왔던 사내들의 표정이 흉측하게 일그러졌다.

"어린 놈이 악독한 수를 쓰는구나!"

차아앙!

사내들이 일제히 검을 뽑아 들었다.

"다, 죽— 인— 다!"

괴성을 지르며 정명이 사내들을 향해 돌진했다.

퍼엉!

순식간에 날아든 정명의 주먹에 좌측에 서 있던 무인의 머리통이 그대로 깨어졌다.

쉭!

그 옆의 무인이 반사적으로 휘두른 검이 정명의 어깨를 스치고 지나갔다.

파앗!

정명의 어깨에서 피가 튀어 올랐다.

피내음이 코끝을 찔러오는 순간, 정명의 눈빛에서 더욱 강한 살기가 솟구쳤다.

퍼엉!

정명의 뻗어진 주먹 끝에서 다시 사내 하나의 늑골이 부서졌고 이내 피를 토하며 쓰러졌다.

정명의 몸이 허공을 휙 하니 날아가더니 다시 쓰러진 사내를 두 발로 내리찍었다.

와작!

뼈가 가루가 되어 갈라지는 끔찍한 소리.

"명… 아……."

기풍한은 그 공포스런 광경에 질려 꼼짝도 할 수 없었다.

객잔에서 일하는 소녀마저 두려움에 떨며 아비의 품에 안겨 있었다.

순식간에 몇 명의 사내들이 즉사하자 나머지 사내들은 감히 더 이상 공격하지 못했다.

그들 중 한 사내가 뒷걸음질을 치며 말했다.

"…소악귀!"

그때였다.

꽈앙!

지금과는 비교가 되지 않는 폭음 소리가 터져 나왔다.

소악귀란 말을 내뱉은 사내의 몸이 말 그대로 산산조각나서 흩어졌다.

그에게 살수를 가한 이는 정명이 아니었다.

누군가 객잔 안으로 들어서고 있었다.

천마 기천기였다.

그의 양옆으로 천마의 호위대인 적호단의 무인들이 붉은 옷자락을 휘날리며 늘어섰다. 정명이 사라졌다는 것을 알고는 황급히 수하들과 함께 마을로 내려온 그였다.

"교주님?"

천마를 알아본 사내 하나가 그대로 주저앉았다.

그 말에 깜짝 놀란 사내들이 일제히 무릎을 꿇기 시작했다.

"신교불패 천마불사! 교주님을 뵙습니다."

그러나 천마의 안중에 그들은 존재조차 하지 않았다.

"명아."

천마의 나지막한, 그러나 거부할 수 없는 음성이 흘러나왔다.

"다… 죽… 인… 다……."

기천기를 향해 돌아서는 정명의 입에서 다시 그 말이 흘러나왔다.

기천기가 한 손을 뻗어 앞으로 내밀었다.

휘리릭.
정명의 신형이 허공을 날아 기천기에게로 날아갔다.
"다… 죽… 여… 야… 해……."
정명의 몸은 부들부들 떨리고 있었다.
기천기가 정명의 가슴에 손바닥을 가져갔다.
우우웅!
기천기의 구화신공이 정명의 몸속으로 흘러들어 가자, 이내 정명의 떨리는 신형이 안정되기 시작했다.
기천기가 내력 주입을 멈추자 정명의 눈빛이 원래대로 돌아왔다.
"아… 버… 지?"
기천기가 묵묵히 고개를 끄덕였다.
"분노를 참기 힘들면 참지 마라."
다시 기천기가 기풍한을 돌아보았다.
너무나도 차가운 시선.
심장이 차갑게 식는다는 기분이 들 정도의 냉담한 시선. 죽을 때까지 잊을 수 없는 눈빛이었다.
"…형님."
"……."
차라리 야단을 쳤으면. 아무리 어리지만 숙부가 이렇게 함부로 행동해서는 되겠냐며 야단을 쳤으면. 뺨이라도 후려갈겨 줬으면.
그러나 기천기는 더욱 잔인한 방법을 택했다.
기풍한에게 아무런 야단도 치지 않았다.
기천기가 정명을 안은 채 걸음을 옮겨놓았다.
그 뒤를 고개를 푹 숙인 기풍한과 적호단의 무인들이 말없이 뒤따렸다.

그제야 사태 파악을 한 사내들은 오줌까지 지리며 바닥에 넙죽 엎드려 있을 뿐이었다.

기천기의 품 안에 있던 정명이 객잔 쪽을 바라보았다.

아버지의 손을 잡고 두려운 눈빛으로 자신을 바라보는 소녀의 모습이 보였다.

'이렇게 가서는 안 돼.'

정명이 애써 미소를 지어 보였다.

자신의 미소를 소녀가 꼭 보아야 할 텐데란 생각뿐이었다.

그때 기천기의 발걸음이 뚝 멈추었다.

기천기가 말없이 정명을 내려다보았다.

정명의 어깨에서 흘러나오는 피가 기천기의 가슴을 적시고 있었다.

자신을 내려다보는 아버지의 눈빛을 응시하던 정명의 가슴이 떨리기 시작했다.

그 순간.

'안 돼!'

말이 입 밖으로 나오기도 전, 기천기가 홱 돌아섰다.

투아앙!

기천기의 주먹에서 거대한 장력이 휘몰아치며 객잔을 향해 날아갔다.

기풍한도, 정명도 똑똑히 볼 수 있었다.

어마어마한 폭풍이 객잔을 송두리째 날려 버리고 있는 것을.

천지분간도 못한 천살대의 사내들도, 객잔에서 술을 마시던 손님들도, 그 인상 좋던 객잔 주인도, 그리고 정명이 처음으로 사랑을 느낀 그 소녀도… 폭풍 속으로 사라져 버리는 것을.

휘이잉.

객잔이 있던 곳은 폐허조차 남지 않은 빈 공간이 되었다.

마치 애초에 그곳에는 아무것도 존재하지 않았다는 것처럼.

"…안… 돼."

정명의 눈에서 흐르는 눈물방울이 확대되듯 기풍한의 마음속에 박혀드는 순간, 기풍한이 회상에서 깨어났다.

"풍한."

이십오 년의 세월을 훌쩍 뛰어넘어 권마가 다시 묻고 있었다.

"정말 자네가 그를… 죽였나?"

권마가 말없이 기풍한을 응시했다.

기풍한은 아무 말도 하지 않았다.

무심한 기풍한의 눈빛을 바라보며 권마가 힘없이 말했다.

"자넨… 반드시 죽게 될 것이네."

다음날, 기풍한은 대천산 마교 본단에 도착했다.

십여 개의 절진이 차례대로 열렸고, 마지막 구화진이 열리자 마교 본단의 웅장한 건물들이 모습을 드러냈다.

기풍한이 안내된 곳은 아담하게 꾸며진 장원이었다.

권마는 그저 편히 쉬란 말만 남긴 채 기풍한을 남겨놓고 어디론가 가버렸다.

장원에는 한 여인이 기풍한을 기다리고 있었다.

"제 이름은 화령입니다. 그대가 죽인 환요님의 제자이지요. 이곳에

계신 동안 제가 돌봐 드리겠습니다."

사부의 원수를 대하는 이치고는 너무나 차분한 어조였다. 오히려 그런 행동이 더욱 섬뜩하게 느껴질 정도였다.

"우선 지니고 계신 병장기를 제게 맡기시지요."

기풍한이 자신이 지니고 있는 무기들을 하나씩 풀어 그녀에게 건네주기 시작했다.

질풍검과 질풍봉, 그리고 허벅지에 매달려 있던 박도와 손목에 차고 있던 혈옥수까지.

"당신 사부의 일은… 사과드리겠소."

기풍한의 나지막한 사과에 화령은 그저 알 수 없는 미소를 지을 뿐이었다.

"시장하실 텐데 식사를 하시지요."

기풍한이 오기만을 기다렸다는 듯 식탁에는 갖가지 음식이 마련되어 있었다.

그리고 기풍한 앞에 놓인 하나의 목곽.

"먼저 드시지요."

기풍한이 목곽을 열자 메추리알 크기의 단약이 하나 들어 있었다.

"절령단(絶靈丹)이라 불리는 약입니다. 고수들의 내력을 흩어버리는 용도로 사용되지요. 강호에서 일반적으로 사용되는 신선폐의 효능에 열 배 정도의 약효를 가지고 있습니다."

그런 무서운 것의 복용을 권하는 말치고는 너무나 다정하고 상세한 설명이었다.

"외부인이 교주님을 뵙기 위해서는 반드시 거쳐야 하는 일입니다."

기풍한이 묵묵히 고개를 끄덕이고는 망설이지 않고 단약을 삼켰다.

과연 화령의 설명처럼 절령단의 위력은 대단했다.

복용을 하자마자 단전에 가득 쌓인 내공이 무서운 속도로 흩어지기 시작했다.

그런 기풍한의 단호한 행동에 화령이 조금 의외라는 표정을 지었다.

"두렵지 않나요?"

화령의 물음에 기풍한이 피식 미소를 지었다.

기풍한이 식사를 하기 시작했다.

음식의 맛은 그야말로 천하일미라 할 만큼 뛰어났다. 입 안에 들어가자마자 사르르 녹는다는 표현이 어디서 왔는지 알 수 있을 정도였다.

기풍한이 맛있게 식사를 하자 화령이 미소를 지으며 말했다.

"맛이 어떤가요?"

기풍한이 엄지손가락을 치켜세우며 환하게 웃었다.

그 모습에 화령은 내심 더욱 놀라고 있었다.

음식에는 마교에서 제조된 일곱 가지의 극독이 포함되어 있었다. 단숨에 숨을 끊는 종류의 독이 아니라, 서서히 대상에게 고통을 안겨주는 그런 독이었다.

앞서 절령단을 복용했기에 내력으로도 그 고통을 막을 수 없을 것이다.

그러나 기풍한은 아무 내색도 않고 자신을 향해 웃고 있었다.

식사를 모두 마칠 때까지 화령은 말없이 기풍한을 지켜보고 있었다.

식사를 다 마친 기풍한이 자리에서 일어났다.

"잠시 소화를 시킬 겸 바람 좀 쐬고 오겠소."

기풍한이 내실에서 걸어나왔다.

장원의 정원에는 아름답게 꾸며진 화원과 아담한 연못이 있었다.

기풍한이 연못 옆의 바위 위로 걸어갔다.

휘청.

기풍한이 비틀거리며 바위를 의지하며 쓰러지지 않기 위해 애를 썼다.

그의 이마에서는 굵은 땀방울들이 쉴 새 없이 쏟아졌다.

기풍한이 억지로 몸을 움직여 바위 위에 걸터앉았다.

"휴우."

기풍한이 긴 한숨을 내쉬며 하늘을 올려다보았다.

푸른 하늘에는 한 무리의 뭉게구름이 천천히 흘러가고 있었다.

그렇게 하루가 지나고, 이틀이 지나도 그곳으로 아무도 오지 않았다.

이틀 사이 기풍한의 얼굴은 너무나 초췌해져 있었다.

화령이 제공하는 음식의 맛은 너무나 좋았지만, 극독과 해독약이 교대로 섞여 있었다.

아마도 죽이지는 않는 범위 내에서 철저히 고통만을 주고자 하는 의도였다.

기풍한은 아무 내색도 하지 않고 음식을 먹었다.

또한 장원을 벗어날 생각도, 그곳을 탈출할 생각도 없는 듯 보였다. 언제 천마를 만날 수 있는가에 대해 묻지도 않았다.

그저 자다가 일어나 준비해 둔 음식을 먹고 다시 자고. 그 생활의 반복만을 거듭할 뿐이었다.

다시 하루가 지나, 기풍한이 마교에 도착한 지 사흘째 되는 날이었다.

첫날 이후 일체 아무 말이 없던 화령이 기풍한을 향해 말했다.

"당신은 참으로 이상한 사람이군요."

"무슨 뜻이오?"

"당신이 어떻게 될지 걱정되지 않나요?"

기풍한이 피식 웃으며 말했다.

"어차피 해결될 일이라면 걱정할 필요가 없을 테고, 걱정한다고 해결될 일이 아니라면 걱정할 필요가 없겠지요."

"호호호!"

기풍한의 말에 화령이 웃음을 터뜨렸다.

그녀가 웃음을 딱 그쳤다.

"이번 일은 제가 자원을 했지요. 한 번은 꼭 보고 싶었어요. 사부님을 해친 자가 누구인지. 그리고 걱정했지요. 혹 아무 가치도 없는 쓰레기에게 사부님이 돌아가신 것이 아닌지. 만약 그랬다면 명을 어겨 제 목숨을 잃게 된다 하더라도 당신을 직접 죽였을 거예요."

이제 화령의 얼굴에는 그 어떤 원망도 남아 있지 않았다.

아마도 이와 같은 사내에게 죽었다면 사부 역시 그 어떤 한도 남기지 않았으리라 생각한 모양이었다.

"준비하세요. 교주님께서 부르십니다."

그리고 같은 시간, 천길과 사마를 호송해 온 흑사령이 마교에 도착하고 있었다.

第44章

복마전

복
마
전

사령각(使令閣).

마교 내 흑사령의 마인들이 기거하는 곳이 바로 그곳이었다.

사령각 내의 커다란 대청.

십여 개의 탁자가 놓인 그곳은 사령의 마인들이 휴식을 취하는 곳이었다.

그곳으로 중경에서 돌아온 서른 명의 사령각 마인들이 우르르 들어서고 있었다.

대청에는 이십여 명의 마인들이 술과 차를 마시며 쉬고 있었다.

술을 마시던 마인 하나가 동료들이 들어서자 놀라 물었다.

"어라? 벌써 돌아왔나?"

호북과 중경 쪽 감찰을 나간 무인들이 일정보다 빨리 귀환한 것이다.

앞서 들어서던 흑사령의 무인이 얼굴에 두른 두건을 벗으며 말했다.

"일이 생겼네. 오랜만에 하산했는데… 망할."

중경에 임무를 나가면 항상 들르던 기루의 기녀 얼굴이 아직도 아른거리는 것만 같았다.

보통 하산한 마인들이 임무를 마치면 사흘 정도의 휴가가 주어졌다.

산에만 틀어박혀 있던 마인들은 그 시간이 그야말로 천금 같은 휴식 시간이었다.

그러자 말을 걸어왔던 마인이 껄껄거렸다.

"하하, 자네 몫까지 내가 대신 즐겨주지."

"임무인가?"

"내일 하남 지역으로 가네."

"사령이 누군데?"

"귀수(鬼手) 선배네."

"캬, 좋겠군."

아마 귀수란 흑사령은 수하들에게 제법 인기를 얻고 있는 모양이었다.

귀환한 흑사령의 마인들이 모두들 두건을 벗기 시작했다.

그들 사이에 섞여 부지런히 전음을 주고받는 이들이 있었다.

바로 곽철과 비영이었다.

"어쩌지?"

"어쩌긴. 나가야지."

두 사람이 슬그머니 대청을 벗어나려던 그때였다.

"어이, 술이나 한잔해. 어딜 가나?"

비영은 내심 깜짝 놀랐지만, 해결은 곽철의 몫이었다.

곽철이 피곤하다는 듯 돌아서지도 않은 채 손을 힘없이 흔들며 계속 걸었다.

비영은 모른 척 곽철의 뒤를 따랐다.

오히려 어쩌구저쩌구 위험을 감수한 대화보다 그것이 훨씬 효과적인 방법이었다.

"하하, 어지간히 화가 난 모양이구먼."

다시 동료들과 술을 건네던 마인이 문득 그들이 사라진 곳을 돌아보았다.

'근데 누구였지?'

흑사령의 마인들은 모두 백 명이었다.

세 개의 조로 나누어져 있어 속속들이 서로를 알지는 못했지만 대충 술 한잔씩은 함께 나눠본 그들이었다.

"마셔, 뭐 해?"

잠시 의문을 가졌던 마인이 동료 마인과 함께 술을 들이켰다.

이내 그 의문은 사라졌다.

의심을 한다는 것 자체가 오히려 이상한 일이었다.

이곳은 바로 마교의 본단이었으니까.

"휴."

기다란 복도를 걸어 건물을 빠져나온 두 사람은 동시에 긴 한숨을 내쉬었다.

나오는 과정에서 십여 명의 마인들을 지나쳐 왔지만, 다행히 자신들에게 말을 걸어오는 이들은 없었다.

사령각 앞 연무장의 가장자리를 따라 걸으며 곽철과 비영은 두건을 벗어버렸다.

사령각을 나온 이상, 오히려 두건을 뒤집어쓰고 있는 것이 더 눈에 띄었던 것이다.

다행히 마교 본단 내의 경비는 놀랄 만큼 허술했다.

그도 그럴 것이 지금 두 사람이 걷고 있는 그곳은 사령각을 중심으로 북풍혈마대의 마인들이 기거하는 혈각(血閣), 전투 기병대인 철갑마기병(鐵甲魔騎兵)들의 숙소인 철각(鐵閣), 궁을 사용하는 수비대인 혈전대(血箭隊)의 숙소인 시각(矢閣) 등이 동서남북으로 위치하고 있었던 것이다.

그에 비해 천마가 묵고 있는 구화전을 비롯해 칠마존의 거처가 마련된 영역, 그리고 신마기가 대기하고 있는 곳 등은 비교할 수 없는 엄중한 경계가 이중 삼중으로 펼쳐져 있었다.

"수고하십니다."

마인 하나가 두 사람에게 정중하게 인사를 건네고 지나갔다. 아마도 사령각의 마인들보다 직급이 낮은 무인인 듯 보였다.

곽철이 거만하게 까닥 고개를 끄덕이고 지나쳤다.

워낙 많은 사람들이 돌아다녔기에 오히려 두 사람은 눈에 띄지 않았다.

반 시진이 지나도록 그들은 그곳을 벗어나지 못한 채 계속 헤매고 있었다.

"젠장. 엄청나게 넓군."

곽철이 주위를 돌아보며 혀를 찼다. 눈썰미가 좋기로 소문난 곽철마저 헷갈리고 있었다.

건물이나 길은 철저히 같은 모양으로 꾸며져 있었고, 하다못해 담벼락에 들어간 벽돌까지 같은 종류였다.
그야말로 커다란 미로에 빠진 기분이었다.
"이대로는 도저히 안 되겠다."
비영의 말에 곽철이 고개를 끄덕였다.
"한 놈 족쳐야겠군."
곽철과 비영이 한 커다란 건물 옆 그늘에 서서 제물을 찾기 위해 눈을 번득이기 시작했다.
이윽고 저 멀리 마인 둘이 이쪽을 향해 걸어오고 있었다.
"어이."
곽철이 그들을 향해 손을 흔들었다.
그러자 두 마인이 걸음을 멈추었다.
서로를 마주 보며 어이없는 표정을 짓는 것으로 봐서 사령각 무인들보다 높은 직급이거나 같은 직급의 마인들인 것 같았다.
두 마인이 어깨에 힘을 잔뜩 주며 곽철 쪽으로 걸어오기 시작했다.
"어라, 잘못 건드렸나."
찔끔 놀란 곽철을 보며 비영이 나지막이 말했다.
"옷차림을 보니 북풍혈마대 소속 같은데."
과연 마인들의 가슴에는 혈(血)이란 글자가 시뻘겋게 새겨져 있었다.
그러는 사이 두 마인이 그들 앞까지 다가왔다.
"뭐 좀 물어보세!"
"뭐?"
곽철의 태도에 두 마인이 어이없는 표정을 지었다.
과연 두 마인은 바로 북풍혈마대 소속의 무인들이었다.

본래 북풍혈마대의 마인들과 사령각의 마인들은 같은 급이었다.

사령각에서 하는 일 자체가 감찰이었기에, 그 집단 자체의 위세는 대단했지만 그것은 어디까지나 정치적인 문제였다.

일반 마인들 사이에서는 가장 높이 쳐주는 마인들이 바로 북풍혈마대의 마인들이었다. 따라서 가장 자부심이 높은 이들이 그들이었고, 특히 감찰 기관이란 이유로 어깨에 힘을 주는 사령각의 마인들을 북풍혈마대 마인들은 지독히 싫어했다.

은밀히 말하면 사령각의 마인들은 전투 부대가 아니었기에 더욱 그러했다. 그런 이유로 북풍혈마대와 사령각의 무인들은 서로 일체의 대화를 하지 않고 지냈다. 그런 사정도 모르고 곽철이 그들에게 대화를 걸어왔던 것이다.

"이 새끼들. 운기행공하다 딸꾹질이라도 했나?"

당장 북풍혈마대 마인의 입에서 욕설이 터져 나왔다.

곽철이 뺀질뺀질한 얼굴로 마인들에게 말했다.

"그냥 뭐 하나 물어보려는 거네. 너무 인상 쓰지 말게."

마인 둘은 어이가 없다 못해 황당한 표정을 지었다.

"그래, 잘 물어야 할 것이다. 까닥하면 이승에서 마지막 질문이 될 테니까."

"여기 혹시 사람 잡아오면 어디다 가두냐? 새로 들어와서 잘 모르겠네."

생각해 보면 말도 안 되는 질문이었지만 두 마인에게는 새로 들어왔다는 말만 귀에 들어왔다.

"게다가 신참이라 이 말이지?"

뚜둑뚜둑.

두 마인이 손가락 뼈마디에서 소리를 내며 위협적으로 다가섰다.

"사령각 신참 놈이 감히 혈각에 와서 개지랄을 떤다 이 말이지?"

곽철이 두 손을 내저으며 소리쳤다.

"어이, 대답은 해줘야지."

"죽은 네 애비에게 물어봐라!"

마인 하나가 곽철에게 사정없이 주먹을 날렸다.

곽철이 비영 뒤로 물러서며 비영을 앞으로 밀었다.

마인의 주먹이 비영에게 날아들었다.

비영이 그대로 상체를 뒤로 누이며 사정없이 마인을 걷어찼다.

퍽 하는 둔탁한 소리가 들렸음에도 마인이 쓰러지지 않고 검을 뽑아 들었다. 과연 북풍혈마대의 마인들이었다.

비영의 검이 허공을 갈랐다.

스걱.

비영의 검이 마인의 가슴을 베어버렸다.

남은 마인과 곽철이 동시에 소리쳤다.

"이 미친놈이!"

"미쳤어?"

설마 칼질까지 하리라곤 상상도 못했던 마인이 반사적으로 검을 뽑아 들며 뒤로 몸을 날렸다.

스걱.

그러나 이미 비영의 검은 두 번째 마인의 심장까지 베어버렸다.

곽철이 어처구니없다는 표정으로 비영을 보며 소리쳤다.

"죽이면 어떻게 해!"

"그럼 그냥 맞아? 아님 다른 놈들 부를 때까지 기다려?"

"컥, 한 놈은 살려서 대답은 들었어야지."

곽철이 구시렁거리며 두 마인의 시체를 건물 옆으로 질질 끌고 갔다.

"어서 이놈들 옷으로 갈아입어."

"왜?"

비영의 의문에 마인의 옷을 벗기며 곽철이 말했다.

"보아하니 이 옷 입고는 이쪽 동네에 못 돌아다니겠네. 그리고 북풍혈마대는 천 명이나 되니까… 우릴 알아보는 놈도 없을 거야."

비영이 그 말에 수긍하며 서둘러 옷을 갈아입었다.

"이놈들 어쩌지?"

곽철이 주위를 부지런히 돌아봤지만 마땅히 시체를 숨길 공간이 없었다.

"헉! 난리났다."

곽철이 깜짝 놀라 바라본 곳에서 다시 두 명의 북풍혈마대 마인들이 이야기를 나누며 이쪽을 향해 걸어오고 있었다.

두 사람이 빠져나갈 시간은 충분했지만 시체를 감출 여유는 없었다.

곽철이 나지막이 소리쳤다.

"이 옷 입혀!"

곽철이 자신들이 입고 있었던 옷을 그들에게 입히기 시작했다.

비영은 일단 군소리없이 곽철이 시키는 대로 했다.

위기 상황에서의 곽철의 기지에 전적으로 맡기는 수밖에 없었다.

옷을 대충 입히고 두 마인들의 시체를 뒤집어 얼굴을 볼 수 없게 만들었다.

그러는 사이 마인들이 가까이 다가왔다.

그들을 지나쳐 건물로 들어가려던 마인들이 쓰러진 두 시체와 곽철과 비영을 발견했다.

“어이, 거기 뭐 해?”

마인들이 두 사람 쪽으로 다가왔다.

바닥에 쓰러진 사령각 무인들의 시체를 보고는 깜짝 놀랐다.

“뭔 일이야?”

곽철이 흥분한 듯 씩씩거리며 말했다.

“이 미친놈들이 여기까지 들어와서 시비를 거는 바람에 그만…….”

죽은 두 마인이 들으면 건너던 황천(黃泉)을 다시 헤엄쳐 돌아올 억울한 소리였다.

“이런 미친놈들. 그렇다고 사령각 애들을 죽여?”

그러자 옆에 있던 또 다른 마인 하나가 껄껄거렸다.

“크크크. 잘했다, 잘했어. 개새끼들, 여기가 어디라고.”

곽철이 한숨을 쉬며 말했다.

“이거 어쩌지?”

그러자 욕설을 한 마인이 대수롭지 않게 말했다.

“그냥 파묻어 버려.”

곽철이 능청맞게 눈을 가늘게 뜨며 말했다.

“그럴까?”

그러나 마인들이라고 다 이 같은 미친놈들만 있는 것이 아니었다.

다른 마인이 굳은 표정으로 말했다.

“안 돼. 어차피 조사 나오면 다 밝혀질 일. 부대주께 우선 보고부터 해.”

“헉! 그럼 우린 죽어.”

“이 시불놈들아, 그러게 왜 사고를 쳐! 여기 그대로 있어. 내 보고하고 올게. 우리 대주께서도 그쪽 싫어하니까 정상 참작이 될 거야."
마인이 돌아서자 앞서 파묻어 버리란 마인이 껄껄거리며 말했다.
"그럼 고생 좀 하게."
두 마인이 돌아서던 그때였다.
비영이 쏜살같이 돌아서 걸어가는 마인의 등을 덮쳤다.
"어이구! 못살아."
곽철이 울상을 지었지만, 이미 그의 팔은 또 다른 마인의 목에 둘러지고 있었다.
두둑.
두 마인의 목이 동시에 꺾였다.
본래 곽철과 비영에 비해 무공이 낮았던 그들이 기습까지 당하자 손써볼 수도 없었다.
질질질.
다시 두 마인을 뒤로 끌고 들어오며 곽철이 잔소리를 시작했다.
"제발!"
"그럼 어떻게 해? 그냥 보내?"
"네놈은 아예 여기 눌러 살아라. 그게 어울려! 이 살인마야."
곽철이 두 사람을 앞서 마인들의 시체 옆에 눕혔다.
"큰일났군. 이걸 다 어째?"
두 구도 처리 못해 쩔쩔매던 시체는 이제 네 구로 늘어난 것이다.
그때였다.
비영이 곽철의 어깨를 톡톡 건드렸다.
"왜 이 살인마야!"
비영이 턱짓으로 곽철의 등 뒤쪽을 가리켰다.

"헉!"
돌아선 곽철이 화들짝 놀라 펄쩍 뛰었다.
다시 이곳으로 마인들이 오고 있었는데 이번에는 다섯 명이었다.
"으악! 이 일을 어째?"
마인들이 그들에게 무슨 일이 생겼음을 알아보고 모두 달려왔다.
"무슨 일이냐?"
바닥에 쓰러진 시체를 알아본 마인이 황급히 시체를 부여안았다.
"동생!"
아마도 죽은 마인과는 호형호제하는 가까운 사이인 것 같았다.
마인이 눈에 살기를 내뿜으며 소리쳤다.
"시팔! 이게 어찌 된 일이야?"
그러자 곽철이 한숨을 내쉬며 말했다.
"이 새끼들하고 시비가 붙는 바람에… 크흑!"
곽철이 비통한 표정을 지으며 사령각의 옷을 입고 쓰러진 마인들을 가리켰다.
"뭐야! 이깟 사령각 놈들에게 둘이나 당했단 말야?"
"그게… 기습을 당해서……."
뭐, 사실 틀린 말은 아니었다.
"내 이 새끼들을!"
동생을 안고 있던 마인이 벌떡 일어났다.
사령각 쪽을 향해 달려가려는 것을 옆의 마인이 붙잡았다.
그러나 이성을 잃은 마인은 동료 마인을 거칠게 뿌리쳤다.
"안 돼!"
이번에는 곽철이 그의 몸통을 부여잡고 필사적으로 말렸다.

"거기 가면 일 생겨!"

"놔! 이 새끼야!"

"그럼 우리가 곤란해진다니까."

두 사람이 실랑이를 하면서 다른 마인들에게서 등을 돌린 그 순간이었다.

푹.

곽철의 비수가 일순간 마인의 심장을 찔렀다.

동시에 곽철의 손이 마인의 목을 움켜쥐었다.

어찌나 빠른 동작이었는지 그 두 동작은 거의 동시에 이뤄졌다.

"큭."

아주 작은 비명을 내지르며 마인의 몸이 축 늘어졌다.

곽철이 죽은 마인의 팔을 자신의 어깨에 두르며 부축했다.

"그래, 참게. 참아."

다른 마인들은 조금도 눈치채지 못하고 있었다.

"나중에 우리가 따로 손을 봐주자고."

마인 하나가 흥분했던 동료를 다독이려 다가왔다.

곽철이 은밀히 백풍비 두 자루를 뽑아 들었다.

곽철과 비영의 시선이 마주쳤다.

두 사람의 고개가 동시에 끄덕여졌다.

그때였다.

뎅! 뎅!

멀리서 종이 울리기 시작했다.

마인들이 귀를 기울여 종소리에 집중했다.

종은 정확히 열두 번을 쳤다.

듣고 있던 마인이 깜짝 놀라 소리쳤다.

"헉! 교주님의 총집합령이다!"

동시에 네 마인이 뒤도 돌아보지 않고 연무장 쪽으로 달려가기 시작했다.

덜컹! 덜컹!

그와 동시에 주위의 모든 건물의 문들이 일제히 열리며 북풍혈마대의 마인들이 뛰어나왔다.

각 건물에서는 끝없이 마인들이 쏟아져 나왔다.

곽철과 비영의 입이 딱 벌어졌다.

다행히 그들은 구화전을 향해 바삐 달려갈 뿐 두 사람 쪽은 신경 쓰지 않았다.

저 멀리 달려가던 북풍혈마대의 부대주가 엉거주춤 서 있는 곽철과 비영을 향해 돌아섰다.

곽철과 비영이 깜짝 놀라 내심 내력을 끌어올렸다.

부대주가 버럭 소리를 질렀다.

"이 새끼들아! 빨리 안 튀어와!"

부대주의 눈에는 그들이 농땡이를 치고 있는 마인들로 보인 것이다.

"네, 갑니다!"

곽철이 목청이 터져라 대답했다. 이미 부대주는 저만치 달려가고 있었다.

털썩.

곽철이 자신이 부축하고 있던 시체를 건물 옆으로 기대놓았다.

두 사람은 에라 모르겠다는 얼굴로 마인의 물결 속으로 달려갔다.

아무도 건물 옆에 나란히 앉은 다섯 마인의 시체를 신경 쓰지 않았다.

두 사람은 그렇게 일천의, 아니, 정확히 구백구십다섯의 북풍혈마대 마인들의 물결에 밀려 어디론가 휩쓸려 가기 시작했다.

뎅. 뎅. 뎅.

마교 내의 모든 무인들을 소집하는 종소리가 울려 퍼지는 가운데 구화전 태사의에 기천기가 홀로 앉아 있었다.

비스듬히 몸을 기대 눈을 감고 있는 그는 마치 잠이 든 것처럼 보였다.

악몽이라도 꾸는 것일까?

그의 눈꺼풀이 파르르 떨리기 시작했다.

마음속에 울려 퍼지는 하나의 목소리.

"아버지."

바로 아들 정명의 목소리였다.

그의 마음속에 피어오르는 하나의 영상.

처음 정명이 무공을 배우기 시작하던 그날의 모습이었다.

"아버지, 힘들어요."

정명이 땀을 뻘뻘 흘리며 마보세(馬步勢)의 자세를 억지로 잡고 있었다.

기천기는 팔짱을 낀 채 무뚝뚝한 얼굴로 정명의 앞에 서 있을 뿐이었다.

당장이라도 불호령이 떨어질 것 같은 무서운 눈빛에 정명이 이를 악물고 고통을 참아냈다.

얼마나 시간이 지났을까?

털썩.

정명이 그대로 바닥에 쓰러졌다.

기천기가 정명을 안아 들었다.

대견스럽다는 듯 정명을 바라보는 기천기의 미소.

그 미소가 일그러지며 새로운 영상이 떠올랐다.

두 번 다시 떠올리고 싶지 않은 그날.

피투성이가 된 채 누워 있는 한 구의 시체.

그것은 열네 살 어린 아들 정명의 시체였다.

태사의에 몸을 기댄 기천기의 몸이 파르르 떨리기 시작했다.

아들을 부르는 참혹한 아버지의 목소리.

"명아!"

태사의 주위로 아지랑이 같은 것이 피어오르기 시작했다.

거대한 두 개의 뿔을 단 악귀의 형상.

구화마공이 극성에 이르러야만 모습을 드러낸다는 천마혼(天魔魂)이었다.

천마혼이 두 팔을 늘어뜨린 채 울부짖기 시작했다.

그 엄청난 마기에 구화전의 건물이 흔들리기 시작했다.

후두두둑.

천장에서 돌먼지가 쏟아져 내리기 시작했다.

스르르르.

폐부를 울리는 긴 울부짖음과 함께 천마혼이 서서히 사라지기 시작했다.

다시 구화전은 평화를 되찾았다.

눈을 감은 채 천마가 나른하게 말했다.

"오셨소?"

구화전 입구에서 천마에게 예를 올리며 무릎을 꿇고 있던 이는 바로 권마였다.

"이리 오시오."

권마가 천마에게 다가갔다.

"모든 준비가 끝났습니다."

권마의 보고에 천마가 묵묵히 고개를 끄덕였다.

"교주님."

권마의 목소리는 평소와는 달랐다.

기천기는 그 목소리에 담긴 감정이 무엇인지 짐작할 수 있었다.

"그를 죽이시면 안 됩니다."

기천기의 고개가 살짝 왼쪽으로 기울어졌다.

권마는 그 행동이 기천기가 못마땅한 의견을 들었을 때의 습관이란 것을 알고 있었다.

그럼에도 권마는 설득을 멈추지 않았다.

"어떤 이유를 떠나 그는 교주님의 동생입니다."

기천기가 담담하게 말했다.

"예전부터 권마께선 그 아이를 아끼셨지요."

권마의 고개가 숙여졌고, 입에서는 한숨이 새어 나왔다.

"…아마 아직도 전 그 아이가 한 짓이란 것을 믿지 못하고 있나 봅니다."

두 사람의 대화는 그걸로 끝이었다.

곧이어 구화전으로 군사 반숙을 필두로 육마존의 마인들, 고루신마와 독마(毒魔), 편마(鞭魔)와 유령마(幽靈魔), 그리고 소귀마(小鬼魔)가 일제히 입장했다.

그 뒤를 북풍혈마대주, 참마대주와 기마대주, 혈전대주, 천살대주를 비롯한 사령각주 등 각 부대의 대주들이 뒤따랐다.

구화전의 문이 활짝 열리자, 광활한 연무장에 도열한 수천 명의 마인들이 일제히 함성을 질렀다.

"와아아아!"

함성의 메아리가 대천산을 흔들며 울려 퍼지기 시작했다.

사방으로 어마어마한 마기가 쏟아져 나오고 있었다.

가히 장관이라 할 만한 모습이었다.

잠시 후, 마인들이 반으로 쫙 갈라지며 하나의 길이 만들어졌다.

저벅저벅.

마인들이 만들어놓은 길로 기풍한이 걸어 들어오고 있었다.

그 뒤로 삼십여 명의 마인들이 포박을 당한 채 참마대의 무인들에게 끌려 들어왔다.

그들은 바로 이십 년 전, 기풍한을 추적하던 이들이었다. 대천산의 만장절벽 끝으로 기풍한이 떨어져 죽었다고 보고한 이들이기도 했고, 칠 주야에 걸친 수색 작업 끝에 기풍한의 찢겨진 옷을 발견해 그가 짐승들의 먹잇감이 되어버렸다고 판단하게 만든 이들이기도 했다.

참마대의 무인들이 그들을 일렬로 꿇어앉혔다.

참마대주가 기천기를 바라보자, 기천기가 가볍게 고개를 끄덕였다.

참마대주가 망설이지 않고 명령을 내렸다.

"참(斬)!"

그 뒤에 서 있던 참마대 마인들의 검이 일제히 허공을 갈랐다.

후두두둑.

서른 개의 목이 일제히 바닥을 나뒹굴었다.

피 내음이 피어오르자, 마인들이 다시 함성을 지르기 시작했다.

"우아아아아!"

기풍한이 지그시 눈을 감았다.

강호인의 목숨이 어찌 자신의 것이겠느냐마는, 그들은 결국 자신 때문에 목숨을 잃게 된 것이란 생각에 마음이 씁쓸했다.

그사이 참마대의 무인들이 순식간에 장내의 시체를 정리했다.

기천기의 무거운 입이 드디어 열렸다.

"오랜만이구나."

어떤 감정도 들어가지 않은 어조였다.

"평안하셨습니까?"

그에 비해 기풍한의 목소리는 조금 떨리고 있었다.

기천기가 담담하게 말했다.

"그때 죽지 않았더냐?"

"……."

"넌 그때 죽었어야 했다."

"……."

기풍한은 아무 대답도 하지 않았다.

그의 서늘한 눈빛은 알지 못할 격동에 흔들리고 있었지만 기풍한이 어떤 생각을 하는지 알 수 없었다.

"…왜 명이를 죽였느냐?"

이번에는 기천기의 목소리가 살짝 떨렸다.

"……."

기풍한은 여전히 입을 열지 않았다.

분명 많은 사연이 담긴 눈빛이었건만 기풍한은 그 어떤 변명도 하지 않았다.

기천기의 눈썹이 꿈틀거리는 순간, 기풍한이 그의 손으로 빨려가듯 날아갔다. 이미 내력을 잃고, 며칠 동안 계속되었던 독 세례에 초췌해진 몸이었기에 무기력하게 날아갈 수밖에 없었다.

꽈악.

기천기가 기풍한의 목을 움켜쥐었다.

"왜 죽였느냐? 그 아이를 질투한 것이냐?"

기풍한은 아무 대답도 하지 않았다.

기천기의 입술이 야무지게 다물어졌다.

그의 손이 기풍한의 오른쪽 어깨부터 손목까지 쓸어내렸다.

툭툭툭툭툭!

듣는 이의 귀와 간담을 서늘하게 만드는 소리와 함께 기풍한의 오른팔 뼈마디가 모두 잘게 부서져 버렸다.

기풍한은 순간 머리 속이 텅 비어버리는 느낌을 받았다. 다시 그 비어버린 공간 속으로 지독한 고통이 들이닥치기 시작했다.

"끄응."

기풍한이 이를 악물고 고통을 참았다.

"왜 죽였느냐? 그 아이를 죽이면 네가 후계자가 되리라 생각했더냐?"

툭툭툭툭툭!

다시 기풍한의 왼손의 뼈마디가 부서져 나갔다.

결국 참지 못하고 기풍한의 입에서 비명 소리가 터져 나왔다.

"으아아악!"

기풍한의 두 팔이 너덜거리며 덜렁거리기 시작했다.

기천기의 주먹이 부들부들 떨리고 있었다.

일격에 기풍한의 머리통을 부숴 버릴 일촉즉발의 상황이었다.

그때였다.

"안 돼!"

다급한 목소리는 바로 북풍혈마대의 무인들이 모인 곳에서 터져 나왔다.

곧이어 그곳에서 연이어 비명 소리가 터져 나왔다.

"으악!"

비명 소리가 연이어 터지면서 대열이 크게 흐트러졌다.

그 속에서 뛰쳐나오는 두 사람.

바로 곽철과 비영이었다.

북풍혈마대의 무인들 속에 섞여 있던 그들은 이미 기풍한을 구출을 하기에 늦어버렸다는 것을 깨달았다.

사실 그들에게 남은 선택은 한 가지였다.

조용히 마인들 사이에 묻혀 있다가 산을 내려가는 마인들 틈에 섞여 마교를 벗어나는 일이었다.

그러나… 그들은 곽철과 비영이었다.

슉슉슉!

백풍비가 사방으로 날며 북풍혈마대의 마인들이 우수수 쓰러졌다.

워낙 좁은 공간에서 뿌려진 백풍비였기에 피하고 말고 할 겨를이 없었다.

요행히 앞사람이 피하면 뒤의 마인이 백풍비를 맞고 쓰러졌다.

곽철이 무서운 속도로 구화전 안으로 뛰어들기 시작했다.

뒤따르는 북풍혈마대의 마인들을 비영이 베어 넘기며 막아섰다.

쉬이잉!

비영의 선풍검에 다시 몇 명의 마인들이 쓰러지고 있었다.

그사이 곽철은 거의 구화전의 입구까지 돌진하고 있었다.

기천기도, 육마존들도 모두 담담히 그 모습을 지켜볼 뿐이었다.

휘리릭.

입구 쪽으로 무인들이 쏟아져 내려왔다.

천마의 수호위인 적호단의 무인들이었다.

겹겹이 입구를 봉쇄한 그들의 수는 무려 백 명에 이르렀다.

"비— 켜!"

그들을 향해 곽철의 손에서 백풍비가 쏟아졌다.

그러나 이번 공격은 앞서와 같은 위력을 발휘하지 못했다.

앞 열의 무인들이 일제히 물러서며 뒤쪽 줄의 무인들이 앞으로 나섰다.

그들의 손에는 검붉은색의 작은 방패가 들려 있었다.

팅! 팅! 팅!

강철도 꿰뚫는 백풍비가 불꽃을 일으키며 사방으로 튕겨 나갔다.

그들의 방패는 천마를 지키는 방패.

역시 보통의 금속이 아니었다.

기천기가 흥미롭다는 듯 그 모습을 지켜보고 있었다.

"…철아, 영아… 돌아가."

기풍한이 고통스럽게 그들을 불렀지만, 그 목소리는 그들에게 들리지 않았다.

기천기가 흥미롭다는 표정을 지었다.

"재밌군, 재밌어."

기천기가 기풍한의 몸을 돌려 세워 곽철과 비영 쪽을 향하게 했다.

두 팔을 너덜거리며 자신을 애처롭게 바라보는 기풍한의 모습에 곽철의 눈에서 불꽃이 일었다.

곽철의 몸이 허공으로 쑥 날아올랐다.

"백풍겁(百風劫)."

귀를 찢는 폭음과 함께 곽철에게 남은 모든 백풍비가 적호단의 마인들에게 쏟아졌다.

슈아앙!

하얀 빛무리를 일으키며 수십 가닥의 백풍비가 사방으로 휘어져 날아갔다.

"피해라!"

적호단주의 외침과 함께 적호단 무인들이 일제히 날아올랐다.

"크악!"

빛처럼 사방에서 휘어져 들어온 백풍비에 이십여 명의 적호단 무인들이 시체가 되어 널브러졌다.

십여 자루의 백풍비를 손수 쳐낸 적호단주의 왼팔에는 백풍비가 깊숙이 박혀 있었다. 그가 아니었으면 적호단의 피해는 더욱 컸을 것이다.

적호단의 무인들이 다시 동료의 시체를 딛고 일제히 입구를 막았다.

모두가 죽더라도 결코 길을 열어주지 않겠다는 의지였다.

"비켜!"

이미 비수가 떨어졌지만 곽철이 미친 듯이 소리치며 달려갔다.

반쯤 이성을 잃은 곽철이었다.

미친 듯이 주먹과 발길질을 해대었지만, 백풍비의 무공으로도 뚫리지 않던 방어벽이 그의 권공으로 뚫어질 리 만무했다.

파앗!

적호단주의 검에 곽철의 어깨에서 피가 튀어 올랐다. 사실 곽철의 무공은 적호단주보다 높았지만 백풍비가 떨어진 데다 곽철은 이성을 잃고 있었기에 일순간 곽철이 밀리기 시작했다.

"철아!"

비영이 소리치며 그에게 달려가려 했지만, 북풍혈마대의 무인들은 그것을 허용하지 않았다.

팟! 팟!

이미 십여 군데의 자상을 입은 비영의 몸에 두 줄기 검상이 더해졌다.

"무영섬(無影閃)!"

비영의 절기가 빛이 되어 허공을 갈랐다.

비영의 공격은 자신을 향하는 무인들을 향하지 않았다.

"으악!"

곽철을 베어가던 적호단주가 비틀거리며 무릎을 꿇었다.

그의 허벅지에는 피가 뭉클뭉클 쏟아지고 있었다.

그 대가는 적지 않았다.

푸욱.

비영의 옆구리에 깊숙이 박히는 검.

울컥.

"안 돼! 영아!"

곽철이 이번에는 비영을 향해 몸을 날렸다.

비영을 찔러가던 북풍혈마대의 마인들을 곽철이 몸통으로 들이받으며 튕겨냈다.

늑골이 부서지며 세 명의 마인이 쓰러졌지만, 그 과정에서 다시 곽철의 어깨가 길게 베어졌다.

"…영아."

곽철이 비영의 손을 꽉 잡았다.

"영아, 영아, 정신 차려!"

비영이 가까스로 눈을 떴다.

곽철이 비영의 혈도를 짚어 출혈을 멈춰주었다.

그사이 천여 명의 북풍혈마대가 그들을 둘러싸 완전히 포위했다.

기풍한이 힘겹게 입을 열었다.

"…형님."

자신을 형이라 부르자 기천기의 눈이 파르르 떨렸다.

"…저들을 살려주십시오."

기천기의 눈에서 섬뜩한 한광이 쏟아져 나왔다.

"방금 날 형이라 불렀더냐?"

투투투둑.

다시 기풍한의 오른쪽 다리의 모든 뼈마디가 부서졌다.

"저들을 살려달라 했더냐?"

투투툭.

이번에는 왼쪽 다리였다.

다시 기천기의 손이 기풍한의 가슴을 훑어 내려가기 시작했다.

두둑.

기풍한의 늑골이 잘게 부서졌다.

"으으윽."

기풍한의 입에서는 그저 신음 소리만 들려오고 있었다.

"조장님!"

비영을 안고 있던 곽철이 기풍한을 애타게 불렀다.

곽철의 눈에서는 눈물이 뚝뚝 떨어지고 있었고, 그 눈물은 핏기를 잃은 비영의 얼굴 위로 떨어졌다.

"끄르륵."

서서히 기풍한의 숨이 넘어가기 시작한 것이다.

보통 사람 같았으면 이미 죽어도 몇 번은 죽었을 고통이었다.

기풍한의 눈빛이 빛을 발하기 시작했다.

회광반조(廻光返照) 현상이었다.

기풍한이 곽철을 돌아보며 미소를 지었다.

그 미소가 기풍한이 이승에서 자신에게 보내는 마지막 미소란 것을 느낀 곽철이 울먹이며 소리쳤다.

"안 돼! 조장님! 조장! 이 시팔 조장! 죽지 마!"

그러나 기풍한의 눈은 서서히 감기고 있었다.

기풍한이 죽기 직전 미소를 짓자 기천기의 얼굴이 일그러졌다.

탁. 탁. 탁.

기천기가 재빠르게 기풍한의 온몸 혈맥을 짚어가기 시작했다.

"이대로 웃으면서 죽게 하진 않는다."

반짝이던 기풍한의 눈빛이 다시 흐려졌다. 기천기가 죽기 직전의 기풍한의 목숨을 다시 이은 것이다.

"죽음보다 더한 고통을 주리라."

기천기가 다시 소리쳤다.

"극마동(剋魔洞)을 열어라!"

권마가 흠칫 놀라며 앞으로 나섰다.

"그냥 죽이시는 것이……."

꽈아앙!

엄청난 폭음을 내며 권마의 몸이 주르륵 뒤로 밀려났다.

권마를 향해 뻗어진 기천기의 한 손.

평소 권마에게 극진한 예를 다하는 천마였기에 지금 그가 얼마나 분노한 상태인지를 잘 알 수 있었다.

기천기의 등 뒤에 다시 천마혼이 거대한 모습을 드러내기 시작했다.

천마혼을 보자 권마를 비롯한 모든 마인들이 일제히 부복하며 소리쳤다.

"신교불패 천마불사!"

곽철의 인상이 더욱 참혹하게 일그러졌다.

권마의 반응으로 보건대 극마동은 죽음보다 더한 참혹한 고통이 기다리고 있는 곳. 지금 기풍한의 몸 상태로는 반 각도 견디지 못할 것이다. 그리고 비참하게 죽게 될 것이다.

"이 개새끼야, 그냥 죽여!"

다시 곽철이 울부짖으며 소리쳤다.

기천기의 눈빛에서 혈광이 쏟아지고 있었다.

"열어라!"

크르르릉.

기관이 돌아가는 소리가 들리며 구화전 기천기의 태사의가 옆으로 움직이기 시작했다.

그 아래 모습을 드러내는 시커먼 구멍.

극마동.

극마동은 천마동과 함께 마교이대비동(魔教二大秘洞)이었다. 천마동이 일종의 성지(聖地)였다면 극마동은 절대 금지(禁地)였다.

그 극마동이 바로 천마의 태사의 아래에 있었던 것이다.

구화마공의 마기로 막아둔 곳.

얼마나 깊은지, 얼마나 넓은지도 모르는 그곳.

상상도 할 수 없는 끔찍한 것들이 살고 있다고 알려진 곳.

정확히 그곳에 무엇이 있는지 기천기는 물론 마교의 그 누구도 알지 못했다.

극마동은 바로 마교의 지옥이었다.

기천기가 기풍한을 향해 나지막이 말했다.

"…이제 명이에게 죄를 빌어라."

휘이익.

기풍한의 몸이 흐느적거리며 무기력하게 허공으로 날아올랐다.

곽철은 똑똑히 볼 수 있었다.

극마동으로 떨어지는 기풍한의 얼굴을.

자신을 향한 그 서글픈 눈빛을.

그 미안함을.

"안 돼!"

곽철의 메어진 목소리만이 허무하게 울려 퍼졌다.

드르릉.

태사의가 원래 자리로 돌아오며 극마동의 입구는 무정하게 막혀 버렸다.

곽철의 꽉 깨문 입술에서 피가 줄줄 흘러나왔다.

곽철은 이제 더 이상 눈물도 나지 않았다.

서서히 몸이 식어가는 비영을 내려다보던 곽철이 그를 고이 누인 뒤 자리에서 일어났다.

"…결국 그랬단 말이지."

기천기가 다시 그 태사의에 앉았다.

그가 손을 들어 곽철과 비영을 죽이라는 명령을 내리려는 그 순간이었다.

곽철이 갑자기 미친놈처럼 키득거리기 시작했다.

"마교불패? 개소리 말라고 해."

순간 주위에 있던 북풍혈마대 마인들의 몸에서 일제히 살기가 피어올랐다.

죽여라는 명령 한마디면 일제히 달려들어 난도질을 할 기세였다.

곽철이 서서히 웃통을 벗었다.

허리춤에 꽂힌 하나의 작은 나무 막대기를 곽철이 꺼내 들었다.

그 행동을 기천기는 묵묵히 바라보았다.

곽철의 운명을 결정할 기천기의 손은 허공에서 잠시 멈춰 있었다.

곽철이 막대기 끝에 달린 줄을 당기자, 그 끝에서 불꽃이 일기 시작했다.

치이이익.

곽철이 그것을 자신이 벗어 던진 옷 위로 던졌다.

화르르!

옷이 타오르기 시작했다.

곽철의 행동에 주위를 포위한 마인들은 어리둥절한 얼굴이었다.

그 모습을 보던 반숙이 차분하게 말했다.

"밖의 동료에게 연락을 취할 모양입니다."

기천기가 이미 그 정도는 알고 있다는 듯 고개를 끄덕였다.

"그대로 두시겠습니까?"

"어차피 한 번은 처리해야 할 문제 아닌가? 이번에 하도록 하지."

두 사람의 대화를 듣고 있던 곽철이 피식 웃었다.

그 의미심장한 미소에 반숙의 등줄기가 서늘해졌다.

왠지 모를 불안함. 모사 특유의 본능이 분명 꿈틀거리기 시작한 것이다.

"저깟 옷 하나 태우는 연기가 본 교 밖까지 보일 리가 없지 않소?"

북풍혈마대주의 의문은 곽철을 둘러싼 모든 마인들의 궁금증과 다르지 않았다.

곽철이 다시 바지 주머니 속에서 무엇인가 꺼내 들었다.

그것은 질풍조의 풍 자 글자가 새겨진 복면이었다.

찌이익!

곽철이 복면의 풍 자를 거칠게 떼어냈다.

그리고 그것을 타오르는 불꽃 속에 던져 넣었다.

파파파파!

풍 자 천이 함께 타오르기 시작하면서 불꽃이 거세게 일기 시작했다.

동시에 불꽃에서 푸른 연기가 뭉게뭉게 피어올랐다.

그것은 옷 한 벌을 태우면서 날 수 있는 연기가 아니었다.

끝없이 타오르는 푸른 불꽃을 바라보는 곽철의 눈빛이 일렁거렸다.

곽철이 비영 옆에 앉아 하늘을 올려다보았다.

푸르디푸른 하늘을 바라보며 곽철이 중얼거렸다.

"…천마불사? 웃기지 말라고 해."

곽철이 다시 옆에 누운 비영을 돌아보며 말했다.

"영아, 나 사고 쳤다."

비영은 아무 대답도 하지 못했다.

마치 비영이 그에게 대답을 하는 것처럼 곽철이 홀로 대화를 나누기 시작했다.

"그래… 내가 가장 반대했었지."

다시 비영이 '그런데 왜?'라고 물은 것처럼 혼자 곽철이 대답을 하기 시작했다.

"…죽지 않아야 할 사람이 죽는다면, 이 강호에 그 여파가 있어야 한다고 생각해. 착한 사람, 죽지 않아야 할 사람이 죽어도 그냥 지나쳐 버리는 것이 이 강호니까. 금방 잊어버리는 것이 이 강호니까."

다시 곽철이 말없이 누워 있는 비영을 내려다보며 말했다.

"거짓말하지 말라고? 하하하하."

곽철이 미친놈처럼 키득거렸다.

"그래, 솔직히 말하면… 어차피 우리 죽은 다음 일이잖아. 될 대로 되란 심정이지. 됐냐? 이놈아!"

곽철의 눈이 스르륵 감겼다.

혈마대주가 앞으로 나섰다.

"죽여라."

그때 반숙이 앞으로 나섰다.

"저 아이들, 잠시 제게 맡겨주시지요. 몇 가지 알아볼 것이 있습니다."

기천기가 알아서 하라는 듯, 고개를 까닥하고 눈을 감았다.

기풍한을 처리한 이상, 기천기에게 남은 일들은 귀찮음 그 이상도 이하도 아니었다.

육마존과 반숙이 밖으로 걸어나왔고 이내 구화전의 거대한 문이 닫혔다.

육마존을 비롯한 수장들이 각자의 처소로 흩어졌다.

반숙이 곽철과 비영 쪽을 향해 걸어갔다.

"이자들을 옮겨 치료해 주어라."

그때 곽철이 힘겹게 눈을 떴다.

그리고 반숙에게 나지막이 물었다.

"…정말 너희가 그리 강해?"

반숙의 가슴이 다시 섬뜩해졌다.

반숙이 신경질적으로 소리쳤다.

"절대 이들을 죽여서는 안 된다. 그리고 당장 저 불부터 좀 꺼!"

…그렇게 질풍조의 마지막 선택, 풍운령이 발동되었다.

第45章 풍운령

풍운령

대천산 인근 야산.

퉁퉁.

나무를 베는 도끼질 소리가 작은 메아리를 남기며 울려 퍼지고 있었다.

"넘어간다."

굵직한 사내의 목소리에 이어 커다란 나무가 쓰러졌다.

주위에 아무도 없었음에도 나무꾼 사내는 나무를 벨 때마다 넘어간다는 소리를 내질렀다.

아마도 그것은 홀로 나무를 베는 외로움을 이기기 위한 사내의 습관처럼 보였다.

다부진 체격에 각진 얼굴. 그에 비해 너무나 순박해 보이는 눈빛. 사내는 그야말로 전형적인 산사람의 외모를 지니고 있었다.

탁. 탁.

사내의 익숙한 손놀림에 베어진 나무는 장작으로 바뀌어가기 시작했다.

어느새 사내의 지게에는 장작이 가득 쌓이기 시작했다.

사내가 잠시 손놀림을 멈추고 이마에 흐르는 땀을 닦았다.

"휴, 좀 쉴까?"

중년 사내가 다시 울창한 나무숲 사이로 누군가를 불렀다.

"랑아."

숲에서는 아무 대답도 들리지 않았다.

"이놈 또 어딜 갔나? 랑아! 랑아~"

잠시 후 숲 속에서 들려오는 대답은 사람의 것이 아니었다.

멍멍.

숲에서 커다란 개 한 마리가 달려나왔다.

쉴 새 없이 흔들리는 꼬리가 아니었다면 그 이름처럼 영락없이 늑대라 생각될 생김새였다.

랑이라 불린 개의 목에는 술병이 대롱대롱 매달려 있었다.

사내가 술병을 풀어 들고는 작은 돌 위에 걸터앉았다.

술병째로 벌컥벌컥 술을 마시던 사내가 탄성을 내질렀다.

"캬, 좋구나."

가히 공기 좋은 산속에서 땀을 흘리고 난 후 마시는 죽엽청의 맛이란 하루 일의 피곤함을 단숨에 풀어주는 사내만의 비법이었다.

사내가 문득 랑을 보며 장난을 쳤다.

"한 잔 주랴?"

마치 말귀를 알아듣는 것처럼 개가 고개를 돌리며 딴청을 피웠다.

"녀석아, 어른이 말할 때는 그러면 안 된다고 했지?"
랑은 한술 더 떠 크게 하품을 했다.
"망할 놈!"
그야말로 둘은 대화를 나누는 것처럼 보였다.
그때였다.
엎드려 있던 랑이 벌떡 상체를 들었다.
랑이 킁킁대며 냄새를 맡기 시작했다.
멍멍.
랑이 시끄럽게 짖어대기 시작했다.
"이놈아, 시끄럽다."
사내의 야단에도 랑이의 짖는 소리가 더욱 커지며 이윽고 늑대 울음소리를 내기 시작했다.
우우우!
순간 사내의 표정이 굳어졌다.
랑이의 눈빛은 달라져 있었다. 동시에 사내의 눈빛이 깊어졌다.
쉬이익.
사내가 그대로 허공으로 날아올랐다.
가히 눈으로 보아도 믿기 어려울 정도의 날렵한 경공술이었다.
사내가 단숨에 오십 장 높이의 거목 꼭대기로 올라섰다.
저 멀리 대천산 정상에서 한줄기 푸른 연기가 피어오르고 있었다.
'풍운령……!'
사내의 눈빛에서 격정이 일기 시작했다.
풍운령은 연기로 시작되는 것이 아니었다.
훈련된 개만이 맡을 수 있는 특유의 냄새.

곽철이 태운 풍이란 글자 속에는 개만이 맡을 수 있는 냄새가 섞여 있었던 것이다.

강호의 중요한 요지 곳곳에는 풍운령의 명을 전할 질풍조의 무인들이 항상 대기하고 있었다. 사내는 그중에서도 가장 중요한 대천산, 즉 마교를 책임지고 있던 무인이었던 것이다.

사내가 사뿐하게 나무 위에서 뛰어내렸다.

랑이의 목을 쓰다듬어 주는 사내의 눈빛은 이제 인상 좋은 나무꾼의 눈빛이 아니었다.

"바쁘게 되었다. 가자."

바람처럼 몸을 날리는 사내의 뒤를 따라 랑이 힘차게 달려가기 시작했다.

반 시진 후, 대천산 인근 야산에서 백여 마리의 청솔매가 일제히 날아올랐다.

그곳에서 오십여 리 떨어진 목아촌(木芽村)에는 평무관(平武館)이라는 작은 무관이 있었다.

관주의 이름은 알려져 있지 않았는데, 마을 사람들은 오래전부터 그를 봉 사부라 불렀다.

실제 그의 성이 봉인지, 아니면 성격 좋은 그를 칭해 봉이라 불렀는지 알 수 없었지만, 아무튼 봉 사부의 평무관은 그럭저럭 열댓 명의 제자들을 거느리고 끼니를 해결할 정도는 되었다.

그 성격 좋은 봉 사부의 평무관이 오늘 수난을 겪고 있었다.

가장 먼저 수난을 당한 것은 평무관의 죄없는 정문이었다.

꽈작!

제법 단단한 오동나무로 만들어진 문이 인근 마을의 승천무관(昇天武館)의 관주 도해(刀咳)의 손에 일격에 부서졌다.

성질 급한 이가 웬 놈이냐고 소리라도 한번 질러볼 법도 했지만, 시골 무관의 관원들은 그저 놀란 눈만 껌벅거리고 있었다.

거기에 문을 부수고 들어선 험악한 인상의 중년 사내가 옆 마을 승천무관의 관주 도해란 것을 확인하자 모두들 기가 질려 뒤로 물러섰다.

도해는 무당의 속가제자로 알려져 있었는데, 실제 그가 무당의 제자인지 확인된 바는 없었지만 적어도 시골 변두리 작은 무관을 운영하기에는 아까운 실력을 지닌 것만은 분명했다. 게다가 성격 또한 괄괄해서 그의 손에 팔다리가 부러진 이들이 한 손으로 꼽기 어려울 정도였다.

어쨌든 문까지 부숴가며 그가 사납게 들이닥치자, 모두들 바짝 긴장하지 않을 수 없었다.

"어쩐 일이십니까?"

나선 이는 관원들 중 가장 용감하기로 이름난 칠복이었다.

무공을 익혀 강호에 출도하는 것이 꿈인 그는 평무관 더벅머리들의 대장 격이었다.

도해가 온 무관이 쩌렁쩌렁 울리도록 소리를 질러댔다.

"너희 관주 나오시라고 전해라!"

그 시퍼런 서슬에 질려 칠복은 용무를 물어보는 것은 고사하고 꽁지가 빠져라 봉 사부의 방으로 달려갔다.

"관주님!"

방문 밖에서 몇 번을 불러도 대답이 없자, 청년이 방문을 열고 안으로 들어갔다.

봉 사부는 방 안에 없었다.

"아까까지 계셨는데… 어딜 가셨지?"

다시 돌아서 나가려던 칠복이 문 앞에서 흠칫 멈췄다.

부스럭.

칠복의 시선이 향한 곳은 한옆에 펼쳐진 작은 병풍이었다.

칠복이 살금살금 그곳으로 다가갔다.

병풍 뒤를 바라보는 순간.

"관주님!"

봉 사부가 그곳에서 고개를 처박고 엉덩이를 치켜들고 엎드려 있었다.

"뭘 찾으시는 겁니까?"

"아, 그게……."

칠복이 자신을 발견하자 당황한 기색이 역력한 봉 사부가 황급히 말했다.

"뭘 좀 찾느라고……. 흠흠."

설마 하고 칠복이 의심스런 눈빛을 보내기 시작했지만 봉 사부는 시치미를 뚝 떼고 있었다.

"그래, 무슨 일이냐?"

"승천무관의 관주께서 찾아오셨습니다."

"허허, 그 사람이 여길 왜?"

"화가 많이 나신 것 같습니다."

아니나 다를까, 다시 밖에서 쩌렁쩌렁한 목소리가 들려왔다.

"봉 사부 나오시오!"

"허허, 오늘은 몸이 좋지 않으니 다음에 오시라고 하면……."

그때였다.

또 다른 관원 하나가 허겁지겁 달려왔다.

"관주님, 어서 나가보시지요. 다 때려 부술 기세입니다."
그렇게 봉 사부가 두 관원의 손에 억지로 이끌려 연무장으로 나왔다.
도해를 보자 봉 사부가 반갑게 달려갔다.
"오, 이곳까지 어쩐 일이시오?"
두 손을 맞잡으려 달려들던 봉 사부의 손을 도해는 맞잡지 않았다.
쑥스럽게 손을 내리는 봉 사부를 향해 도해가 버럭 고함을 질렀다.
"내 오늘 단단히 벼르고 왔소!"
"무슨 일이시길래… 우선 숨부터 고르시고……."
도해가 뒤쪽을 향해 버럭 소리를 질렀다.
"냉큼 이리 들어오지 못하겠느냐?"
부서진 문으로 누군가 씩씩대며 걸어왔다.
한쪽 눈이 시퍼렇게 멍이 든 청년이었는데, 한눈에 보아도 보통 성질머리가 아닌 얼굴이었다.
그 모습에 관원들은 물론이고 봉 사부도 도해가 방문한 까닭을 알 수 있었다.
"어느 놈 짓이냐!"
도해가 관원들을 노려보며 소리를 질렀다.
"애들 싸움에 어른이 나서야 되겠소?"
좋게 도해를 달래던 봉 사부가 이번에는 멍이 든 청년을 회유하기 시작했다.
"살다 보면 싸울 수도 있는 게지. 한참 클 때는 이런 것도 다 경험이 아니겠느냐? 마음도 넓어 보이는데 네가 참아라."
"흥!"
청년이 고개를 홱 돌리자 봉 사부는 버럭 화를 냈다.

"이놈! 어디 어른 앞에서 이따위 버릇이냐? 눈알이 빠진 것도 아니고, 멍이 좀 든 것을 가지고 계집아이 마냥 쪼르륵 달려가 관주님께 일러바치다니."

봉 사부가 청년의 머리통을 손가락으로 쿡쿡 찔렀다.

"네 관주님이 어떤 분이시더냐? 무당파 속가제자이자, 일대 적수가 없다고 알려진 천하의 고수가 아니더냐. 한데 그런 분을 이렇게 먼 걸음을 하시게 하다니. 어디서 배운 교육이냐? 니 애비가 이리 가르치더냐?"

그때 도해가 싸늘하게 말했다.

"그 애비가 바로 나요."

휘이잉—

서늘한 바람이 도해와 봉 사부 사이를 스쳐 지나갔다.

청년의 이마를 찔러대던 봉 사부의 손가락이 슬그머니 접혔다.

도해의 몸에서 살기가 스멀스멀 피어올랐다.

흠칫 놀란 봉 사부가 버럭 소리를 질렀다.

애들 싸움에 이 무슨 거지 같은 짓이냐며 도해를 향해 고함을 질렀다면 그 얼마나 좋을까마는 대상은 자신의 관원들이었다.

"누구 짓이냐!"

도해보다 더 큰 목청이었다.

관원들은 어이없는 표정으로 봉 사부를 바라보았다.

관주가 나서 자신들을 지켜주지는 못할망정, 이것은 최악의 상황이었다.

"어서 나오너라!"

그때 관원들 뒤에서 한 청년이 힘없이 걸어나왔다.

"민이 너냐?"

민이라 불린 청년의 몰골 역시 도해의 손에 끌려온 청년과 다를 바 없었다.

한쪽 눈이 시퍼렇게 멍이 들어 있었는데, 두 청년의 몰골로 보니 마구잡이 주먹다짐으로 개싸움을 한 것이 뻔했다.

평소 착실한 민의 성격으로 볼 때, 싸움이 일어난 이유는 굳이 묻지 않아도 모두들 알 것 같았다.

봉 사부 역시 알 만했는데, 더욱 닦달을 부렸다.

"이놈! 어디 할 일이 없어 싸움질이냐? 내가 그렇게 가르치더냐? 어서 냉큼 사과하지 못할까?"

그 정도에 도해의 기세가 수그러들어 그만 돌아가 주면 좋으련만, 도해는 단단히 마음을 먹고 나온 듯했다.

사실 도해가 몸소 나선 것은 아들 때문이 아니었다.

자신이 무관을 열면서 인근의 무관들이 모두 문을 닫거나 떠났는데 망할 봉 사부란 놈은 이런 저런 회유와 협박에도 굴하지 않고 버텨왔던 것이다.

그 눈엣가시를 뽑아낼 요량으로 나선 길이었다.

민이 억지로 도해의 아들 앞에 섰다.

짝!

녀석이 민의 뺨을 사정없이 후려쳤다.

짝! 짝!

그 아비에 그 아들이라고, 녀석의 손길에는 조금의 양심의 가책도 자비도 깃들어 있지 않았다.

민의 양 볼이 순식간에 발갛게 부어올랐다.

털썩.

한껏 분을 푼 녀석이 득의만면한 미소를 지으며 민을 거칠게 바닥으로 내동댕이쳤다.

그때까지 봉 사부가 한 일이라곤 딴청을 피우며 먼 산을 바라본 것뿐이었다. 아, 한 가지 더 한 것이 있었다. 다시는 이런 일이 없도록 하겠다며 도해에게 싹싹 빌었던 것이다.

"앞으로 조심하시오."

거만한 경고와 함께 아들을 앞세우고 도해가 무관을 나섰다.

문을 나서던 도해가 한옆에 세워진 돌사자상 앞에 멈춰 섰다.

꽈앙!

가난한 평무관의 유일한 자랑이었던 돌사자상의 머리 한쪽이 부서져 내렸다.

일단 빌고 보자는 봉 사부를 두들겨 팰 수는 없었는지라 애꿎은 돌사자상이 수난을 당한 것이다.

"크하하하!"

시원스럽게 웃음을 터뜨린 도해와 그 아들이 그렇게 사라졌다.

평무관 관원들의 얼굴은 이미 수치심으로 잘 익다 못해 곧 터져 버릴 듯한 홍시가 되어 있었다.

본래 자신들의 사부가 겁이 많다는 것쯤은 알고 있었지만, 설마 이렇게까지 처절하게 비겁하리라곤 생각지 못했던 그들이었다.

자신을 바라보는 관원들의 눈빛이 달라졌다는 것을 깨달았는지 봉 사부가 열심히 수습에 나섰다.

"하하, 본디 참을 인 자가 셋이면 살인을 면한다고 했다."

이미 씨알도 안 먹히는 소리였다. 오히려 그 말은 봉 사부를 향한 관원들의 분노를 다스리는 데 필요했다.

가장 성질 급한 칠복이 바닥에 침을 탁 뱉었다.
욕설이라도 하지 않고 가는 것이 다행이라 생각될 정도로 험악한 인상을 남긴 채 칠복이 돌아서 나갔다.
전염병처럼 그 뒤로 청년들이 줄줄이 걸어나갔다.
"이놈들아, 어딜 가느냐?"
그렇게 모든 제자들이 나가 버렸다.
홀로 남은 제자 하나.
의외로 그는 민이었다.
"넌 왜 가지 않느냐?"
"전… 이곳 말고는 갈 데가 없습니다. 승천무관은 이곳보다 두 배는 더 비싸거든요."
"꽤 노골적인 이유구나."
봉 사부가 한숨을 내쉬며 마루에 걸터앉았다.
민이 풀죽은 얼굴로 그 옆에 나란히 앉았다.
한참을 그렇게 말없이 앉아 있던 봉 사부가 힘없이 말했다.
"가거라."
"……."
"내게 무공을 배우면 평생 삼류 신세를 면하지 못할 것이다."
"싫습니다."
"이놈아."
"삼류든 사류든 그냥 배워볼랍니다."
잠시 침묵이 흘렀다.
"왜 이렇게까지 무공을 배우려느냐?"
"비겁해지지 않기 위해서입니다."

"비겁해지지 않기 위해서라……."

"네. 비겁해지지 않기 위해서."

다시 봉 사부가 물었다.

"무공을 배우면 비겁해지지 않을 수 있느냐?"

민이 두 발을 앞뒤로 흔들며 말했다.

"…아직 제대로 배워보지 못해서 모르겠습니다."

봉 사부를 보며 민이 웃고 있었다.

"꽤 매서운 초식이구나."

이어 봉 사부가 뭐가 그리 좋은지 껄껄거렸다.

"으하하하!"

봉 사부가 벌러덩 마루에 누우며 하늘을 올려다보았다.

"비겁해지지 않기 위해서라……."

봉 사부가 눈을 지그시 감았다. 굵은 주름 사이로 오래전 추억이 묻어나기 시작했다. 그 표정은 마치 자신이 처음 강호에 뛰어들던 그날을 되새기는 것 같아 보였다.

"관주님."

"왜 그러느냐?"

봉 사부는 여전히 마루에 드러누워 눈을 감고 있었다.

"새가 날아옵니다."

"녀석아! 그럼 새가 날지 기어다니겠느냐?"

"그게 아니라……."

"날개 달린 짐승이 어딘들 오가지 못하겠느냐?"

"이쪽으로 날아옵니다. 어. 어, 어! 으악!"

푸드득!

거대한 청솔매 한 마리가 봉 사부네 마루에 내려앉았다.

민은 기겁을 하곤 뒤로 물러서 매를 지켜보았다.

매는 봉 사부의 머리말에 앉아 꼼짝도 하지 않고 있었다. 그 모습이 신기하기도 하고 두렵기도 해 민은 입을 반쯤 벌린 채 멍하니 지켜볼 뿐이었다.

봉 사부가 가만히 눈을 떴다.

매를 바라보는 봉 사부의 눈빛이 흔들리기 시작했다.

봉 사부가 스르륵 몸을 일으켜 세웠다.

봉 사부가 매의 다리에 묶인 쪽지를 풀었다.

푸드득!

쪽지를 풀자 청솔매가 다시 날아올랐다.

쪽지에는 단 한 글자가 적혀 있었다.

마(魔).

민이 어리둥절한 얼굴로 쪽지와 봉 사부를 번갈아 바라보았다.

이렇게 진지한 표정의 봉 사부를 본 적이 단 한 번도 없었다.

"민아."

"네."

"내 방 다락에 가면 상자가 하나 있을 것이다. 가져오너라."

분위기가 심상찮음을 느낀 민이 재빨리 방으로 들어갔다.

잠시 후, 민이 목함을 가지고 나왔다.

상자를 열자 그곳에는 낡은 복면이 들어 있었다.

봉 사부가 복면에 새겨진 풍 자를 소중하게 어루만졌다.

그 분위기에 압도되어 민은 아무 말도 하지 못하고 봉 사부가 하는 대로 지켜볼 뿐이었다.

복면을 소중히 품 안에 간직한 봉 사부가 자리에서 벌떡 일어났다.

말없이 문밖으로 걸어나가던 봉 사부가 머리통이 반쯤 부서진 돌사자상 옆에 섰다.

스윽.

봉 사부가 깨어진 것이 안타깝다는 듯 돌사자상을 한번 매만졌다.

"관주님?"

봉 사부가 부서진 문 조각과 돌덩이들을 보며 말했다.

"이것들 좀 치우거라."

"네? 네."

민이 엉겁결에 대답했다.

봉 사부의 나지막한 말이 이어졌다.

"만약 내가 살아 돌아온다면… 그때부터는 나를 사부라 부르도록 해라."

"네?"

민의 입장에서야 뭔 소린지 알 수 없는 말이었다.

그렇게 봉 사부가 어디론가 사라졌다.

민이 달려나와 봉 사부가 사라진 곳을 한참 동안 바라보았다.

어떻게 돌아가는 일인지 알 수 없었다.

그러나 적어도 하나, 자신의 신세만큼은 알 수 있었다.

"휴. 네 신세나 내 신세나 매한가지구나."

민이 부서진 돌사자상을 매만지는 그 순간.

스르르르.

돌사자상이 그대로 먼지가 되어 날리기 시작했다.

단 한 조각의 작은 돌멩이도 남지 않고, 말 그대로 먼지가 되어 사라진 것이다.

"허억!"

민의 눈이 경악으로 부릅떠졌다.

얼떨떨한 민의 머리 속에 봉 사부가 돌사자상을 매만지던 장면이 떠올랐다.

그 순간 민은 알 수 있었다.

자신의 비겁하고 소심한 관주가 강호에서 말하는 은거기인이었다는 사실을.

민이 봉 사부가 사라진 곳을 향해 정중히 절을 올렸다.

"기다리겠습니다, 사부님!"

구가촌(具家村)의 장터는 예로부터 갖은 장사치들이 모여들기로 유명했다.

아니나 다를까, 봄을 맞은 장터는 활기에 넘치다 못해 미어 터지고 있었다.

가판을 메고 음식을 파는 늙은이의 목청 높은 소리에, 포교와 좀도둑 간의 쫓고 쫓기는 와중에 오가는 변함없는 욕설들, 동전 한 푼에 목숨 건 상인과 아낙의 혈투, 시비가 붙어 멱살잡이를 하며 고래고래 고함을 지르는 사내들.

그 난장판의 한구석에 한 노인이 멍석을 펼쳐 놓고 앉아 있었다.

멍석에 놓인 것은 수십여 권의 책이었다.

소림칠십이절예해독(少林七十二絶藝解讀)이란 긴 제목의 책을 필두로 무당태극권해설(武當太極拳解說), 화산매화검법독파(華山梅花劍法讀破), 실전낙일도(實戰落日刀), 백일완성기문둔갑(百日完成奇門遁甲) 등의 책들이 정렬되어 있었다.

강호인이라면 결코 무심코 지나칠 수 없는 신공절예들이었지만 관심을 가지는 것은 파리 몇 마리와 옆에 나란히 앉은 중년의 거지 달평뿐이었다.

"노인장, 그 책들 말이오, 다 어디서 구하시오?"

노인은 심심했는지 달평의 말을 받아주기 시작했다.

"그야 소림무공은 소림사에서 구하고, 무당무공은 무당파에서 구하지. 당연한 걸 왜 묻나?"

"크하하! 거 말 되오."

그러나 호탕한 달평의 웃음 속에는 은근한 시샘과 질투가 숨어 있었다.

달평이 늙은이의 옆 자리에 자리를 잡은 지 이제 보름째.

운 좋게 목 좋은 자리를 잡은 탓에 며칠간 달평의 기분은 매우 좋았다.

과연 이전에 있던 자리보다 수입이 두 배나 늘어났다.

그런데 문제는 옆 자리 노인의 수입이 자신보다 낫다는 것을 알고 난 이후였다.

처음 늙은이가 펼쳐 놓은 책을 보며 달평은 내심 비웃지 않을 수 없었다.

누가 보더라도 뻔히 엉터리 책이란 것을 모를 리 없을 터. 과연 저 책이 한 권이라도 팔릴까 하는 마음이 들었다.

그러나 책은 팔리기 시작했다.

자신이 봐도 절대 진짜일 리 없는 그 책이 하루에도 몇 권씩 무림인들에게 팔려 나가는 것을 볼 때마다 달평은 아주 심각하게 직업을 바꾸는 것에 대해 고민했던 것이다.

달평이 다시 넌지시 물었다.

"그러지 말고 알려주시오. 원본을 두고 집에서 다 베껴 쓰시는 거요?"

"허허, 이 사람. 다 진짜네, 진짜."

"그럼 노인장께서는 이 무공을 다 익히셨소?"

"무공 따윌 익혀서 어디에 쓰나?"

"헐. 그런 분이 어찌 비급을 팔고 계시오?"

"다 이유가 있지."

달평으로서는 도무지 짐작할 수 없는 일이었다.

그때 제법 광나는 검을 멋들어지게 둘러맨 젊은 무인 하나가 멈춰 섰다.

책을 힐끔 내려다보던 사내가 피식 하고 웃었다.

"하나 골라 보실라우?"

노인의 말에 사내가 도대체 이런 말도 안 되는 책에는 어떤 내용이 쓰여 있나 보자는 심산으로 책을 하나 주워 들었다.

사내가 책을 펼쳐 드는 순간이었다.

사내의 발 주위에 있던 작은 돌멩이 몇 개가 마치 귀신이 붙은 것처럼 또르륵 굴러 위치를 바꾸었다.

사내가 현기증이 인다고 느낀 순간 주위 사물이 일그러지기 시작했다.

파파파파파!

사내의 귓가로 물줄기가 쏟아지는 소리가 들려왔다.

깜짝 놀란 사내가 고개를 들었다.

"헉!"

사내의 앞으로 펼쳐진 거대한 폭포.

얼굴로 튀어드는 물방울은 분명 진짜 물방울이었다.

"뭐지?"

어느새 주위를 돌아보니 자신이 깊은 산속에 서 있는 것이 아닌가?

자신의 손에 들린 한 권의 책.

분명 장터에서 들었던 그 책이었다.

"낙일도?"

순간 사내의 심장이 벌떡벌떡 뛰기 시작했다.

'이, 이건… 기연이다!'

한편 넋이 나간 듯 홀려 책을 들여다보고 있는 사내를 보며 달평이 탄식했다.

'헉! 저놈도 살 분위기다!'

달평이 노인을 살폈지만, 그새를 못 참고 꾸벅꾸벅 졸고 있었다.

'도대체 무슨 수를 쓰길래.'

달평이 슬그머니 무인의 바짓자락에 손을 대려는 그때였다.

스윽.

돌멩이들이 다시 위치를 바꾸었다.

"헉!"

순간 사내가 정신을 차렸고 달평이 깜짝 놀라 물러섰다.

어안이 벙벙한 얼굴로 주위를 돌아보던 사내가 황급히 말했다.

"이거 얼마요?"

노인이 깜짝 놀라 잠에서 깼다.

"아, 사실라우?"

사내가 고개를 끄덕이며 황급히 말했다.

"여기 있는 책 다 사겠소."

그러자 노인이 고개를 가로저었다.

"한 사람에게 한 권씩만 판다오."

그 말에 사내가 내심 감탄하며 유심히 노인을 쳐다보았다.

'과연… 기연이 내게 찾아온 것이구나.'

사내는 이럴 줄 알았다면 좀 더 신중하게 책을 고를걸 하고 후회했다. 검을 쓰는 자신이 하필 고른 것이 도법이란 말인가?

하지만 아무렴 어떤가? 이런 기연은 자신이 들어본 적도 없는 엄청난 기연인데. 아마도 낙일도란 도법은 해를 떨어뜨릴 정도로 어마어마한 무공일 것이다.

사내가 돈주머니째로 노인에게 건넸다.

"이거면 충분할 것이오."

그리고는 뒤도 안 돌아보고 어디론가 달려가기 시작했다.

아마 틀림없이 절세신공의 비급을 누구에게 빼앗길세라 어디 깊은 산속을 찾아 들어갈 것이 틀림없었다.

노인이 뒤쪽에 보따리에서 사내가 사간 책과 같은 제목의 책을 다시 꺼내놓으며 흐뭇하게 웃었다.

"강호에 칼 쓰는 놈이 또 하나 사라졌구먼. 헐헐."

노인의 말은 앞서 달평의 물음에 대한 답변으로 충분했지만 달평의 온 정신은 돈주머니에 쏠려 있었다.

"혹시… 그 책 진짜요?"

설마 하는 마음에 또 묻는 달평이었다.

노인이 껄껄거리며 말했다.

"그야 진짜라 생각하고 보면 진짜고, 가짜라 생각하면 가짜일 테지.

세상일이 다 그와 같은 게지."

지금까지 몇 번이나 물었지만 언제나 변함없는 노인의 대답이었다.

그때였다.

끼르륵. 끼익.

어디선가 매의 울음소리가 들려왔다.

달평이 저 멀리 하늘을 맴도는 매를 보며 투덜거렸다.

"웬 놈의 매 새끼가 여기까지 내려와서 울어대네."

매를 올려다보는 노인의 눈빛이 깊어졌다.

다시 노인의 앞에 놓인 돌멩이들이 살아 움직이기 시작했다.

스르륵.

순식간에 주위 환경이 바뀌면서 어느새 노인은 바람 부는 절벽의 끝에 서 있었다.

끼익.

하늘을 맴돌던 청솔매가 노인의 팔에 내려앉았다.

노인이 매의 다리에 묶인 쪽지를 풀어냈다.

역시 단 한 글자만이 쓰여 있었다.

마(魔).

다시 저 멀리 날아가는 매를 바라보며 노인이 중얼거렸다.

"…어려운 싸움을 벌였구먼. 헐헐."

스르륵.

돌이 움직이며 다시 노인의 주위 환경이 바뀌기 시작했다.

노인이 비급을 뚫어져라 노려보며 침을 삼키는 달평에게 넌지시 말했다.

"자네, 장사 한번 해볼 텐가?"

"네? 그게 무슨 소리요?"

"이 책들 자네 줄 테니… 자네가 팔아보게. 팔아서 남은 돈도 다 자네가 가지고."

갑자기 굴러들어 온 횡재에 달평이 감격해 소리를 질렀다.

"고맙소! 고맙소! 노인장! 아니, 어르신!"

노인이 뒤쪽의 보따리에서 한 권의 책을 골라 들었다.

"한 권은 기념으로 가져감세."

그리고는 보따리째 달평에게 건넸다.

"어이쿠. 한 권쯤은 더 가져가셔도 되는데……."

희망에 들뜬 달평을 뒤로하고 훠이훠이 노인이 걸음을 옮기기 시작했다.

노인의 손에 들린 책의 제목은 앞서의 책들과 다름없는 황당무계한 책이었는데, 그 제목은 '강호십대절진파훼(江湖十大絶陣破毁)' 였다.

삭삭삭!

망치질 소리가 끊이질 않았던 이가철방에서는 몇 달 전부터 숫돌 가는 소리만 이어지고 있었다.

서너 명의 인부를 거느리고 작은 철방을 운영하는 이단영(李鄲英)은 인근 오백 리 안에 가장 솜씨 좋기로 유명한 장인이었다.

그는 이름난 장인답게 고집 또한 무척 강했고 자신이 팔고 싶지 않다고 마음을 먹으면 천금을 가져와도 마음이 흔들리지 않았다.

그를 유명하게 만든 것은 그뿐만이 아니었다.

바로 그의 아름다운 아내 연심(蓮心).

불혹의 나이에도 불구하고 연심은 곧잘 처녀로 오해를 받았고, 그 아름다운 미모에 많은 젊은이들이 애간장을 태웠다.

삭삭삭.

이가철방의 작업장에 홀로 정성껏 검을 갈고 있는 사람은 바로 이단영이었다.

꼬박 몇 시진을 쉬지 않고 검을 갈던 그가 이윽고 허리를 폈다.

손에 들린 검을 바라보는 그의 얼굴에는 명검(名劍)의 탄생을 지켜보는 감격이 가득 서려 있었다.

한참을 그렇게 검을 바라보던 단영이 하나의 의식을 진행하듯 신중하게 검집에 검을 넣었다.

그리고 탁자 위에 검을 소중히 내려놓았다.

"휴우."

오 년 동안의 고된 노고가 씻겨 나가는 한숨 소리였다.

그때 누군가 뒤에서 자신의 허리를 감싸 안았다.

깜짝 놀라 돌아보니 아내 연심이었다.

"언제부터 나와 있었소?"

"방금 왔어요."

살짝 미소 짓는 연심을 보며 단영이 조금 미안한 표정을 지었다.

일에 열중하면 주위에 누가 오가는지 모르는 자신 때문에 아내는 언제나 이렇게 자신을 기다리곤 했다.

그러지 말고 자신을 부르라고 해도 아내는 그저 자신이 일하는 모습을 지켜보는 것이 좋다며 미소를 짓곤 했던 것이다.

연심이 탁자에 놓인 검을 보며 물었다.

"드디어 끝났나요?"

"그렇소."

"정말 수고하셨어요."

연심이 자랑스럽다는 듯 단영의 손을 꼭 잡았다.

지난 오 년간, 일을 하는 틈틈이 단영은 한 자루의 검을 만드는 데 전력했고 드디어 검을 완성시킨 것이다. 단영이 얼마나 그 검에 공을 들였는지 연심은 누구보다 잘 알았기에 더욱 남편이 자랑스러웠다.

단영이 흐뭇한 미소를 지으며 말했다.

"사실, 한 가지 일이 더 남았소."

검을 매만지며 단영이 말을 이었다.

"검의 주인에게 전해주는 일이 남았소."

"아, 누군지 모르지만 행복하겠네요."

"…그가 좋아할지 모르겠소."

"네?"

연심은 자신의 남편이 얼마나 뛰어난 실력을 지닌지 잘 알고 있었다.

그런 그가 왜 이토록 긴장하는지 의아하면서도 궁금했다.

연심이 환하게 웃으며 말했다.

"분명 좋아할 거예요. 걱정 마세요."

그때였다.

"걱정 마라!"

공방을 쩌렁쩌렁 울리며 사내 셋이 공방의 문을 박차고 들어왔다.

한눈에 보아도 '사납고 악독한, 그래서 건들면 매우 위험한' 이란 경고를 표정 곳곳에 새겨둔 사내들이었다.

그들은 바로 악명 높은 복건삼흉(福建三凶)이었다.

"검 주인은 분명 기뻐할 테니. 으하하하!"

세 악인은 이미 검이 자신의 소유가 된 양 희희낙락이었다.

그들의 흉흉한 기세에 겁을 낼 만도 했건만 단영이 단호하게 말했다.

"이 검은 당신의 것이 아니오."

그러자 삼흉 중 첫째가 고개를 가로저으며 말했다.

"강호의 물건에 어찌 정해진 임자가 있단 말이냐! 자고로 먼저 가지는 사람이 주인인 법이지."

"암, 그렇고말구요."

"네놈이 명검을 만든다는 소문을 듣고 오랜 시간을 기다린 우리들이다. 충분히 검을 가질 자격이 있지."

둘째와 셋째가 맞장구를 치며 말도 안 되는 설을 풀어놓았다.

단영이 어림없다는 표정으로 고개를 가로젓자 첫째가 다시 노골적인 협박을 시작했다.

"고이 검만 내놓으면 되는 일을 목숨과 여자까지 덤으로 내놓을 필요가 있느냐?"

연심을 바라보는 음흉한 눈빛에 그녀가 단영의 뒤로 재빨리 몸을 숨겼다.

단영이 한숨을 내쉬며 말했다.

"검의 주인이 좋아하지 않을 것이오."

"흐흐. 네놈이 말하는 검의 주인이 도대체 누구냐? 걱정 마라. 내가 책임지마."

첫째의 기세 좋은 말이 채 끝나기도 전이었다.

"바로 나다."

그들 뒤로 들리는 웅혼한 내력이 담긴 목소리.

복건삼흉이 깜짝 놀라 돌아보니 어느새 그들 뒤로 화려한 적삼을 입은 바짝 마른 노인이 서 있었다.

가늘게 찢긴 눈빛에서 사악한 기운이 흘러나오는 것이 보통 고수가 아니었다.

"화양노괴(花樣老怪)?"

첫째가 깜짝 놀라 소리쳤다.

"케케케."

기괴한 웃음을 흘리는 노인은 강호의 악명 높은 화양노괴였다.

화양노괴는 강호에 악명 높은 색마로 삼 년 전 하남의 명가 남소장(南召莊)의 외동딸을 겁탈한 뒤, 장의 모든 식솔들을 몰살시킨 사건으로 강호인들의 치를 떨게 만든 장본이었다.

그런 희대의 색마가 바로 나타난 것이다.

"그리고 네놈의 말은 틀렸다."

화양노괴의 말에 복건삼흉의 인상이 굳어졌다.

"무슨 뜻이오?"

화양노괴가 사악하게 웃으며 말했다.

"저자는 검과 목숨과 아내까지 모두 잃게 될 것이다. 그리고 덤으로 잃게 되는 것은 네놈들 목숨이다."

화양노괴는 지금 이곳에 있는 모두를 몰살시키겠다고 선포한 것이다.

"시팔!"

복건삼흉이 동시에 검을 뽑아 들었다.

화양노괴는 그들은 안중에도 두지 않고 탁자 위의 검을 향해 다가갔다.

화양노괴가 등을 보였음에도 복건삼흉은 감히 공격을 하지 못했다. 그만큼 화양노괴의 무공은 악독하고 강맹하기로 유명했던 것이다.

화양노괴가 검을 들으려는 순간.

"멈춰라."

먹이사슬의 또 다른 포식자가 등장했다.

다시 그들 뒤로 나타난 사내를 보자 그 기세 좋던 화양노괴의 인상이 일시에 구겨졌다.

"…단혼검(斷魂劍)!"

단혼검 유천(柳天).

삼 년 전 강호에 출도한 이래 이미 오십의 고수를 죽인 무적의 승부사. 자신의 강함을 증명하기 위해서라면 그는 정파와 사파를 가리지 않고 상대를 찾아 나섰다.

그의 손에 죽은 고수들 중에는 화양노괴가 상대할 수 없는 고수들이 부지기수였다.

단혼검의 몸에서 무섭게 뿜어져 나오는 살기는 앞서 네 사람에 비할 바가 아니었다.

"검은 내가 가져가겠다."

단혼검의 말은 일방통보와 다름없었다.

'죽이지 않으면 죽는다.'

화양노괴가 은밀히 내력을 끌어올렸다.

단혼검의 소문은 이미 수차례 들어왔고, 그가 상대한 이들 중 살아남은 사람은 아무도 없다는 것 또한 잘 알고 있었다. 그의 성격으로 짐작하건대, 그가 검만 가지고 갈 가능성은 극히 희박했다.

복건삼흉 또한 두 사람의 눈치를 살피며 검을 겨누고 있었다.
숨 막히는 대치가 벌어지던 그때였다.
푸드득.
어디선가 한 마리의 청솔매가 공방 안으로 날아들어 왔다.
청솔매가 내려앉은 곳은 바로 검이 놓인 탁자 위였다.
매의 발에 매어진 쪽지를 보며 단혼검이 호기심 어린 얼굴로 다가섰다.
그때 누군가 나지막이 말했다.
"그것은 너희들이 손댈 것이 아니다."
모두의 시선이 목소리의 주인공에게 향했다.
다들 놀라고 황당한 얼굴이었다.
말을 한 사람이 바로 연심이었던 것이다.
단영 뒤에 숨어 있던 연심이 천천히 앞으로 걸어나왔다.
단혼검의 눈빛에 이채가 감돌았다.
화양노괴 역시 일이 심상치 않음을 직감했다.
연심이 매에게 걸어가 쪽지를 풀어 읽었다.
내용을 확인한 그녀가 가볍게 한숨을 내쉬었다.
연심이 단영을 향해 담담하게 말했다.
"잠시 다녀와야겠어요."
놀라운 것은 단영의 반응이었다.
"그 검을 가져가시오."
"……!"
단영은 예의 그 무뚝뚝한 얼굴로 그녀를 응시할 뿐이었다.
연심이 검을 집어 들었다.
모두들 숨을 죽인 채 그녀의 행동을 주시했다.

스르릉.

검신 손잡이 부근에 작은 글자가 새겨져 있었다.

"…아!"

연심(蓮心).

검에 새겨진 글은 바로 자신의 이름인 것이다.

남편이 말한 검의 주인이 바로 자신이었다는 것을 알 수 있었다.

연심이 조심스럽게 물었다.

"언제부터 알고 계셨나요?"

단영이 예의 그 무뚝뚝한 얼굴로 대답했다.

"내 평생 단 두 가지만 사랑했소. 검을 만드는 일과 바로 당신이오. 그런데 어찌 내가 모를 수 있겠소?"

연심이 가볍게 한숨을 내쉬었다.

단영이 미소를 지으며 말했다.

"다녀오시오. 기다리고 있겠소."

단영이 다시 화로 앞에 앉아 망치질을 시작했다.

땅땅땅.

마치 공방 안에 아무도 없다는 듯한 태도였다.

연심이 검을 든 채, 문 쪽을 향해 걸어가기 시작했다.

저벅저벅.

그리고 단 한 마디의 말도 하지 않은 채 검을 휘두르기 시작했다.

쉭—

스걱.

일검에 셋 모두 동시에 쓰러진 복건삼흉 중 그 누구도 검을 본 사람이 없었다.

쉭—

스걱.

화영노괴가 본 것은 그저 하얀 빛줄기의 번뜩임이었다.

쉭—

스걱.

단혼검의 검은 그녀의 검에 스치지도 못했다.

그렇게 고통없이 다섯 불청객은 나란히 한 배를 타고 황천을 건너갔다.

입구에서 연심이 단영을 향해 돌아섰다.

환하게 웃으며 그녀가 말했다.

"그럼 다녀올게요, 여보."

허공을 박차고 날아오르는 연심의 귓가에 언제나 변함없는 남편의 망치질 소리가 아득히 들려왔다.

선풍도골(仙風道骨)의 노인과 중년 사내가 호숫가에 나란히 앉아 낚싯대를 드리우고 있었다.

"평아."

"네, 노선배님."

"요즘 강호는 어떠냐?"

"여전히 평화롭습니다."

"정말이지?"

"네."

혹 지나가는 사냥꾼이라도 있어 그들의 대화를 들었다면 고개를 갸웃했을 것이다.

존대를 하는 쪽은 허연 수염을 휘날리는 노인이었고, 하대를 하는 쪽이 중년 사내였던 것이다.

"평아."

"강호는 평화롭습니다."

"……."

"……."

"…앞으로 노선배라 부르지 마라."

"…네."

맨들맨들한 이마에 주름살도 몇 개 없는 중년인이 선배, 그것도 노선배 대접을 받고 있었다.

다만 그 깊이를 알 수 없는 현기 가득한 눈빛만이 이 괴이한 대화를 반로환동이 실재할지도 모른다는 추측으로 이어주고 있었다.

평이라 불린 노인이 낚싯대 끝을 바라보며 담담히 말했다.

"당대 질풍조장이 워낙에 뛰어난 인물이 아닙니까?"

"그 아이, 우리 몇 대 아래지?"

"제게는 사대, 선배님께는 오대 아래지요."

"벌써 그렇게 됐나."

"그래서 극구광음(隙駒光陰) 세월유수(歲月流水)라 하지 않겠습니까? 허허허허."

"평아."

"네, 선배님."

"그렇게 중후하게 웃지 마라. 꼭 네가 선배 같지 않느냐?"

"……."

퐁퐁.

"평아."

"네."

"나, 잠시 강호에 내려갔다 오면 안 될라나?"

"안 됩니다."

순간 노선배의 낚싯대가 파르르 떨리면서 호수에 커다란 파문이 일기 시작했다.

"며칠만."

"안 됩니다."

쏴아아아아!

호수의 물이 좌우로 갈라졌다.

"그래도 안 됩니다."

평의 거절은 호수 밑바닥에 모습을 드러낸 커다란 바윗돌보다 더 단단했다.

콰아아아아아!

이번에는 갈라진 호수의 물이 두 갈래로 갈라져 물기둥을 이루며 솟아올랐다.

"오십 년 전 하산하셨다가 무당 장문인 늑골을 두 개나 부러뜨린 일! 기억나십니까?"

"…그건 그놈이 시건방을 떠는 바람에……."

콰아아아!

하늘 끝까지 치솟아오를 것 같은 물기둥의 위력이 조금 줄어들었다.

"사십오 년 전에는 황제의 귀비를 건드려서 황궁을 발칵 뒤집어놓으셨지요?"

"…내가 먼저 하자고 한 게 아니다."

"삼십 년 전에는 살수랑 의형제를 맺어서 후배들을 곤란하게 하셨죠?"

"…그 반듯한 놈이 살수 놈인지 어찌 알았겠느냐?"

말이 끝날 때마다 물기둥은 점차 작아지고 있었다.

"십칠 년 전에는 구지신개(九指神丐)와 어울려 노시다 타구봉(打狗棒)을 부러뜨리셨지요?"

"…그건 둘이서 감쪽같이 다시 붙였어. 아직도 개방 제자들은 모른다."

"십사 년 전에는 장사꾼이 천직이라고 중원의 상권을 엉망으로 만드셨지요? …또 그 다음해에는 금선사(金線蛇)를 구워 드시고 싶다며 묘강에 갔다가 천독문(天毒門)을 쑥대밭으로……."

"……."

퐁퐁!

거짓말 같은 장관을 이뤄낸 호수는 어느새 제 모습으로 돌아와 있었다.

"그냥 여기서 저와 평화롭게 지내시다 우화등선(羽化登仙)하시지요?"

"……."

"……."

"언제 한번 안 모이나? 아이들 보고 싶네."

"다들 잘 있겠지요."

그때였다.

노선배가 낚싯대를 집어 던지곤 벌떡 일어났다.

"왔다!"

노선배가 바라보는 하늘에는 아무것도 보이지 않았다.

그리고 점차 아득히 먼 곳에서 하나의 점이 보이기 시작했다.

점차 그 크기가 커지는 그것은 바로 청솔매였다.

끼이익!

매가 두 사람에게 채 오기도 전에 노선배가 소리쳤다.

"상대가 마교란다, 마교! 으하하! 재밌겠다!"

이미 그는 매의 발목에 매어진 쪽지의 내용을 펼쳐 보기도 전에 읽어낸 것이다.

노선배의 신형은 바람처럼 허공을 가로지르고 있었다.

이미 경신법의 한계를 넘어선 비상.

그야말로 허공을 새처럼 훨훨 날아가고 있었다.

그 뒤를 못 말린다는 표정으로 평이 허연 수염을 휘날리며 뒤따라 날기 시작했다.

거대한 절벽 아래에서 한 중년 사내가 쪽지를 읽고 있었다.

단 한 글자의 글을 한참 동안 내려다보는 그의 입에서 너무나 그리운 한 이름이 흘러나왔다.

"풍한아!"

사내는 바로 기풍한을 가르치고 키웠던 전대 질풍조장 서진(徐眞)이었다.

서진이 그대로 몸을 날렸다.

그가 사라진 후.

찌이이익.

절벽이 서서히 갈라져 무너져 내리기 시작했다.

…그렇게 중원 곳곳에 잠들었던 모든 질풍조원들이 하나둘씩 깨어나기 시작했다.

第46章

격돌

격돌

며칠 후, 어둠이 내려앉은 대천산 인근 공터에 질풍조원들이 하나둘씩 모여들고 있었다.

노인도 있었고, 중년인도 있었다. 여인도 있었으며 청년도 있었다. 장사꾼도 있었고, 어부도 있었으며, 사냥꾼도, 의원도 있었다.

하나둘씩 모여들기 시작한 인원은 이제 백 명에 다다르고 있었다.

"헉! 저들이 모두 질풍조요?"

그들을 훔쳐 보며 화노에게 속삭이는 이는 바로 단화경이었다.

화노가 고개를 끄덕였다.

"도대체 풍운령이 뭐요?"

화노가 한숨을 내쉬었다.

"모든 은퇴한 질풍조원들을 소집하는 명령이오. 무조건 따라야 하는 절대 명령으로 당대의 질풍조가 단 한 번 쓸 수 있소. 일단 풍운령이 발동되면 그 대의 질풍조는 진행 중이던 사건을 마친 후 모두 은퇴해야 하오."

"컥!"

단화경이 외마디 비명을 질렀다.

"난 이제 시작인데… 벌써 은퇴라니."

단화경의 엄살에도 화노의 표정은 매우 굳어 있었다.

"왜 그러시오? 걱정이라도 있으시오?"

"지난 백 년간 풍운령은 단 네 번 사용되었소. 십 년 전, 묵룡천가를 상대할 때도 모든 질풍조원들이 동원되었지만 풍운령이 발동되지는 않았소. 그런데 내 대에서 풍운령이 발동될 줄이야."

걱정스런 화노의 표정에 단화경이 태평한 얼굴로 말했다.

"설마 그들에게 무슨 일이야 있겠소?"

철석같이 기풍한과 질풍조를 믿고 있는 단화경이었다.

"아무 일도 없다면, 풍운령도 발동되지 않았겠지요."

그들과 조금 떨어진 곳에 팔용과 서린이 걱정스런 얼굴로 서 있었다.

이현과 연화를 제외한 질풍조 모두가 모인 것이다. 이번 일이 위험한 임무가 되리라 생각한 화노는 연화를 낙양제일루에 남겨두고 왔다. 이현은 그녀를 지켜주기 위해 함께 남았다.

"너무 걱정 마. 선배들이 왔으니까 괜찮을 거야."

팔용의 위로에도 서린의 안색은 여전히 어두웠다.

함께 마교에 들어가지 못한 것을 안타까워하고 있음이리라.

그때 두 사람의 뒤에서 다정한 목소리가 들렸다.

"너무 걱정하지 말거라."

팔용과 서린이 돌아보자 호숫가에서 낚시질을 하던 노인 평이 허연 수염을 휘날리며 서 있었다.
"선배님."
팔용과 서린이 공손히 인사를 건넸다.
평이 밤하늘의 총총한 별을 올려다보며 말했다.
"내 천기(天氣)를 살피니 아직 하늘이 그들의 목숨을 필요로 하진 않는 것 같구나."
"아아!"
팔용과 서린이 동시에 안도의 한숨을 내쉬었다.
그때 하늘의 별이 노인의 뒤통수에 떨어졌다.
딱!
"어이쿠!"
평이 체면도 잊고 뒤통수를 감싸 쥐었다.
"이놈아, 후배들한테 무게 잡지 말랬지. 잡아도 내가 잡아야지."
노인의 뒤통수를 후려친 사람은 바로 노선배였다.
그 소동에 질풍조원들의 시선이 그곳에 집중되었다.
이어 질풍조원들이 일제히 고개를 숙였다.
"오랜만에 뵙습니다."
모두들 그 노선배를 향해 정중히 인사했다.
엉겁결에 화노를 따라 단화경이 인사를 하며 나지막이 속삭였다.
"…나이도 나보다 어린 것 같은데."
딱!
그 순간 단화경의 뒤통수에서도 불이 났다.
"컥!"
"이놈아, 다 들린다."

어느새 노선배가 단화경의 뒤에 서 있었다.

단화경이 입을 쑥 내밀었지만 감히 뭐라 대들지 못했다.

저만치 서 있던 연심이 미소를 지으며 말했다.

"노선배님께서는 지난번 뵈었을 때보다 더 젊어지셨네요."

말이 끝나기도 전에 중년인은 연심의 볼을 쓰다듬으며 껄껄거리고 있었다.

"요 귀여운 녀석."

연심이 살짝 몸을 빼 뒤로 물러섰다.

"이 후배는 지아비가 있는 몸이랍니다."

"헤어지고 나랑 살자."

그러자 평무관의 봉 사부가 껄껄거렸다.

"으하하, 드디어 노망나셨구려. 하긴 나실 때도 됐지요. 암요."

딱!

봉 사부가 뒤통수를 부여잡고 엄살을 피웠다.

"어이쿠, 후배들이 봅니다요."

모두들 그 모습을 보며 웃음을 터뜨렸다.

노선배가 모두를 돌아보며 말했다.

그의 깊은 눈에는 오랜만에 만난 후배들에 대한 반가움이 가득 담겨 있었다.

질풍조원들 역시 한마음이었다.

"모두들 잘 지냈느냐?"

"네! 잘 지냈습니다."

"너무너무너무 보고 싶었다, 이 녀석들아."

"누가 보면 제가 매일 구박만 한 줄 알겠습니다."

평의 말에 모두들 미소를 지었다.

팔용과 서린은 가슴이 격동했다.

서로를 마주 보는 선배들의 눈빛에는 형제보다 소중한 동료애가 담겨 있었다. 마치 지금의 자신들이 그러하듯이. 자신들이 태어나기도 전에 이 강호에서 활약했던 그들이었으니 그간 쌓인 정은 말로 표현할 수도 없으리라.

이윽고 전대 조장 서진이 앞으로 나섰다.

서진이 팔용을 보며 물었다.

"기 조장이 발동한 것이냐?"

"확실하지 않습니다. 마교로 들어간 이후, 모두 소식이 끊어졌습니다."

팔용의 대답에 서진의 안색이 굳어졌다.

그러자 노선배가 호탕하게 말했다.

"뭐 고민할 게 있나. 올라가 보면 알게 되겠지."

노선배가 품에서 복면을 꺼내 들었다.

잠시 복면을 내려다보는 표정에는 만감이 교차했다.

노선배가 복면을 착용하는 것을 신호로 뒤이어 질풍조가 일제히 복면을 착용했다.

노선배가 이번에는 무공비급을 팔던 노인에게 말했다.

"막둥아! 앞장서라, 녀석아."

"막둥이라니요… 언제적 이야기를. 제 나이가 지금 몇 인 줄 아십니까? 확 진법 안에 다 가둬 버리고 도망가 버릴……."

딱!

그렇게 노선배의 애정 어린 인사를 받아가며 질풍조가 대천산을 오르기 시작했다.

같은 시각. 구화전에서는 기천기가 반숙의 보고를 듣고 있었다.

"우선 사도맹을 먼저 쳐야 합니다."

"천룡맹이나 구파일방이 아니고?"

기천기의 의문에 반숙이 자신의 생각을 밝혔다.

"사도맹에 비해 정파무림은 여러 이해관계가 복잡하게 얽혀 있습니다. 천룡맹에 구파일방, 사대세가에 각 지역 방파들까지. 모두 천룡맹을 중심으로 뭉쳐 있는 것 같지만 실제로는 자신들의 이해득실만을 우선으로 여기고 있지요. 그에 비해 사도맹은 용천악을 중심으로 강한 연합체를 형성하고 있습니다."

기천기가 묵묵히 고개를 끄덕이며 수긍했다.

전체적으로 힘이 열세인 사도맹이 정파무림에 밀리지 않고 있는 이유도 거기 있었으니까.

"만약 정파무림을 공격한다면 사도맹에서는 즉각 정파를 돕고 나설 것입니다. 용천악은 입술이 없어지면 당장 이가 시리다는 이치쯤은 잘 알 만한 인물이니까요. 반면 사도맹을 선제공격한다면 상황은 조금 다를 겁니다."

"역시 정파 쪽에서 돕고 나설 텐데?"

"그렇겠지요. 하지만 사도맹이 돕는 것처럼 즉각적인 대응을 하지 못할 겁니다. 구파일방이나 사대세가에서는 제각기 자파의 이익을 계산하며 머리를 굴리려 들 테니까요. 더구나 사 년 전, 사마진룡이 실종된 이후 천룡맹의 위세가 예전 같지 않습니다. 그 점 또한 그들의 연합을 지연시키는 큰 이유가 될 겁니다. 결국 그들이 연합군을 만들었을 때는 사도맹의 주력은 강호에서 사라진 이후가 될 겁니다. 이것은 신마기가 있기에 가능한 계획입니다."

반숙의 계획은 신마기를 통해 속전속결로 사도맹을 먼저 치자는 것이었다.

"좋아, 그렇게 진행하도록 하지."

중원의 운명을 가르는 큰 결정이었음에도 기천기는 망설이지 않았다. 머리를 굴리는 일은 반숙의 몫이었고, 적어도 그 부분만큼은 자신보다 더 뛰어났으니까.

그때 마인 하나가 조심스럽게 구화전으로 들어왔다.

"제일진(第一陣)에 침입자가 있습니다."

반숙이 기천기를 대신해 침착하게 물었다.

"놈들의 정체는?"

"아직 밝혀내지 못했습니다."

"몇 놈은 살려서 데려오도록."

"알겠습니다."

마인이 들어왔을 때와 마찬가지로 정중하게 물러났다.

기천기가 피식 웃으며 물었다.

"요즘도 침입하려는 자들이 있나?"

"아무래도 저희 움직임에 다들 신경들을 많이 쓰지 않겠습니까? 천룡맹이나 사도맹에서는 어떻게 해서든 첩자를 심으려고 시도하고 있습니다."

"그래… 그렇겠지."

기천기가 피곤한 듯 태사의에 몸을 기댔다.

"이만 물러가 보겠습니다."

돌아서려는 반숙을 기천기가 나직이 불러 세웠다.

"반 군사."

"네."

"자네도 내가 잘못했다고 생각하나?"

기풍한의 처리 문제를 묻고 있는 것이다.

반숙이 짤막하게 자신의 심정을 밝혔다.

"소교주의 죽음은 분명 그와 관련이 있습니다."

그 말은 곧 기천기의 결정에 동의한다는 뜻이었다.

기천기가 고개를 끄덕이며 반숙을 물렸다.

"그만 나가보게."

"네."

반숙이 돌아서 나가려던 그때였다.

아까의 마인이 이번에는 황급히 달려들어 왔다.

"제이진이 공격을 받고 있습니다."

반숙이 인상을 찡그리며 소리쳤다.

"무슨 소리냐?"

"제일진이 파괴되고 혈전일대가 전멸했습니다."

순간 반숙의 얼굴이 굳어졌다.

혈전일대는 대천산을 지키는 첫 번째 진법과 두 번째 진법 사이에 편성된 마인들었다.

천룡맹이나 사도맹의 도발은 간혹 있어왔기에 크게 생각지 않았던 일이었다. 대부분 제일진에서 간헐적인 전투가 벌어질 뿐 더 큰 일이 벌어진 적이 없었던 것이다.

그때 또 다른 마인이 뛰어들어 왔다.

"제이진이 무너지고 제삼진이 공격을 받고 있습니다. 혈전이대와 삼대가 전멸했습니다."

반숙이 깜짝 놀라 황급히 물었다.

"놈들의 정체는!"

"백여 명의 복면인이라고 합니다."

"복면인? 고작 백 명이란 말이냐?"

"네, 그렇게 보고되었습니다."

"어서 빨리 확인해라."

"네!"

보고를 하러 온 마인들이 일제히 달려나갔다.

"비켜라!"

밖으로 나가는 그들을 거칠게 뿌리치고 달려들어 온 이는 바로 혈전대주였다.

"교주님! 큰일났습니다! 제사진이 파괴되고 혈전대가 전멸했습니다!"

쿵!

반숙의 심장이 덜컥 내려앉았다.

비록 열 개의 진법이 뒤로 갈수록 더욱 강력한 진법이 펼쳐져 있고, 그곳을 지키는 무인들 역시 마찬가지라 하더라도, 이렇게 짧은 시간에 제사진까지 무너진다는 것은 절대 있을 수 없는 일이었다. 마교가 직접 총공격을 한다 해도 이 시간에 사진을 돌파하는 것은 장담할 수 없는 일이었다.

반숙이 경악하며 기천기를 돌아보았다.

그에 비해 기천기는 다소 느긋한 표정이었다.

"그들이군."

반숙은 문득 곽철이 자신에게 던진 말이 떠올랐다.

'너희가 그렇게 강해?'

그 재수없는 미소를 떨쳐 버리려는 듯 반숙이 최대한 침착하게 기천기에게 말했다.

"대책을 세우셔야 할 것 같습니다."

"마존들을 부르게."

육마존을 비롯한 마교의 고수들이 모두 구화전에 모여들었을 때는 이미 제육진이 깨어졌다는 보고가 올라오고 있었다.

편마가 결코 믿을 수 없다는 표정이었다.

"도대체 어떤 놈들이기에 불과 반 시진 만에 제육진까지 밀렸단 말이오?"

"걱정 마시오. 칠진부터는 다를 것이오. 게다가 마지막 구화진을 깰 수 있는 자는 이 강호에 존재하지 않소."

진법에 조예가 깊은 유령마는 그다지 지금의 상황을 심각하게 생각하지 않는 얼굴이었다.

기천기가 반숙에게 물었다.

"그쪽을 지키는 애들이 누구였나?"

"칠, 팔진을 철갑마기병이, 구, 십진을 북풍혈마대가 지키고 있습니다."

"그 아이들 모두 들이게."

"네?"

반숙은 물론 다른 고수들이 깜짝 놀랐다.

북풍혈마대주가 이를 바득 갈며 기천기의 앞으로 나섰다.

"제가 직접 나가서 다 쓸어버리겠습니다."
기천기가 고개를 가로저을 뿐이었다.
반숙이 마인에게 명을 내렸다.
일각 후 칠진이 깨어졌다는 보고가 올라왔다.
이제 속내를 읽을 수 없는 기천기를 제외한 모든 마인들의 표정은 확연히 굳어 있었다.
진이 빠른 속도로 파괴되었다는 것 때문만이 아니었다.
놈들의 피해가 단 한 명도 없다는 보고 때문이었다.
팔진이 파괴되었을 때 반숙이 북풍혈마대와 철갑마기병을 구화전 앞으로 집합시켰다.
이각 후, 다시 구진이 파괴되었다는 보고에 구화진은 결코 깨어지지 않는다는 유령마의 의견을 무시하고 신마기를 소집했다.
그렇게 구화전에는 끝없는 긴장감만이 감돌았다.
과연 마교제일절진인 구화진이었다.
구진이 깨어지고 한 시진이 지났지만 여전히 아무 보고는 올라오지 않고 있었다.
덜컹.
여명이 희미하게 구화전을 밝히기 시작했을 무렵, 정확히 열 번째 보고를 하기 위한 마인이 뛰어들어 왔다.
보고를 듣기도 전에 기천기가 자리에서 일어났다.
"가세."
기천기의 단호한 음성이 조용히 울려 퍼졌다.
"천 년의 역사 속에 본 교를 지켜온 것이 그깟 진법 따위가 아니란 것을 보여주러 가세."

"놈들이 다 어딜 갔을까?"

구화진을 넘어 마교 본단에 첫발을 디딘 단화경은 연신 주위를 돌아보며 혹여 있을 공격에 대비했지만 진법을 지키던 마인들은 물론 본단에 진입해서조차 단 한 명의 마인도 찾아볼 수 없었다.

폭풍처럼 몰아치던 질풍조의 질주도 이제 여유를 찾고 있었다.

"다 찾는 방법이 있지."

노선배가 앞으로 나서서 손바닥에 침을 탁 뱉었다.

단화경이 설마 하는 마음이 들었지만, 노선배는 충실히 그 기대에 부응했다.

탁.

침이 왼쪽으로 튀었다.

"이쪽이군."

그리고는 노선배가 앞장서기 시작했다.

질풍조원들은 묵묵히 그 뒤를 따르기 시작했다.

단화경이 어이없는 얼굴로 화노를 돌아보았다.

"이래도 되는 거요?"

화노가 미소를 지으며 말했다.

"대세를 따라야지요. 왜? 혼자 저쪽 길로 가보시겠소?"

정적만이 감도는 마교의 건물들을 보며 단화경이 몸을 떨었다.

"흥! 일없소."

어리둥절한 것은 단화경뿐만이 아니었다.

진을 깨는 과정에 팔용과 서린은 끼어들 틈조차 없었다.

그저 입을 벌린 채 선배들의 실력에 감탄만 연발했던 것이다.

"여기가 마교구나."

팔용과 서린이 두리번거리며 마치 꽃구경 나온 여행객들처럼 주위의 건물들을 감상하고 있었다.

앞서 평의 천기 어쩌구에 곽철과 비영 걱정을 한 꺼풀 벗어버린 두 사람이었다. 그들이 무사하면 당연히 기풍한도 무사할 것이다.

서린이 팔용의 팔을 잡아끌며 한쪽을 가리켰다.

"우아!"

팔용의 입이 쩍 벌어졌다.

건물의 지붕 너머로 거대한 석상이 세워져 있었다.

천마혼의 모습을 본따 만든 악마상이었는데, 마치 금방이라도 움직일 듯 정교하게 만들어져 있었다.

그렇게 두 사람이 정신없이 주위를 돌아보는 사이, 노선배는 침도 뱉고 신발짝도 던지고, 노래를 불러 가락이 딱 떨어지는 곳을 향하는 등, 갖가지 방법을 동원해 후배들을 안내하고 있었다.

후배들은 노선배가 장난을 치는 듯 보이지만 실은 숨죽인 마기의 자취를 따라 정확히 자신들을 안내하고 있다는 것을 알고 있었다.

아무런 제지 없이 얼마나 그렇게 걸었을까?

"많이도 마중 나왔구먼."

그들 앞으로 거대한 구화전이 웅장한 모습을 드러냈다.

그 앞의 광활한 연무장에 마교 내의 모든 마인들이 도열해 있었는데 적게 잡아도 삼천이 넘어 보였다.

"헉!"

팔용이 자신도 모르게 침을 꿀꺽 삼켰다.

그간 많은 작전을 해왔지만 이렇게 많은 마인들을 한꺼번에 본 것은 이번이 처음이었다.

질풍조가 연무장으로 들어섰다.

기천기를 중심으로 마교의 고수들이 좌우로 늘어서 있었다.

만약 전면전이 붙는다면?

삼천 대 백의 싸움이었다.

물론 한 명이 서른 명을 상대하면 된다는 제법 간단한 수치가 나왔지만 그것은 의미가 없는 계산이었다.

그 삼천 명 속에는 무공의 깊이를 알 수 없는 기천기와 육마존, 각 부대의 수장들, 그리고 결정적으로 백여 구의 신마기가 포함되어 있었기 때문이다. 결코 쉽게 볼 싸움이 아니었다.

마교 측에서 반숙이 앞으로 나서자, 질풍조에서는 전대 조장 서진이 앞으로 나섰다.

"솔직히 놀랐소. 이곳까지 들어올 줄은……."

정중한 반숙의 태도에 비해 목소리는 조금 침울했다.

서진이 예를 갖춰 깍듯이 인사했다.

"불가피한 충돌이 있었던 점, 사과드리겠소."

"그럴 수도 있겠지요."

반숙이 다시 정중히 복면을 벗어줄 것을 요구했다.

"얼굴을 보여주실 수 있겠소?"

"우리들은 논을 갈고 물고기를 낚는 평범한 촌사람들이오. 굳이 얼굴까지 볼 가치가 없으실 것이오."

서진이 부드럽게 거절했다.

그때 뒤에 서 있던 노선배가 앞으로 나서며 홀렁 복면을 벗었다.

"후아, 그렇잖아도 답답해서 혼났네."

노선배가 반숙을 보며 씩 웃었다.

"예를 차려 내가 대표로 복면을 벗었네. 괜찮겠지?"

말은 반숙에게 하고 있었지만 노선배의 시선이 향하는 곳은 반숙 뒤의 기천기였다.

두 사람의 시선이 마주쳤다.

노선배의 안광이 깊어지기 시작했다.

"과연 대단하군."

눈빛 한 번 마주친 것으로 노선배의 감탄이 절로 나왔다.

기천기 역시 여유롭던 표정이 자연스럽게 굳어졌다.

복면을 벗은 중년인의 기도가 자신의 상상 이상이었던 것이다.

노선배가 후배들을 돌아보며 모두가 다 들리도록 큰 소리로 말했다.

"너희들은 각별히 조심해야겠다. 교주 아이가 나서면 나밖에 못 막겠다."

자기 자랑이 섞인 그 경망스런 모습에 오히려 기천기의 눈빛이 더욱 깊어졌다.

고수를 알아보는 고수의 눈은 무섭다. 하물며 그 눈이 천마의 눈이라면.

반숙이 다시 대화를 이끌어가기 시작했다.

"그래, 무슨 용무로 본 교를 방문하셨소?"

"동생들이 귀 교에 신세를 지고 있다 들었소. 아직 어리고 불민한 아이들이니 그냥 풀어주셨으면 하오."

마치 맡겨둔 물건을 찾으러 온 것 같은 광오하고 뻔뻔한 말이었다.

권마가 참지 못하고 성큼성큼 앞으로 걸어나왔다. 그의 호의는 기풍한에 국한된 것이었지 질풍조까지 포함되는 것은 아니었다.

"이놈! 감히 여기가 어디라고 생각하느냐?"

권마가 아무런 경고도 없이 그대로 주먹을 내질렀다.

그 주먹은 반숙의 입처럼 예의 바르지 않았다.

구우웅!

어마어마한 회오리가 서진에게 날아들었다.

서진의 검이 허공을 갈랐다.

쉬이잉!

절벽이 갈라지듯 권마의 장력이 반으로 갈라졌다.

꽈르르르르릉!

서진의 좌우로 비켜 지나간 장력이 땅바닥에 거대한 익조가 할퀸 것 같은 두 줄기 손톱자국을 남겼다.

일검에 권마의 장력을 해소한 서진이 담담히 말했다.

"여긴 마교가 아니오?"

권마는 왜 갑자기 서진이 그 말을 하는지 몰랐다.

그러다 문득 그 말이 장력을 날리기 전, 자신의 '감히 여기가 어디라고 생각하느냐?' 에 대한 대답이란 사실을 깨달았다.

순간 권마의 눈에서 불꽃이 일었다.

분명 상대는 자신을 조롱하고 있음이 틀림없었다.

파아앙!

권마의 신형이 폭죽이 터지듯 서진을 향해 돌진했다.

서진 역시 그대로 서서 당하고만 있지는 않았다.

쉬이이잉!

서진의 검에서 시퍼런 검강이 일며 권마를 베어가기 시작했다.

권마가 피하지 않고 그 날아드는 검강에 그대로 주먹을 내질렀다.

파아앙!

귀를 찢는 폭음과 함께 주위 공기가 일그러지며 세찬 돌풍을 일으켰다.

주르륵.

서진과 권마가 동시에 뒤로 다섯 걸음씩 밀려났다.

두 사람의 격돌을 지켜보던 마교의 고수들의 표정이 굳어졌다.

특히 반숙은 더욱 심란했다.

믿기 어려웠지만 분명 상대는 권마와 동수를 이루고 있었다.

만약 남은 이들이 모두 그와 같은 무공을 지녔다면?

반숙의 마음속을 무겁게 짓누르는 한 가지 생각.

양패구상(兩敗俱傷)!

반숙이 흥분한 권마를 막아섰다.

"제게 맡겨주시지요."

권마의 입장에서는 기천기의 허락도 없이 끼어든 싸움이었다.

서진을 지그시 노려보던 권마가 코웃음을 치며 뒤로 물러섰다.

반숙이 다시 서진을 향해 돌아섰다.

"후배들만 돌려준다면 그대로 돌아가겠소."

서진의 그 말은 마치 돌려주지 않으면 그냥은 돌아가지 않겠다는 뜻을 내포하고 있었다.

반숙은 곽철과 비영을 살려둔 것이 얼마나 다행한 일인가를 절실히 실감했다. 솔직한 지금 심정으로는 그들을 그냥 내어주고 돌려보내고 싶은 심정이었다.

이들과 격돌하는 것은 군사인 반숙의 입장에서는 그야말로 아무런 가치가 없는 일이었다.

그러나 그렇게 단순히 처리될 문제가 아니었다.

이번 일에는 가장 중요한 것이 걸려 있었으니까.

모든 마인들의 목숨보다 더 소중한 것. 바로 자존심이었다.

마교의 십대절진이 깨어지고 포로까지 그냥 내주었다는 소문이 난다면? 마교를 떠올리면 자연 공포를 떠올렸던 강호인들은 이제 다른 것을 떠올리리라.

반숙이 주위 마인에게 신호를 보냈다.

마인 넷이 곽철과 비영을 양쪽에서 낀 채 앞으로 나왔다.

질질 끌려 나오는 것이 겨우 목숨만 붙어 있는 듯 보였다.

"철아, 영아!"

팔용이 울먹이며 그들을 불렀다.

팔용의 부름에 곽철이 힘겹게 고개를 들었다. 비영 역시 팔용의 소리를 듣고 고개를 들려고 애썼지만 이내 고개는 아래로 푹 처졌다. 아마도 곽철보다 상태가 심각한 것 같았다.

곽철의 눈은 부어올라 완전히 뜨여지지 않았다.

선배들을 향해 곽철이 힘겹게 말했다.

"…죄송합니다."

이미 서린의 복면은 눈물로 흠뻑 젖어 있었다.

곽철이 다시 힘겹게 말했다.

"조장님은… 조장님은……."

곽철이 차마 말을 잇지 못했다.

쿵!

팔용과 서린은 물론 단화경의 마음이 철렁 내려앉았다.

'…설마?'

서린이 휘청거리며 제자리에 주저앉았고 팔용은 그런 그녀를 부축해 줄 생각도 못한 채 멍하니 서 있었다.

기풍한의 죽음을 직감한 서진의 얼굴에 서서히 노기가 피어오르기 시작했다.

다른 질풍조 선배들의 표정 역시 그와 다르지 않았다.

반숙이 다시 서진에게 말했다.

"저들을 그냥 내줄 수는……."

"…닥쳐라."

나지막한 서진의 분노에 반숙이 흠칫 놀랐다.

이미 서진의 온몸에서는 살기가 무럭무럭 피어오르고 있었다.

"당장 그 아이들 내놔!"

서진의 일갈에 일순간 분위기가 싸늘하게 가라앉기 시작했다.

지금까지 최대한 평화롭게 일을 해결하려던 반숙의 마음이 돌아섰다.

"내주지 않겠다면?"

서진이 들고 있던 검을 앞으로 내밀었다.

그리고 또박또박 천천히 말했다.

"다 쓸어버리겠다."

우우우우웅!

주위를 둘러싼 마인들의 험악한 마기가 사방으로 뻗어 나오기 시작했다.

"풍멸(風滅)!"

서진의 외침에 뭉쳐져 있던 일백의 질풍조들이 좌우로 쫙 벌어졌다.

넘실거리는 황금빛 풍(風) 자의 물결.

구우우우!

양측의 살기가 서로 충돌하자 어마어마한 바람이 휘몰아치기 시작했다.

그때 들려오는 나지막한 음성.

"그런가?"

웅혼한 내력이 담긴 목소리의 주인공은 기천기였다.

기천기가 천천히 앞으로 걸어나왔다.

"본 교가 이렇게까지 우습게 보였단 말이지."

기천기가 나서자 질풍조 쪽에서는 노선배가 앞으로 걸어나갔다.

노선배의 얼굴에서는 이미 장난기가 사라져 있었다.

노선배가 싸늘하게 말했다.

"그랬다면… 예전에 이 강호에서 지워 버렸겠지."

마주 선 두 사람의 대화가 숨 막히는 침묵 속에서 이어졌다.

"그때도 못한 일을 오늘 할 수 있을까?"

"적어도 함께 갈 만은 할 것이야."

"그럼 어디 해보시게."

기천기의 몸에서 아지랑이가 피어오르기 시작했다.

스멀스멀 만들어지는 검은 아지랑이.

천마혼.

서서히 모습을 드러낸 천마혼은 앞서 보여줬던 천마혼이 아니었다.

천마혼은 마교의 입구에 세워진 거대한 석상의 크기만큼 자라나기 시작했다.

일천 년을 내려오며 갈고닦인 마교 최강의 무공.

구화마공.

그 구화마공 최고의 정수가 펼쳐지고 있었다.

천마혼을 올려다보는 것만으로 숨이 막힐 지경이었다.

그것은 인간이 감당할 무공이 아니었다.

노선배가 가슴 앞으로 양손을 교차했다.

노선배의 몸 주위에서도 아지랑이가 피어오르기 시작했다.

천마혼이 묵빛이었다면 노선배의 그것은 맑은 아침 개울가에 비치는 햇살처럼 밝았다.

우우우웅!

아지랑이가 하나의 검의 형상을 만들어내기 시작했다.

그것은 노선배가 만들어낸 심검이었다.

…검은 그렇게 계속 자라나고 있었다.

第47章

극마동

극마동

퐁. 퐁. 퐁.

귓가에 희미하게 들려오는 규칙적인 소리에 기풍한은 자신이 살아 있다는 것을 느낄 수 있었다.

서서히 의식을 차리면서 기풍한은 그 소리가 물방울 떨어지는 소리란 것을 알 수 있었으니까.

얼마나 추락했던 것일까?

일각? 이각?

어쩌면 대천산의 바닥까지 떨어져 내렸을지도 모른다는 생각이 들었다.

'그런데 죽지 않다니?'

기풍한이 힘겹게 눈을 떴다.

극마동의 입구가 천장으로 시커먼 아가리를 벌리고 있었고 그 옆으로 종유석이 길게 늘어져 있었다.

기풍한이 힘겹게 고개를 돌려 주위를 살폈다.

그나마 조금이라도 움직일 수 있는 것은 고개뿐이었다.

거대한 동굴.

태초의 신비를 간직한 석순과 종유석들이 여기저기 그 자태를 뽐내고 있었다.

빛이 전혀 들어오지 않을 지하 동굴이었음에도, 사방은 주위의 사물을 구분할 수 있을 정도로 밝았다.

'…아!'

기풍한은 곧 그 이유를 알 수 있었다.

동굴의 벽면 곳곳에서 은은한 빛이 흘러나오고 있었다.

밝은 빛을 내는 광석이 벽에 섞여 있었던 것이다.

그렇게 주위를 천천히 살피던 기풍한은 자신이 그 끝없는 추락에서도 살아남은 이유를 알 수 있었다.

자신은 바닥에서 한 삼 장 정도 되는 높이의 촘촘한 그물 위에 누워 있었던 것이다.

그물에서는 심한 악취가 나고 있었지만 끈끈하고 부드러운 것이 그 탄력이 매우 컸다.

'……?'

자신의 몸을 내려다보던 기풍한이 깜짝 놀랐다.

자신이 누워 있는 그물과 같은 종류의 줄이 자신의 몸을 칭칭 감고 있었다.

그때 들려오는 괴이한 소리.

ㅊㅊㅊㅊ.

소리는 자신의 발끝 너머, 어둠 속에서 들려오고 있었다.

기풍한이 다시 힘겹게 고개를 들어 그곳을 바라보았다.

번쩍.

어둠 속에서 두 개의 불빛이 갑자기 밝혀졌다.

"…누구?"

기풍한의 목소리는 거의 들리지 않을 정도로 미약했다.

눈을 찡그리며 불빛을 바라보던 기풍한이 흠칫 놀랐다.

그것은 사람이 밝힌 횃불 따위의 빛이 아니었다.

야수의 안광(眼光).

호랑이나 늑대와 같은 맹수가 내뿜는 안광과는 차원이 다른 살인적인 눈빛이었다.

스르륵.

눈빛이 미끄러지듯 다가왔다.

어둠 속에서 모습을 드러내는 그것은… 거대한 거미였다.

게다가 거미의 얼굴은 사람의 얼굴 모양과 흡사했고 온몸은 금방이라도 타오를 듯한 붉은색이었다.

좀처럼 놀라지 않는 기풍한도 이번에는 깜짝 놀랐다.

"설마… 인면적주(人面赤蛛)!"

강호에서 극히 찾아보기 힘들다는 천고의 영물, 인면적주.

약장사들의 호객 행위 때나 가끔 등장하는 그야말로 전설적인 생물체가 버젓이 기풍한의 눈앞에 나타난 것이다.

기풍한은 그제야 왜 자신이 고통을 느끼지 못하는지 알 수 있었다.

자신은 이미 인면적주의 독에 중독되어 온몸의 신경이 마비되어 있었던 것이다. 자신이 누운 그물과 몸을 감은 줄은 바로 인면적주의 거미줄이었던 것이다. 그 줄이 너무 굵어 미처 거미줄이라곤 생각지 못했던 것이다.

사실 그것은 기풍한에게 있어서 불행 중 다행한 일이었다.

만약 인면적주의 독에 중독되지 않았다면 제아무리 기풍한이라 해도 사지의 뼈와 혈맥이 끊어진 고통을 참아내지 못했을 것이다.

츠츠츠츠.

인면적주가 괴이한 소리를 내며 움직이기 시작했다.

어둠 속에서 완전히 모습을 드러낸 인면적주는 거의 사람 크기의 세 배 정도는 됨 직한 거대한 몸집을 지니고 있었다.

기풍한이 모든 것을 체념한 듯 힘겹게 지탱하던 고개를 뒤로 눕혔다.

어차피 죽음을 각오했던 마교행이었다.

오히려 기천기의 손에 죽지 않게 된 것이 다행한 일이란 생각이 들었다. 형에게 죽는다는 것은 그 어떤 죽음보다 비참한 것이었으니까.

'아!'

문득 기풍한의 마음에 곽철과 비영이 마인들 사이에 둘러싸인 모습이 떠올랐다.

기풍한이 길게 한숨을 내쉬었다. 분명 그들이 자신을 구하러 올 가능성을 염두에 뒀어야 했다.

곽철이라면 충분히 마교까지 잠입할 수 있는 능력이 있고, 또 반드시 구하러 올 것이라고 생각했어야 했지만 기천기를 다시 만나게 될 것이란 생각에 평소의 냉정함을 잃고 있었던 것이다.

그러나 기풍한의 걱정은 더 이상 이어질 수 없었다.

인면적주가 거미줄 위를 미끄러지듯 빠른 속도로 기풍한을 향해 달려들었다.

츠츠츠.

인간과 거미를 반쯤 섞어둔 것 같은 그 흉측한 얼굴이 기풍한의 얼굴에 바짝 가까이 다가왔다.

고개를 갸웃하는 것이 마치 평소의 먹잇감과 다른 것이 이상한 모양이었다.

뚝뚝뚝.

인면적주의 입에서 흘러내리는 액체가 기풍한의 얼굴과 몸으로 뚝뚝 떨어지기 시작했다.

"크윽!"

그 참을 수 없는 악취에 기풍한이 헛구역질을 하기 시작했다.

몸의 모든 기관이 완전히 망가졌다고 생각했는데 그게 아닌 모양이었다.

츠츠츠!

기풍한의 반응에 놈이 신경질적으로 몸을 흔들었다.

꾸에엑.

다시 아가리를 크게 벌려 기풍한의 체액을 빨아먹으려던 그때였다.

갑자기 인면적주의 움직임이 딱 멈췄다.

츠츠츠!

조심스럽게 주위를 살피던 인면적주가 갑자기 위협적인 괴성을 토해냈다.

꾸에에엑!

출렁출렁.

놈의 흥분에 거미줄이 세차게 흔들리기 시작했다.

기풍한은 놈이 몹시 겁을 먹었다는 것을 느낄 수 있었다.

쉬익! 쉬익!

우측에서 들려오는 소리에 기풍한이 고개를 돌렸다.

"헉!"

기풍한의 입에서 다시 경악의 탄성이 터져 나왔다.

그곳에는 거대한 구렁이 한 마리가 종유석을 휘감으며 혀를 날름거리고 있었던 것이다.

자세히 보니 그것은 단지 커다란 구렁이만이 아니었다.

뱀의 머리에 난 자그마한 세 개의 뿔.

"삼각독혈망(三角毒血蟒)!"

삼각독혈망.

세인들이 흔히 승천하는 용을 보았느니 하는 것은 바로 이 삼각독혈망을 두고 하는 이야기였다. 물론 대부분의 사람들은 그것조차 이야기 속에나 나오는 존재에 불과하다고 생각했지만 일부 노고수들은 삼각독혈망이 실제로 있다는 것을 믿었다.

인면적주에 이어 삼각독혈망까지.

직접 눈으로 보고도 믿기 힘든 일이었다.

극마동.

태초 마교 때부터 절대 금역으로 이어져 내려온 이곳에는 그 신비보다 더욱 신비로운 영물들이 서식하고 있었던 것이다.

치익치익.

적주가 두려움에 떨며 본격적으로 독액을 내뿜기 시작했다.

"흡."

그 지독한 독기에 기풍한이 숨을 멈추었다.

뚝뚝.

사방으로 튀는 독액이 기풍한의 몸과 얼굴 주위로 떨어졌다.

치이익.

독액이 튄 얼굴이 시커멓게 타 들어가기 시작했다.

'끄으윽.'

마비 독에 중독된 탓에 큰 고통은 없었다. 기풍한이 참을 수 없었던 것은 자신의 살이 타 들어가는 끔찍한 냄새였다.

그나마 다행인 것은 몸에 떨어진 독액은 적주의 거미줄에 보호를 받아 무사한 것이었다.

쉬이익!

삼각독혈망이 혓바닥을 빠르게 날름거리며 인면적주를 위협하기 시작했다.

꾸에엑!

상대를 겁주기 위해 적주가 상체를 높이 드는 순간.

쉬이익!

거대한 독혈망이 궁신(弓神)이 쏘아낸 화살처럼 빠르게 쏘아져 날아왔다.

콰악!

그리고는 적주의 얼굴과 가슴 사이를 사정없이 물어버렸다.

꾸에에엑!

적주가 몸을 흔들며 몸부림치기 시작했다.

거미줄이 세차게 출렁거리며 기풍한의 몸이 위태롭게 흔들렸다.

적주가 거대한 발로 독혈망을 거세게 할퀴었지만, 철갑보다 단단한 독혈망의 피부를 뚫지는 못했다.

투투투툭.

결국 적주의 몸부림과 독혈망의 무게를 이기지 못하고 거미줄이 끊어졌다.

두 영물과 함께 기풍한의 몸이 바닥으로 추락했다.

콰당!

기풍한이 그대로 바닥을 뒹굴었다.

옆으로 적주와 독혈망이 함께 떨어졌다.

그 와중에도 독혈망은 적주를 물고 놓아주지 않았다.

두 영물의 사투가 계속되었다.

이윽고 독혈망의 독기를 견디지 못한 적주가 점차 힘을 잃어갔다.

꾸에에엑!

적주가 몸을 뒤집은 채 여덟 개의 거대한 다리를 부르르 떨며 마지막으로 울부짖기 시작했다.

아직 완전히 생명이 끊어지지도 않았는데 독혈망이 적주의 가슴을 물어뜯었다.

독혈망이 적주의 몸속으로 대가리를 처박고 헤집기 시작했다.

이내 독혈망이 적주의 몸속에서 무엇인가 찾아내었다.

그것은 바로 인면적주의 내단(內丹)이었다.

적주의 거대한 몸집에 비해 내단의 크기는 달걀만한 정도에 불과했다.

그러나 그 속에는 백 년을 살아온 적주의 모든 정기가 담겨 있었다.

독혈망이 한입에 그것을 꿀꺽 삼켰다.

쉬이이익!

그리고는 마치 승자의 위세를 보이려는 듯 길게 울었다.

내단의 효과는 대단했다.

일 다경도 지나지 않아 싸움에 지친 독혈망이 생기를 찾기 시작했다.

독혈망이 기풍한에게로 다가왔다.

독혈망은 커다란 눈동자를 이리저리 굴리며 기풍한을 관찰하기 시작했다.

기풍한은 놈을 자극하지 않기 위해서 가만히 눈을 감고 숨소리조차 죽이고 있었다.

툭. 툭.

독혈망이 기풍한의 몸을 건드렸다.

과연 적주나 독혈망이나 사람을 본 적이 거의 없는 듯 보였다.

독혈망은 한입에 기풍한을 삼킬 듯 바라보며 부지런히 눈알을 굴렸다. 마치 그 모습은 무엇인가 열심히 생각을 하는 듯 보였다.

꾸에에에엑!

그때 어디선가 또 다른 울부짖음이 들려왔다.

분명 적주의 울음소리 같았는데 방금 전 적주와는 비교할 수 없을 정도의 큰 소리였다.

독혈망이 빨딱 대가리를 곧추세웠다.

쉭! 쉭! 쉭!

독혈망이 재빨리 혀를 날름거리기 시작했다.

기풍한은 느낄 수 있었다.

그 소리에 이번에는 독혈망이 겁을 내고 있다는 것을.

삼각독혈망조차 겁을 내게 만드는 무엇인가가 분명 이곳 극마동에 살고 있었다.

독혈망이 재빨리 기풍한을 향해 기어왔다.

그리고 긴 꼬리로 기풍한의 몸을 감아 올렸다.

꼬리에 기풍한을 매단 독혈망은 칠흑 같은 동굴의 어둠 속으로 사라지기 시작했다.

기풍한이 다시 정신을 차린 것은 참을 수 없는 역겨운 비린내 때문이었다.

자신이 누운 곳은 제법 커다란 동굴 안이었다.

이곳 극마동의 지형을 짐작해 보건대 이런 크고 작은 동굴들이 수도 없이 있으리란 생각이 들었다.

'이곳이 놈의 보금자리인가?'

과연 동굴 안쪽으로 삼각독혈망이 또아리를 튼 채 잠이 들어 있었다.

코를 후벼 파는 비린내는 동굴 밖에서 나고 있었다.

고개를 돌려 무심코 동굴 밖을 바라보는 순간.

"헛!"

깜짝 놀란 기풍한의 입에서 헛바람이 새어 나왔다.

쉭쉭쉭쉭쉭!

동굴 밖에는 수천 마리의 크고 작은 알록달록한 독사들이 이리저리 얽혀 있었던 것이다. 그야말로 뱀을 밟지 않고는 걸어갈 수 없을 정도였다.

간담이 약한 이가 보았다면 그대로 혼절하고도 남을 소름 끼치는 광경이었다.

다행히 바깥의 뱀들은 동굴 안으로는 들어오지 않았다.

뱀들의 제왕인 독혈망의 근처에는 감히 근접하지 못하는 것이 틀림없었다.

'왜 나를 살려둔 걸까?'

기풍한은 자신을 살려 이곳까지 데려온 놈의 의도를 알 수 없었다.

손가락 하나 까딱하지 못하는 최악의 상태로, 독혈망에게 물려온 상황. 기풍한의 입에서는 절로 한숨이 새어 나왔다.

그런 기풍한의 심정을 알 리 없는 독혈망은 죽은 듯 잠이 들어 있었다.

기풍한이 될 대로 되라는 심정으로 눈을 감았다.

피곤함이 몰려왔고 이내 기풍한은 잠이 들었다.

그렇게 닷새의 시간이 흘렀다.

그 시간 내내 독혈망은 한 번도 깨지 않고 잠만 자고 있었다.

반면 기풍한은 인면적주의 마비 독이 풀리면서 끔찍한 고통에 시달리고 있었다.

게다가 얼굴에 떨어진 적주의 독액으로 살이 썩어 들어가고 있었다.

어차피 엉망이 된 몸이라 상관없다고 하기에는 적주의 독은 무서운 것이었다.

인간의 정신력으로 참기 힘든 통증이었지만 기풍한은 누구보다 고통에 익숙한 무인이었다.

정작 기풍한을 괴롭힌 것은 고통이 아니었다.

그것은 바로 허기였다.

그동안 물 한 모금 마시지 못한 그는 거의 탈진 상태에 이르고 있었다.

기풍한의 입에서 자연 끙끙 앓는 소리가 새어 나왔다.

쉭! 쉭!

이윽고 독혈망이 긴 잠에서 깨어났다.

스르륵.

독혈망이 기풍한에게 기어왔다.

기풍한의 얼굴 앞에서 혀를 날름거리던 독혈망이 기풍한을 툭 건드렸다.

그러나 기풍한은 신음 소리만 낼 뿐 정신을 차리지 못하고 있었다.

눈알을 이리저리 굴리던 독혈망이 입을 쩍 벌렸다.

주르륵.

독혈망의 입에서 진액이 흘러내렸다.

얼굴로 쏟아지는 진액이 입술 위로 흐르자 기풍한이 본능적으로 입을 벌렸다.

너무나 배가 고팠기에 자신에게 쏟아지는 것이 무엇인지 확인하고 말고 할 여유가 없었다.

꿀꺽꿀꺽.

기풍한의 입속으로 독혈망의 진액이 쉼없이 흘러들었다.

채 일각이 지나지 않아 기풍한의 얼굴에 화색이 돌기 시작했다.

기풍한이 서서히 눈을 떴다.

몸속을 흐르는 괴이한 기운.

그것은 기풍한으로서는 평생 동안 단 한 번도 경험해 보지 못한 기운이었다.

독기와 현기가 고루 섞인 기운이었다.

만약 적주의 기운과 섞이지 않은 독혈망의 진액만을 마셨다면, 지금 기풍한의 몸 상태로써는 그 강한 기운을 이겨내지 못했을 것이다.

그러나 다행히 독혈망의 진액은 적주의 기운과 섞여 중화되어 있었던 것이다. 게다가 화끈거리던 얼굴의 상처 역시 많이 가라앉은 상태였다.

기풍한이 기운을 차리자 독혈망이 만족스럽다는 듯 다시 혀를 날름거렸다.

그리고 꼬리로 기풍한을 휘감았다.

스르르륵.

독혈망이 기풍한을 데리고 동굴 밖으로 나갔다.

독혈망이 나오자 뱀들이 양쪽으로 움직여 길을 만들어주었다.

동굴을 나와 미로와 같은 극마동을 한참 기어가던 독혈망이 평평한 바윗돌 위에 기풍한을 내려놓았다.

그리고 어디론가 슬그머니 사라졌다.

얼마나 시간이 지났을까?

츠츠츠츠.

어디선가 들려오는 귀에 익은 소리.

"헉!"

어둠 속에서 인면적주가 모습을 드러내고 있었다.

극마동의 적주는 한 마리가 아니었던 것이다.

번뜩 무엇인가 깨달은 기풍한은 허탈한 미소를 지었다.

'이런.'

독혈망이 자신을 살려둔 이유를 알아낸 것이다.

바로 자신을 적주를 유혹할 미끼로 사용하기 위해서였다.

섬뜩하면서도 어이없는 일이었다.

자신이 독혈망의 먹잇감으로 낙찰된 것도 모른 채, 적주가 기풍한을 향해 서서히 다가오고 있었다.

기풍한이 독혈망의 미끼가 된 지 벌써 석 달이란 시간이 흘렀다.

기풍한을 미끼로 사용한 후부터 독혈망의 적주 사냥은 순탄대로였다.

그사이 열두 마리 적주의 내단이 독혈망의 뱃속으로 들어갔다.

독혈망은 처음 보았을 때보다 몸집이 부쩍 커져 있었다.

사냥을 마칠 때마다 삼각독혈망은 자신의 진액을 기풍한에게 먹였다. 그것은 미끼의 역할을 훌륭히 해낸 것에 대한 일종의 보상 같은 것이었다.

독혈망의 진액은 단지 기풍한의 허기를 채워주는 의미 이상의 효과를 발휘하고 있었다.

부상의 후유증에 따른 고통은 완전히 사라졌고 체력이 많이 회복된 것이었다.

그렇다고 당장 몸을 일으키거나 움직일 수 있는 것은 아니었다.

단전이 깨어졌기에 심법이 불가능했고, 한번 끊어진 기경팔맥(奇經八脈)은 다시 이어지지 않았다.

다만 몸이 가벼워지고 체력이 강해지고 있다는 느낌만 받을 뿐이었다. 물론 손가락 하나 까닥할 수 없는 기풍한에게는 그저 기분에 불과했다.

기풍한은 초조해하지 않았다.

벌써 죽었을 몸이다.

하나 무슨 영문인지 하늘은 자신을 데려가는 대신 이토록 괴이한 인연을 내려주고 있었던 것이다.

곽철과 비영에 대한 걱정도 이미 접은 지 오래였다. 어차피 이곳에 떨어진 지 석 달이 넘었고 상황은 어떤 식으로든 종료되었을 것이기 때문이다.

쉭. 쉭.

방금 전, 또 한 마리의 적주의 내단을 꿀꺽 삼킨 독혈망이 기풍한에게로 기어오기 시작했다.

이제 기풍한의 식사 시간인 것이다.

그때였다.

츠츠츠츠!

또 다른 인면적주가 나타났다.

쉭쉭쉭!

독혈망만큼이나 기풍한은 놀라고 있었다.

새로 나타난 지주는 기존의 인면적주가 아니었다.

기존의 것이 몸통이 붉은 것에 비해 이것은 온몸이 푸른색, 즉 인면청주(人面靑蛛)였다.

게다가 몸집은 기존의 것보다 두 배는 더 큰 놈이었다.

크에에에엑!

귀를 찢는 듯한 울음은 과거 독혈망을 놀라게 한 그 소리였다.

기풍한은 본능적으로 놈이 인면적주들의 우두머리란 것을 알 수 있었다.

예전 같으면 도망쳤을 독혈망이 이번에는 물러서지 않았다.

독혈망은 이전보다 훌쩍 자란 상태였고 아마 이제는 청주와 대결을 펼칠 자신이 생긴 모양이었다.

츠츠츠츠!

청주의 입에서 적주와는 비교할 수 없는 강력한 독기가 뿜어져 나왔다. 마치 자신의 무리를 잡아먹은 독혈망에게 복수를 하려는 듯 매우 난폭한 움직임이었다.

쉭! 쉭!

독혈망이 지지 않고 혀를 날름거리며 공격할 기회를 찾았다.

기풍한은 독혈망이 이기기를 바랄 수밖에 없는 상황이었다.

적주나 청주는 기풍한을 미끼로 이용하기 위해 살려둘 가능성이 없었다. 지금까지 독혈망이 적주를 사냥하는 것을 보면서 느낀 바지만 독혈망이 적주보다 훨씬 머리가 좋았다.

어차피 언젠가는 독혈망에게 잡아먹히게 되겠지만 일단은 독혈망이 이겨야 했다.

먼저 달려든 쪽은 청주 쪽이었다.

독혈망이 잽싸게 몸을 피하자 청주가 뒤에 있던 돌기둥에 충돌했다.

꽈르릉!

거대한 석순이 그대로 무너졌다.

츠츠츠!

무너져 내린 돌무더기를 헤치며 청주가 몸을 일으켰다.

청주의 몸은 흠집 하나 나지 않았다.

쉭이익!

이번에는 독혈망이 청주를 향해 쏜살같이 달려들었다.

꾸에엑.

청주가 재빨리 물러나며 독혈망을 향해 독액을 쏘아댔다.

치이이익.

청주의 지독한 독액에 독혈망의 피부에서 연기가 피어올랐다.

독혈망이 고통에 몸부림치며 몸을 꿈틀거리기 시작했다.

그 틈을 노리고 청주가 달려들었다.

빠악!

독혈망의 꼬리에 얻어맞은 청주가 뒤로 튕겨 날아갔다가 다시 달려들기 시작했다.

독혈망 역시 물러서지 않고 달려들었다.

쉭! 쉭!

독혈망이 쉴 새 없이 청주의 얼굴과 가슴 사이의 목 부분을 노렸고 청주는 거대한 앞발과 독액으로 독혈망을 공격했다.

꾸에에엑!

쉭쉭쉭!

물고 할퀴고 피가 튀는 두 영물 사이의 대혈전이 계속 이어졌다.

싸움은 한 시진이 넘도록 계속되었다.

두 영물은 지칠 대로 지쳐 있었고 양쪽 모두 심각한 부상을 당한 상태였다.

둘 다 움직임이 눈에 띄게 느려졌지만 서로에 대한 적개심은 싸움의 시작 때보다 더욱 불타오르고 있었다. 마치 강호의 두 고수가 사생결단의 비무를 하는 모습과도 같았다.

쇄애애애액!

숨을 헐떡이며 기회를 보던 독혈망이 청주의 가슴으로 미끄러져 들어갔다.

목덜미를 물리지 않으려고 몸을 피하던 청주가 괴음을 질러댔다.

꾸에에에엑!

이번 공격은 이전의 공격 방식과 달랐던 것이다.

독혈망이 자신의 뿔로 사정없이 청주의 아랫배를 가격한 것이다.

푹.

절대 뚫어질 것 같지 않던 청주의 단단한 배에 세 개의 구멍이 나며 시커먼 액체가 흘러나왔다.

꽈악.

그 틈을 놓치지 않고 독혈망이 청주의 목덜미를 물었다.

청주의 거대한 발이 자신의 몸을 휘감기 시작한 독혈망의 몸을 찢기 시작했다.

피가 튀며 살이 찢겨 나갔지만 독혈망은 한 번 문 목덜미를 놓지 않았다.

…그렇게 다시 한 시진이 흘러갔다.

쿵!

드디어 청주의 거대한 몸이 뒤집어졌다.

두 영물 간의 생사투는 독혈망의 승리였다.

그러나 싸움에는 이겼지만 독혈망 역시 큰 부상을 입은 상태였다.

독혈망이 서둘러 청주의 가슴을 찢고 내단을 찾아냈다.

청주의 내단은 적주의 내단과 달랐다.

크기는 같았지만 적주의 내단보다 더욱 짙은 푸른색을 지니고 있었다.

한입에 내단을 꿀꺽 삼킨 독혈망이 길게 울음소리를 냈다.

승자의 울음이었다.

독혈망이 언제나처럼 또아리를 틀고 휴식을 취하기 시작했다.

그러나 청주의 내단을 먹었음에도 활기를 되찾기는커녕 독혈망은 점점 더 지쳐 갔다.

기풍한은 독혈망의 상처가 매우 심각하다는 것을 느낄 수 있었다.

스르륵.

독혈망이 서서히 기풍한 쪽으로 기어왔다. 독혈망이 지나온 자리에 기다란 핏자국이 길게 이어지고 있었다.

이미 녀석의 두 눈알은 생기를 잃고 있었다.

그럼에도 독혈망은 기풍한에게 진액을 뱉어주려 하고 있었다.

그것은 습관처럼 굳어진 본능적인 행동이었다.

주르륵.

언제나 그렇듯 자신의 진액을 기풍한에게 먹여주었다.

툭.

흘러내리는 진액 속에 무엇인가 걸죽한 것이 섞여 있었다.

꿀꺽.

그것을 삼키는 순간 기풍한은 온몸이 타오를 듯한 열기에 휩싸였다.

그것은 미처 독혈망이 소화를 시키지 못한 인면청주의 내단이었다.

"끄아아아아!"

기풍한이 태어난 이래 가장 큰 비명을 내질렀다.

뼈와 살이 상하는 고통이 아니었다.

몸이 그대로 녹아버리는 그런 고통이었다.

비명을 지르는 기풍한의 입속으로 독혈망은 계속 진액을 넣어주고 있었다.

끄에에엑!

독혈망이 기다란 괴성을 질렀다.

다시 흘러내리는 진액 속에 다시 무엇인가 섞여 내려왔다.

그것은 바로 삼각독혈망 자신의 내단이었다.

이미 돌이킬 수 없는 치명적인 부상을 당한 독혈망은 본능적으로 자신의 내단을 내뱉은 것이다.

그렇게 두 영물의 내단이 기풍한의 입 안으로 연속해서 들어갔다.

두 번째 독혈망의 내단이 들어오자, 이번에는 얼음장 같은 차가운 기운이 온몸으로 번져 나갔다.

두 개의 상반된 기운이 기풍한의 몸을 미친 듯이 휘감기 시작했다.

"으아아악!"

두 내단이 제멋대로 돌아다니기 시작했고 기풍한의 비명은 끊이질 않았다. 불타올랐다가 얼어붙기를 반복했다.

어느 순간.

기풍한의 비명이 딱 그쳤다.

그의 두 눈은 커다랗게 부릅떠져 있었다.

석 달을 꼼짝도 못하고 누워 있던 기풍한이 상반신을 벌떡 일으켰다.

그것은 그의 의지로 일어난 것이 아니다.

두 내단이 서로 만나 충돌하는 순간, 그 충격으로 몸이 튕겨진 것에 불과했다.

서로 다른 두 성질의 내단은 서로를 잡아먹으려는 듯 지지 않고 서로를 공격했다.

마치 죽은 두 영물의 내단이 기풍한의 몸을 빌려 죽은 육체를 대신해 싸우는 꼴이었다.

그렇게 일각이 지나자 두 내단은 서로를 이기지 못하고 녹아들기 시작했다. 녹으면서 합쳐지는 기운은 전혀 새로운 것이었다.

그 기운이 온몸으로 퍼져 나가며 기풍한의 몸이 털썩 뒤로 쓰러졌다.

고통이 사라지며 평안해지는가 싶더니.

두두두둑.

기풍한의 몸이 서서히 뒤틀리기 시작했다.

앞서 지른 가장 큰 비명 소리는 이제 두 번째로 큰 비명이 되었다.

"으아아아악!"

다시 기풍한의 입에서 참혹한 비명 소리가 터져 나왔다.

그것은 바로 이십팔 일간에 걸친 환골탈태(換骨奪胎)의 시작이었다.

처음 칠 주야 동안 기풍한의 몸에 일어난 변화는 부러진 뼈들이 이어지기 시작한 것이다.

뼈와 뼈 사이의 찢어진 연골들이 새로 생겨나며 회복되기 시작했고, 새로운 골막(骨膜)이 뼈를 감싸기 시작했다.

너무나도 고통스러운 시간이었다.

보통 사람이라면 고통에 목숨이 끊어졌을 것이고, 일반 고수라면 광인이 될 고통이었지만, 기풍한은 보통 사람도, 일반 고수도 아니었다. 이미 심검의 단계에 오른 그의 정신과 육체는 극한의 경지에 이르러 있었고, 어떻게 해서든 돌아가야 한다는 의지력을 지니고 있었다. 곽철과 비영, 팔용과 서린, 화노, 연화와 단화경. 그리고 이현의 얼굴을 떠올리며 기풍한은 그렇게 고통을 참고 또 참았다.

그렇게 고통스런 시간이 지나고 팔 일째가 되자, 이번에는 끊어진 혈맥들이 다시 이어지기 시작했다.

독맥(督脈)·임맥(任脈)·충맥(衝脈)·대맥(帶脈)·양교맥(陽蹻脈)·음교맥(陰蹻脈)·양유맥(陽維脈)·음유맥(陰維脈)의 기경팔맥이 다시 이어졌고 크게 손상을 입었던 십이정경(十二正經)이 활발하게 활동하기 시작한 것이다.

이 고통 또한 앞서의 고통과 다르지 않았지만 이미 고통에 익숙해진 기풍한은 앞서보다는 쉽게 참아낼 수 있었다.

그에 대한 보답이었을까?

십오 일째 이르자 고통이 사라지고 몸은 새로운 변화를 맞았다.

온몸의 모세 혈관을 통해 몸의 탁기(濁氣)와 사기(邪氣), 그리고 묵은 기운들이 빠져나가기 시작했다.

부상으로 인한 탁기와 적주와 독혈망의 독기, 그리고 원래 몸에 남아 있던 모든 묵은 기운들이 땀구멍을 통해 빠져나가기 시작했다.

몸이 날아갈 것같이 상쾌해졌지만 참을 수 없는 것은 악취였다.

정신이 들었다 잃기를 계속 반복했다.

이십이 일째 마지막 단계는 온몸의 피부가 벗겨져 새로 생기기 시작했다. 마치 뱀이 허물을 벗는 것과 같았다.

과거에 입었던 검상의 흉터들이 모두 사라졌고, 거칠고 단단했던 피부는 매끄럽고 탄력있는 피부로 바뀌어갔다. 얼굴에 입었던 적주의 독에 의한 흉터도 모두 사라졌다.

이 모든 일들은 일반 상식으로는 도저히 설명될 수 없는 일이었다.

두 영물의 내단이 만들어낸 거짓말 같은 기적이었고 본래 기풍한의 정신과 신체가 워낙 뛰어나고 건강했기에 가능한 일이었다.

그렇게 이십팔 일이란 시간이 훌쩍 지나갔다.

"절대 후회 따윈 하지 마."

손등을 타고 내려오는 한줄기 핏물.

언제나 기풍한의 마음속에 자리한 그날의 악몽.

언제나처럼 그 슬픈 눈동자가 자신을 보고 있었다.

그 슬픔의 주인은 바로 기정명이었다.

기정명이 웃으며 말했다.

"약속해. 절대 후회하지 않는다고."

또다시 고개를 끄덕이는 자신을 느끼는 순간 기풍한이 번쩍 눈을 떴다.

낯익은 극마동의 천장이 보였다.

내단을 복용한 후 정확히 이십구 일이 되던 날이었다.

기풍한은 그렇게 오랜 시간이 흘렀다고는 생각하지 못했다.

내단을 삼킨 일이 바로 방금 전 일처럼 또렷하게 기억났다.

그 일뿐 아니었다.

아주 오래전 있었던 일들조차 방금 전 있었던 일처럼 또렷하게 기억이 났다.

기풍한은 눈을 뜬 순간부터 자신의 몸이 완전히 달라졌고, 부상을 당한 이전보다도 훨씬 가벼워져 있다는 것을 느끼고 있었다.

기풍한이 발가락을 꼼지락거리다가 다시 손가락을 까닥이듯 조금씩 움직였다.

기풍한이 서서히 몸을 일으켰다.

넉 달이 넘는 시간을 누워만 있었기에 설령 움직일 수 있다 해도 조심스럽게 움직여야 한다는 우려 때문이었는데, 그것은 기우에 불과했다.

몸은 날아갈 듯 가벼웠다.

기풍한이 가부좌를 틀고 앉아 심법을 시작했다.

마치 언 땅이 녹으며 동면에서 벌레들이 깨어나듯 단전에서 내력이 느껴지기 시작했다.

파괴되었던 단전은 '내가 언제 망가졌어?' 라며 내력을 조금씩 모아가기 시작했다.

혹시 두 영물의 내단이 아직 몸 안에 있나 살펴보았지만 두 기운은 느껴지지 않았다.

흔히 강호인들은 영물의 내단이라 하면, 일 갑자니 이 갑자니 하며 그 내력에 목숨을 걸지만, 기풍한과 같은 고수의 경우는 그와 달랐다.

더구나 서로 다른 성질의 두 내력이 몸에 남아 있으면 정순한 내력을 구사하는 데 방해가 될 뿐이었다.

다행히 두 내단은 환골탈태를 거치는 과정에서 모두 소모된 상태였다.

그때였다.

츠츠츠.

기풍한이 심법을 멈추고 깜짝 놀라 눈을 뜨자, 몇 마리의 적주가 자신의 주위로 몰려들고 있었다.

크르르르.

마치 맹수의 으르렁거림처럼 지주들은 작은 괴성을 내고 있었는데, 이상하게도 기풍한에게 덤벼들지는 않고 있었다.

인면청주의 내단은 이미 기풍한의 몸에서 완전히 사라졌지만, 여전히 본능적으로 적주들은 그 기운을 느끼고 있는 것이다.

기풍한은 조용히 심법 수련을 할 공간이 필요하다는 것을 깨달았다.

이제 조만간 자신의 몸에서 완전히 인면청주의 기운이 사라진다면 적주들은 공격을 시작할 것이다.

아직 내력을 회복하지 못한 상태에서 적주들을 상대할 수는 없었다.

기풍한은 문득 적주들이 근접하지 못할 한 공간을 생각해 냈다.

그곳은 바로 독혈망의 보금자리였다.

기풍한이 자리에서 일어나 독혈망이 살고 있던 동굴로 발걸음을 옮겼다.

적주들이 천천히 기풍한의 뒤를 따라오기 시작했다.

조심스럽게 기풍한의 뒤를 따르던 적주들이 일제히 머뭇거렸다.

쉬쉬쉬쉭!

독혈망의 동굴 근처에 펴져 있던 수천 마리의 독사들이 그들 앞에 펼쳐진 것이다.

독사들 역시 적주들이 청주의 기운을 느끼듯 기풍한에게서 독혈망의 기운을 감지하고 길을 터주기 시작했다.

그렇게 기풍한은 무사히 독혈망의 동굴로 들어설 수 있었다.

적주들은 독사 떼에 질려 물러났고 독사들 역시 독혈망의 보금자리에는 들어오지 않았다.

이 동굴은 그야말로 극마동에서 가장 안전한 장소였던 것이다.

기풍한이 다시 가부좌를 틀고 앉았다.

우우우웅.

기풍한의 단전에 조금씩 내력이 쌓이기 시작했다.

얼마나 시간이 지났을까?

심법을 중단한 기풍한이 고개를 갸웃했다.

새로운 몸은 분명 달라져 있었다.

일성의 내력을 충분히 회복할 시간이었음에도 내력은 그에 반의반도 채워지지 않고 있었다.

"…아!"

기풍한은 그 몸의 변화가 무엇을 의미하는지 깨달았다.

단전이 예전에 비해 비교할 수 없을 정도로 커진 것이다.

쉽게 말하자면 그릇의 크기 자체가 달라졌다고 할까?

'내력을 완전히 회복하면… 어쩌면…….'

기풍한은 심검을 극성으로 다룰 수 있을지도 모른다는 생각이 들었다.

긴장이 풀리자 배가 고파졌다.

꼬르륵.

지난 한 달 동안 내단의 영양분을 받았을 뿐, 아무것도 먹지 못했기에 기풍한의 배가 아우성을 치는 것도 무리가 아니었다.

문제는 식량이었고 더욱 큰 문제는 그 식량이 오직 하나뿐이라는 점이었다.

기풍한의 시선이 동굴 밖 뱀 떼로 향했다.

정말 내키지는 않았지만 어쩔 수 없는 선택이었다.

츠파팟.

적주의 입에서 독액이 쏘아져 나왔다.

그러나 애초 적주가 겨냥한 목표는 이미 십 장 밖으로 날아가고 있었다.

츠츠츠츠!

먹잇감을 놓친 적주가 온몸을 부르르 떨다가 동굴 속으로 기어들어 갔다.

적주의 공격을 피해 동굴 밖으로 몸을 날리는 사람은 바로 기풍한이었다.

극마동의 뱀을 잡아먹으며 오로지 심법 수련에 열중한 지도 한 달이 지났다. 그러니까 극마동에 들어온 지 벌써 다섯 달이 지난 것이다.

이제 내력은 구 할 이상 회복했고 기풍한은 자유롭게 극마동을 돌아다니고 있었다.

지금의 몸 상태라면 서너 마리의 적주가 달려들더라도 충분히 피할 수 있을 상태였다. 마음을 먹는다면 적주들을 죽일 수도 있겠지만 놈들을 구워 먹을 게 아니라면 그럴 이유가 없었다.

"휴, 이곳도 막혀 있군."

기풍한이 자신이 적주를 피해 나왔던 동굴을 돌아보았다.

극마동은 상상도 못할 만큼 넓었고 복잡했다.

미로처럼 이어진 동굴이 수백에 달했다.

환골탈태 이후 비약적으로 발전된 기억력이 아니었다면 길을 잃어도 몇 번은 잃었을 것이다.

또한 극마동에는 적주와 독각룡, 독사 등의 뱀들 이외에도 갖가지 생명체들이 많이 서식하고 있었다.

대부분 그것들은 태양을 보지 못한 탓에, 어둠 속에서 적응하며 진화해 온 변종 생물들이었다.

곳곳에 마련된 웅덩이에는 지하에서 올라온 물이 채워져 있었기에 그들은 이곳 극마동에서 하나의 작은 생태계를 이루며 살아가고 있었던 것이다.

한 달이 지나도록 출구를 찾지 못했지만 기풍한은 조급해하지 않았다.

어떤 면에서 기풍한은 운명론자의 모습을 지니고 있었다.

모든 현실은 자신에게 주어진 운명.

예전 난희의 문제를 운명에 맡겨 버린 것도 어쩌면 그의 그런 마음을 잘 보여주는 일이었다.

몇 개의 동굴을 재빠르게 확인하며 몸을 날리던 기풍한이 이제 확인하지 않았던 마지막 동굴 앞에 섰다.

이곳마저 입구가 없다면 정상적으로 나갈 통로는 없는 것이다.

기풍한이 조심스럽게 다음 동굴 안으로 들어섰다.

혹 앞서와 같이 적주의 보금자리일까 조심스럽게 주위를 살피던 기풍한이 깜짝 놀랐다.

산처럼 쌓인 수많은 뼈들.

그곳은 바로 삼각독혈망의 무덤이었다.

아마도 독혈망들은 죽을 때가 되면 이곳에 와서 생을 마친 것 같았다.

그러고 보니 더 이상 독혈망을 발견하지 못한 것으로 봐서 아마 기풍한이 만났던 녀석이 마지막 독혈망인 것 같았다.

무덤을 살펴보던 기풍한의 눈에 이채가 발했다.

무덤의 가장 중앙에 뼈가 되어 남은 거대한 독혈망을 발견한 것이었다.

그것의 크기는 일반 독혈망에 비해 세 배는 더 컸다.

기풍한의 시선을 끈 것은 놈의 크기가 아니었다.

놈의 두개골에 솟은 세 개의 뿔이었다.

일반 독혈망의 뿔은 말이 뿔이지 거대한 머리통에 손가락 크기의 돌기가 나 있는 정도였다.

그러나 이 대형 독혈망의 뿔은 길이가 매우 길었다.
세 개의 뿔 중 우뚝 솟은 가운데 뿔은 질풍봉보다 조금 길이가 더 길었다.
독혈망과 청주의 싸움을 지켜봤던 기풍한은 이 뿔이 얼마나 단단한지 잘 알고 있었다. 청주의 강철 같은 몸통을 뚫을 정도였으니까.
기풍한이 독혈망의 뿔을 꺾으려 내력을 주입했다.
"끄응."
기풍한이 극성의 내력을 주입했지만 뿔은 꺾이지 않았다.
"휴."
일반적인 힘으로는 도저히 잘라지지 않았다.
이 정도의 강도라면 질풍검의 검강으로도 잘리지 않을 것 같았다.
기풍한이 눈을 지그시 감았다.
스르륵.
어느새 기풍한의 앞으로 하나의 검이 생겨났다.
기풍한의 심검.
이제 기풍한은 이전보다 훨씬 자유롭게 심검을 구사하고 있었다.
이미 검이 필요없는 단계에 다다른 기풍한이었지만, 내력 소모가 심한 심검만을 사용할 수는 없었다. 물론 내력 또한 비약적으로 발전해 예전만큼은 걱정이 없다 해도, 다른 이들의 이목을 생각한다면 적당한 무기가 필요했다. 게다가 질풍검과 질풍봉은 마교의 손에 넘어간 상황이었다.
기풍한은 그 뿔을 병기로 사용하려 마음을 먹은 것이다.
스르르륵.
제아무리 단단한 뿔이라도 기풍한의 심검까지 버텨내지는 못했다.

뿔을 잘라낸 기풍한이 이번에는 심검으로 뿔을 다듬기 시작했다.

삐쭉한 끝을 잘라내고 조금 손질을 하자 뿔은 질풍봉의 크기와 굵기로 만들어졌다.

기풍한이 뿔을 이리저리 휘둘러 보며 만족스런 미소를 지었다.

기풍한은 그것을 혈각(血角)이라 부르기로 마음먹었다.

혈각에 내력을 주입하자, 하얀 빛무리가 일며 혈각 주위에 혈강이 서리기 시작했다.

혈각의 단단함은 질풍검을 능가하고 있었다.

질풍검은 사람이 만든 검이었고, 혈각은 자연이 만들어낸 것이었다.

다시 내력을 회수한 기풍한이 거대 독혈망의 뼈를 돌아보며 고개를 숙였다.

"좋은 일에 사용하겠네. 그리고 고맙네."

기풍한은 진심으로 독혈망의 무덤에 고마움을 전했다.

이곳에서 독혈망을 만나지 못했다면 그는 적주에게 이미 목숨을 잃었을 것이다.

혈각을 허리춤에 찔러 넣은 기풍한이 동굴 밖으로 걸음을 옮겼다.

"이제 나갈 방법은 한 가지뿐인가?"

기풍한이 천천히 걸음을 옮겨 도착한 곳은 그가 처음 떨어진 곳이었다.

기풍한이 자신이 떨어진 구멍을 말없이 올려다보았다.

가장 먼저 생각한 탈출로.

그러나 마지막 선택으로 남겨둔 그곳.

수백, 수천 장의 높이를 날아올라 가야 했지만, 지금의 무공 수위라면 어떻게 해서라도 올라갈 수 있을 것이다.

문제는 그 통로의 끝에서 기다리고 있을 한 사람.

기천기.

그를 다시 만나는 것은 기풍한이 바라는 바가 아니었다.

누가 이기고 지고 하는 문제가 아니었다.

기천기에게 있어 자신은 죽은 것으로 기억되기를 바란 것이다.

구멍을 올려다보던 기풍한이 이번에는 동굴 벽 쪽을 바라보았다.

또 다른 방법.

마치 굴을 파듯 한쪽 방향을 계속 부순다면 언젠가는 밖으로 나갈 수 있을 것이다.

그러나 기풍한은 이내 고개를 가로저었다.

극마동에 서식하는 셀 수 없는 적주들이 강호로 빠져나가게 될까 걱정이 되었다.

자신이 나간 입구를 다시 무너뜨려 막는다고 해도, 한번 통로가 생긴 이상 언젠가 적주들이 그곳을 부수고 나가지 않는다는 보장이 없었다.

적주가 강호에 출현한다면 강호는 일대 혼란을 맞이할 것이다.

적주의 내단을 얻기 위해 강호인들 사이에서 끔찍한 살육전이 벌어질 것이고, 결국 적주에 의한 피해보다 욕심으로 인한 피해가 더욱 클 것이다.

기풍한이 결국 마음을 굳혔다.

극마동의 유일한 탈출로, 기천기의 태사의가 기다리고 있을 그곳으로 기풍한의 몸이 날아오르기 시작했다.

第48章

새로운 강호

새로운 강호

은은한 달빛 아래 기풍한이 우두커니 서 있었다.

그가 세상의 빛을 본 것은 구멍으로 몸을 날린 지 한 달이 지난 후였다.

자신이 떨어졌던 극마동의 통로는 어느 지점부터 완전히 막혀 있었던 것이다. 무슨 일인지 기관 장치가 파괴되면서 일종의 자폭 장치처럼 완전히 통로를 막아버렸던 것이다.

그때부터 기풍한은 막힌 통로를 조금씩 뚫으며 올라왔다.

다행히 혈각이 있었기에 시간이 많이 단축되었다.

배가 고프면 다시 내려와 뱀을 잡아먹었다.

기풍한의 무공으로도 한 달이나 걸린 힘든 작업이었다.

그렇게 기천기의 태사의를 부수고 세상 밖으로 나온 지 벌써 일각의 시간이 흘렀지만 기풍한의 발걸음은 제자리서 떨어지지 않고 있었다.

그의 눈앞에 펼쳐진 하나의 믿기 어려운 광경.

폐허(廢墟).

구화전은 완전히 무너져 있었다.

이곳이 마교 최고의 대전이었다는 사실을 알려주려는 듯 반쯤 부서진 거대한 기둥들만이 과거의 영광을 희미하게 기억하고 있었다.

기풍한이 서서히 걸음을 옮겼다.

부서진 곳은 그곳만이 아니었다.

웅장함을 과시하던 혈각은 완전히 불에 타 시커멓게 그을린 상태였고, 철각은 완전히 무너져 그 형태조차 알아볼 수 없었다.

대천산에 머물던 그 강한 마기는 완전히 사라졌고 마교는 텅 비어 있었다.

주위를 돌아보던 기풍한의 눈빛이 반짝였다.

십여 명의 무인들이 순찰을 돌고 있었던 것이다.

스르륵.

기풍한의 몸이 흐릿해지더니 혈각의 지붕 위에 서 있었다.

다가오는 무인들을 보던 기풍한의 눈빛이 살짝 떨렸다.

'설마?'

분명 아래쪽을 지나가는 무인들은 천룡맹의 무인들이었다.

기풍한의 신형이 다시 허공을 날아올랐다.

그가 무서운 속도로 산을 내려가기 시작했다.

대천산 아래 마을은 성가촌(成家村)이었다.

마을로 들어가는 대로에 십여 명의 무인이 횃불을 들고는 행인들을 검문하고 있었다.

검문을 하는 무인들 역시 천룡맹의 무인들이었다.

'어떻게 된 일이지?'

기풍한은 과거 섬서지단에 귀환했을 때, 질풍조가 해체되었다는 소식을 들었을 때와 같은 심정이 되었다.

무인들은 한참 장사치로 보이는 사내의 등짐을 풀어헤쳐 샅샅이 조사를 하고 있는 중이었다.

"이상없습니다."

짐을 살펴보던 무인의 보고에 그들의 수장으로 보이는 무인이 손가락을 까닥했다.

"통과."

아무리 살펴봐도 그들에게 마기는 느껴지지 않았다. 분명 그들은 천룡맹 무인들이 틀림없었다.

'마교에 일이 생겼군.'

기풍한이 굳은 표정으로 줄을 선 서너 명의 행인들 뒤로 섰다.

그들을 훑어보던 기풍한의 눈빛이 다시 이채를 발한 것은 그들 뒤쪽의 한 젊은 청년에 이를 때였다.

날카로운 눈빛으로 지나가는 행인들을 훑어보는 눈빛이 예사롭지 않았다.

그사이 앞서 있던 몇몇의 행인들이 지나가고 이윽고 기풍한의 앞에 선 중년 여인의 차례가 되었다.

화장기 없는 얼굴이며, 수수한 치마에 머리에 두른 하얀 수건. 눈가의 잔주름까지 영락없는 농가의 아낙이었다.

중년 무인이 애써 살펴볼 것도 없다는 듯 빨리 지나가라고 손짓을 했다.

"다음."

여인의 걸음걸이를 뒤에서 지켜보던 기풍한의 눈에 이채가 떠올랐다.

'강호의 여인.'

분명 여인은 무공을 익힌 강호인이었다.

다만 여인을 검문하는 중년 무인의 눈을 속일 정도의 실력을 지녔기에 아무 의심을 사지 않았던 것이다.

그러나 그녀의 정체를 알아본 것은 기풍한뿐만이 아니었다.

"잠깐."

뒤쪽에 있던 젊은 청년이 여인을 불렀다.

그의 복장은 일반 무인들과 조금 달랐다.

일반 천룡맹 무인들의 가슴에 새겨진 천룡이란 글자 대신 청년의 가슴에는 검은색으로 용이란 한 글자만 새겨져 있었다.

청년이 자신을 부르자 여인이 두려운 표정으로 멈춰 섰다.

날카롭게 여인을 살피던 청년의 눈빛이 날카로워졌다.

'들켰군.'

기풍한은 청년이 여인이 강호인임을 알아차렸다는 것을 알 수 있었다.

기풍한은 여인보다 청년의 정체에 더욱 호기심이 생겼다. 웬만한 고수가 아니면 결코 알아볼 수 없을 위장을 청년은 단숨에 알아차린 것이다.

청년의 입가에 한줄기 미소가 드리워졌다.

"흐흐, 제법 공을 들였군."

그 말을 듣는 순간, 여인은 일이 틀어졌다는 것을 깨달았다.

동시에 여인이 쌍장을 내지르며 소리쳤다.

"죽어!"

펑!

기습적인 공격에 청년은 가볍게 손을 내저어 여인의 장력을 해소해 버렸다.

그 와중에 여인의 머리에 둘러진 천이 떨어졌고 기다란 머리칼이 흘러내렸다.

순식간에 여인에게 돌진한 청년이 그녀의 손목을 움켜쥐었다.

"아악!"

손목에서 느껴지는 시큰한 고통에 여인이 짤막한 비명을 내뱉었다.

청년은 재빨리 여인의 얼굴을 거칠게 벗겨냈다.

찌이익.

얼굴 가죽이 벗겨지듯 무엇인가 여인의 얼굴에서 뜯겨 나갔다.

청년의 손에 들린 것은 얇게 만들어진 정교한 인피면구(人皮面具)였다.

달빛에 드러나는 여인은 젊은 여인이었다.

그리고 그 여인은 기풍한도 이미 알고 있는 여인이었다.

놀랍게도 그녀는 바로 팔용이 그토록 사모하는 통이문의 첫째 매 소저였다.

인피면구가 벗겨지는 순간 매도 그냥 당하고만 있지는 않았다. 그녀의 날카로운 발길질이 청년의 복부로 날아들었다.

팡! 팡!

연이은 두 번의 발길질은 비록 허공을 격하고 말았지만 다행히 그녀는 청년의 손아귀에서 벗어날 수 있었다.

"오호."

청년의 감탄은 매의 공격이 날카로웠음에 대한 감탄인지, 그녀의 외모에 대한 것인지 모호했지만, 어떤 것이든 그녀의 입장에서는 불쾌한 것이었다.

뒤늦게 천룡맹의 중년 무인이 소리쳤다.

"반역도다! 체포해라!"

말이 떨어지기가 무섭게 천룡맹 무인들이 매를 둘러싸기 시작했다.

오히려 그것을 기다렸다는 듯 매가 자신을 포위하는 무인 하나를 향해 달려들었다.

깜짝 놀란 무인이 세차게 검을 휘둘렀지만, 매는 그보다 훨씬 고수였다.

뚜둑.

손목이 꺾이며 무인이 비명을 질렀다.

퍽.

다시 매의 발길질에 무인이 땅바닥을 굴렀다.

그가 들고 있던 검은 이미 매의 손에 들려 있었다.

쉭. 쉭.

옆에 서 있던 무인의 검과 그녀의 검이 다시 허공에서 교차했다.

가가각.

매의 검이 불꽃을 일으키며 무인의 검날을 따라 흘러내렸다.

"크윽!"

무인이 손에 피를 철철 흘리며 뒤로 물러서다 엉덩방아를 찧었다.

수하 둘이 손써볼 틈도 없이 일시에 쓰러지자 중년 무인이 인상을 쓰며 욕설을 내뱉었다.

"망할 년."

자신을 향해 홱 돌아보는 매의 싸늘한 시선에 중년 무인이 화들짝 놀라 뒤로 물러섰다.

비록 여인이었지만 상대의 무공이 만만치 않다는 것은 이미 확인한 그가 아닌가?

중년 무인이 황급히 청년을 바라보았다. 아마도 이들의 수장이 바로 그 청년인 듯 보였다.

여전히 청년은 태연한 모습이었다.

분명 여인이 검을 빼앗는 것을 막을 수 있을 실력이었는데 청년은 여인이 검을 빼앗기를 기다린 모양이었다.

청년이 한 발 앞으로 나서며 주위 무인들을 손짓해 뒤로 물렸다.

"놀아볼까?"

이미 매의 검은 그 오만한 여유를 향해 날아가고 있었다.

쉭.

청년이 자신의 심장으로 매섭게 쇄도하는 여인의 검을 검지손가락으로 가볍게 튕겨냈다.

따앙!

검이 파르르 진동하며 그 충격이 매의 팔로 전달되었다.

그 한 수에 매는 청년의 상대가 되지 않는다는 것을 깨달았다.

"비켜."

매가 검을 휘두르며 몸을 날렸다.

상대는 청년이 아니라 뒤쪽의 무인을 향해서였다.

팍.

무인을 베어 활로를 찾으려던 그녀의 검이 허공에서 멈췄다.

그 검끝을 잡고 있는 하나의 손가락.

어느새 청년이 그녀의 앞을 막아서며, 검끝을 손가락만으로 제압한 것이다.

매가 검을 빼내려고 내력을 끌어올렸지만 검은 꼼짝도 하지 않았다.

"실망이군."

청년이 나른한 목소리로 말하며 다른 한 손으로 품 안에서 십여 장의 종이 뭉치를 꺼냈다.

휘리릭.

종이가 허공에 떠올랐다.

젊은 나이였음에도 허공섭물의 신위를 보여주는 그였다.

사람의 얼굴이 그려진 그것들은 바로 천룡맹의 수배 전단이었다.

"이건 아니고, 이것도 아니고."

수배지가 한 장씩 바닥으로 흘러내리고 이내 매의 용모가 그려진 그림의 차례가 되었다.

"여기 있군. 통이문 소속. 통이문주의 네 호위 중 첫째라……."

매의 얼굴이 굳어졌다.

정체까지 발각되자 매는 더욱더 붙잡힐 수 없었다.

타앗.

매가 청년에게 제압당한 검을 놓아버리고 다시 뒤쪽에 엉거주춤 서 있는 다른 무인에게 몸을 날렸다.

퍽!

졸지에 매의 벼락같은 팔꿈치에 직통으로 가슴이 찍힌 무인 하나가 그대로 쓰러졌다.

매가 다시 그 무인의 검을 집어 들었다.

"오호. 끈기가 있군. 그것 하난 마음에 드는군."

청년이 다시 대단하다는 표정을 지으며 매를 조롱했다.

그 모습에 화가 난 것은 중년 무인이었다.

'어린 놈의 새끼가.'

그냥 한 수에 제압하면 될 것을 뭔 무공 자랑을 하려는지, 자신의 수하들이 계속 상함에도 여유를 부리는 모습에 화가 버럭 난 것이다.

"물러서라."

중년 무인의 명령에 무인들이 부상당한 동료들을 데리고 열 발짝 정도 뒤로 물러섰다.

그러자 청년이 힐끔 중년 무인을 쳐다보았다.

네 마음대로 명령을 내릴 테냐는 뭐 그런 불쾌한 눈빛이었다.

감히 그 눈빛을 마주하지 못하고 중년 무인이 시선을 돌렸다.

'젠장.'

차마 욕을 내뱉지 못해 화병이 날 지경이던 중년 무인의 눈에 멀뚱히 이쪽을 바라보고 있는 기풍한이 눈에 띄었다. 산에서 막 내려온 기풍한의 모습은 그야말로 상거지 꼴이었다.

중년 무인과 눈이 마주치자 기풍한이 피식 웃었다.

'컥! 이제 거지 놈까지.'

중년 무인이 기풍한을 향해 버럭 화풀이를 하려던 그때였다.

옆에서 매를 조롱하던 청년이 소리쳤다.

"그렇게는 안 되지!"

땅!

매의 손에 들린 검이 부러져 날아갔다.

스스로 목을 베어 자결하려는 매를 청년이 지풍을 날려 검을 부러뜨린 것이다.

청년이 쏜살처럼 달려들어 매의 목을 움켜쥐었다.

그리고 다른 한 손의 손가락을 곧추세워 그녀의 어깨를 지그시 누르기 시작했다.

"끄으윽."

어깨가 불타는 듯한 충격에 매가 고통스런 비명을 질렀다.

"말해. 네 문주는 지금 어딨지?"

"지랄."

매가 청년의 얼굴에 침을 탁 뱉었다.

청년이 고개를 살짝 기울여 가볍게 피했다.

"예쁜 얼굴로 이러면 안 되지."

어깨를 짓누르던 청년의 손이 매의 볼을 쓰다듬었다.

매는 마치 징그러운 벌레를 대하듯 고개를 세차게 흔들어댔다.

그녀의 반응에 공연히 수치심을 느낀 청년의 손이 번쩍 들렸다.

그때 청년의 귓가에 속삭이듯 들려오는 목소리.

"그만 하지."

순간 청년의 가슴이 철렁 내려앉았다.

상대의 숨결이 느껴질 만큼 다가올 때까지 아무런 기척도 느끼지 못한 것이다.

목소리의 주인공인 기풍한의 얼굴을 확인하기도 전이었다.

강철처럼 단단한 기풍한의 주먹이 청년의 얼굴로 날아들었다.

빠악!

청년의 고개가 세차게 돌아갔다.

'어라. 내가 뺨을 맞아?'

그러나 그것은 단순히 뺨을 한 대 얻어맞은 정도가 아니었다.

뒤이어 고개가 돌아간 방향으로 청년의 몸이 허공으로 붕 날았다.

꽈당!

바닥을 데굴데굴 뒹굴던 청년이 벌떡 일어났다.

휘청.

충격의 여파를 이기지 못하고 청년이 비틀거렸다.

"쿠엑."

다시 한 모금의 피를 뱉어내었다.

피 속에는 청년의 이가 다섯 개나 섞여 있었다.

"죽인다!"

청년이 살기를 쏟아내며 고개를 번쩍 쳐들었다.

'……?'

그러나 자신을 때린 상대는 이미 눈앞에 없었다.

게다가 자신이 때리려던 상대 역시 없었다.

쉬이익.

저 멀리 기풍한이 매를 옆구리에 끼고 오십 장 밖으로 날아가고 있었다.

"거기 서!"

자고로 도망가는 이가 '거기 서'란 말에 순순히 멈춘 적이 고금을 통틀어 단 한 번이라도 있었을까?

청년이 그들을 향해 도약했을 때는 이미 기풍한은 백 장을 날아갔고, 청년이 다시 십 장을 날 듯이 달려갔을 때는 이미 점이 되어 어둠 속으로 사라진 후였다.

그 광경을 지켜보던 천룡맹 무인들이 일제히 입을 벌리며 경악했다.

"…빠르다!"

이를 갈며 삼십 장가량을 추격하던 청년이 그 자리에 멈춰 섰다.

자신의 능력으로는 도저히 따라갈 수 없다는 것을 깨달은 것이다.

청년의 얼굴이 분노로 부들부들 떨리기 시작했다.

"으아아악!"

청년이 괴성을 지르며 발작하기 시작했다.

눈에서 흘러나오는 광기 서린 살기에 천룡맹 무인들이 기겁을 하며 물러섰다.

이곳에 있다가는 불벼락을 맞을까 중년 무인이 수하들에게 소리쳤다.

"쫓아라!"

천룡맹 무인들이 횃불을 들고 일제히 그 뒤를 쫓아가기 시작했다.

가장 앞선 횃불이 유난히 많이 흔들렸다.

그것은 십 년 체증이 내려가는 것을 느끼며 껄껄거리는 중년 무인의 횃불이었다.

기풍한이 매 소저를 내려놓은 것은 마을 안의 한적한 골목이었다.

"감사드립니다."

기풍한이 너무나 빨리 달렸기에 인사를 하던 매가 현기증에 휘청거렸다.

기풍한이 황급히 그녀를 부축했다.

"큭."

갑자기 매가 코를 부여잡고 뒤로 물러섰다.

'……?'

그때까지 기풍한은 그녀의 반응을 이해하지 못했다.

"혹 개방의 선배님이십니까?"

매의 물음에 기풍한이 의아한 얼굴이 되었다.

그녀가 자신을 알아보지 못하고 있는 것이다.

문득 그녀가 여전히 코를 부여 쥐고 있는 것을 보며 기풍한은 아차 하는 심정이 되었다.

그러고 보니 자신의 몰골은 사람의 그것이 아니었다.

극마동에 있던 지난 육 개월간 자란 수염이 수북이 얼굴을 덮고 있었고, 몸에는 그야말로 온갖 찌든 냄새가 가득 배여 있었다. 자신은 그 악취에 너무 익숙해져 있어 미처 신경을 쓰지 못했던 것이다.

"이런."

기풍한이 다급히 몇 발짝 뒤로 물러섰다.

"미안하오. 그리고 난 개방도가 아니오."

매는 자신의 생명의 은인에게 큰 실례를 했다는 생각에 황급히 코를 막았던 손을 내렸다.

"큰 실례를 했습니다. 존성대명을 알려주신다면 이 은혜는 언젠가 꼭 갚겠습니다."

"날 못 알아보시겠소?"

그 말에 매가 깜짝 놀라 유심히 기풍한을 살폈다.

산도적처럼 얼굴을 덮은 수염이며, 치렁치렁 내려온 머리카락.

게다가 희미한 달빛 아래였기에 더욱 기풍한을 알아보기 힘들었다.

그러던 매의 눈이 커다랗게 떠졌다.

"아!"

모든 것이 변했지만 단 하나 바뀌지 않은 것.

기풍한의 서늘한 눈빛을 뒤늦게 알아본 것이다.

"기 조장님!"

매가 반갑게 몇 발짝 다가섰다.

"살아계셨군요."

그러나 참을 수 없는 악취에 이내 입을 가리고 매가 뒤로 물러섰다.

기풍한이 머쓱하게 머리를 긁적이며 말했다.

"오랫동안 씻지를 못했소."

"호호호."

매가 어울리지 않는 기풍한의 머쓱함에 환하게 웃었다.

죽은 줄 알았던 기풍한을 다시 만나자 매는 너무나 반가웠다.

"어떻게 된 일이오? 아까 그들은 천룡맹의 무인들이 아니오?"

기풍한의 물음에 매의 표정이 진지해졌다.

"네. 통이문은 지금 그들의 추격을 받고 있습니다."

"음……."

"그간 사정이 깁니다. 함께 가시지요."

"지금 그대의 문주께 가는 길이오?"

"네. 문주님께서는 지금 이곳 성가촌에 은신해 계십니다. 저는 마을 밖의 문도들을 만나고 돌아오다가 그만……."

"어서 갑시다."

마음이 급한 기풍한이 서둘렀다.

궁금한 것이 하나둘이 아니었다.

그러자 매가 두 손을 내뻗어 기풍한의 접근을 막았다.

"그전에 우선 하셔야 할 일이 있어요."

“……?”

매가 환하게 웃으며 살짝 코를 부여잡았다.

대천산 아래 성가촌의 번화가 홍루에서는 기녀들의 호객 행위가 한창이었다.

“호호호! 미남 아저씨! 한잔하고 가~”

이층 창가의 기녀들을 올려다보며 이미 거하게 한잔 걸친 무인들이 침을 삼켰다.

“흐흐, 귀여운 것들!”

살짝 한쪽 눈을 감으며 사내를 유혹하는 화장기 짙은 기녀는 바로 매란국죽의 막내 죽(竹)이었다.

이곳 홍루는 성가촌에 마련된 통이문의 비밀 지단이었다.

“아직 매는 돌아오지 않았느냐?”

그녀의 뒤로 들리는 걱정스런 말의 주인은 바로 통이문주였다.

죽이 창가에서 돌아섰다.

“네.”

“늦구나.”

“걱정 마세요. 큰언니의 위장술은 우리 중에 최고잖아요.”

여전히 통이문주의 얼굴에는 근심이 사라지지 않았다.

“너무 걱정 마시고 쉬세요.”

죽이 그녀를 침상 쪽으로 이끌었다.

요즘 들어 부쩍 얼굴이 수척해진 통이문주였다.

게다가 얼굴에 가득한 그늘은 매란국죽의 마음을 아프게 했다.

죽이 침상에 걸터앉은 통이문주 앞에 한쪽 무릎을 꿇고 앉았다.

그녀가 통이문주의 눈치를 살폈다.

"문주님!"

"왜 그러느냐?"

죽이 조금 쭈뼛거리며 말했다.

"저기, 혹시 그분을 생각하시는 건가요?"

통이문주의 입가에 쓸쓸한 미소가 드리웠다.

"왜 그렇게 생각하느냐?"

"그냥, 왠지……."

통이문주가 다정하게 죽의 머리를 쓰다듬었다.

"…문주님."

죽이 통이문주의 허벅지 위에 얼굴을 가져다 대었다.

"전… 문주님께서 행복해지셨으면 좋겠어요."

그녀의 머리카락을 쓰다듬어 주던 통이문주가 담담하게 물었다.

"내가 행복하지 않은 것 같으냐?"

죽은 아무 말도 않았다.

"통이문도가 된 것을 후회하지 않느냐?"

죽이 고개를 파묻은 채 고개를 가로저었다.

통이문주가 짧막한 한숨을 내쉬었다.

"강호에 뛰어든 여인이 행복을 찾는 것은 쉽지가 않지……. 너희들에게 미안하구나."

죽이 고개를 들자 그 커다란 눈에는 새벽 이슬 같은 한 방울 눈물이 맺혀 있었다.

"저는 후회하지 않아요. 문주님이 행복하시면 그걸로 만족해요."

통이문주가 말없이 죽을 응시했다.

비록 호위라고 하나 매란국죽은 그녀에게 동생이자 딸과 같은 존재였다. 바쁘게 세월을 잊고 살다 보니 어느새 막내가 자신의 행복을 걱정할 만큼 자란 것이다.

통이문주가 대견스럽다는 듯 죽의 머리를 쓰다듬어 주었다.

그때 문이 열리며 기다리던 매가 들어섰다.

"언니!"

죽이 벌떡 일어나 반갑게 매의 손을 맞잡았고, 통이문주는 안도의 한숨을 내쉬었다.

"또 문주님께 어리광 피우는 게냐?"

"피. 또 어린애 취급이지?"

매가 통이문주 앞에 한쪽 무릎을 꿇고 앉았다.

통이문주가 그녀를 일으켜 세웠다.

"문도들은 모두 무사하더냐?"

"네. 당분간 모두 몸을 숨기라 전했습니다."

"수고했다."

문득 매를 바라보던 통이문주가 놀라 물었다.

"위장은 왜 지웠느냐?"

"마을 입구에서 놈들에게 발각되어 붙잡혔습니다."

통이문주와 죽이 깜짝 놀랐다.

"그런데 어떻게 빠져나온 것이냐?"

매가 환하게 웃으며 뒤를 돌아보았다.

기풍한이 방 안으로 들어섰다.

이곳에 오기 전, 객잔의 객실을 하나 빌려 이미 깨끗하게 몸을 씻고 면도를 하고, 새로 무복까지 갈아입은 상태였다.

"아!"

기풍한을 본 통이문주가 다리에 힘이 풀려 휘청거렸다.

옆에 있던 죽이 황급히 그녀를 부축했다.

"문주님!"

죽도, 매도 환하게 웃고 있었다.

자신의 문주가 기풍한을 사모한다는 것은 그녀들 역시 눈치채고 있는 바였다.

그가 죽었다는 소식을 들은 후 통이문주의 얼굴에 드리운 그늘의 무게를 누구보다 잘 아는 그녀들이었다.

매가 살짝 눈짓을 하자, 눈치 빠른 죽이 미소를 지으며 말했다.

"저희는 잠시 나가 있겠습니다."

두 사람이 나가고, 기풍한과 통이문주가 탁자를 사이에 두고 마주보고 앉았다.

"어떻게 되신 건가요?"

통이문주가 떨리는 마음을 가라앉히며 침착하게 물었다.

"극마동에 갇혔었소. 그곳을 빠져나오느라 시간이 걸렸소."

"모두들 기 조장님께서……."

통이문주가 말을 흐렸다.

모두들 자신이 죽었다고 생각하는 것은 당연한 일이었다.

"도대체 어떻게 된 일이오?"

기풍한의 물음은 간단했지만 통이문주의 대답은 그리 간단한 것이 아니었다.

"그간의 일을 전혀 모르시는 건가요?"

기풍한이 묵묵히 고개를 끄덕였다.

통이문주가 한숨을 내쉬었다.

"많은 일이 있었습니다."

기풍한은 묵묵히 그녀의 설명을 기다렸다.

그간 많은 일들 중 가장 중요한 사건이 추려져 통이문주의 입을 통해 담담하게 흘러나왔다.

"마교가 멸망했습니다."

쿵!

기풍한의 눈빛이 파르르 떨렸다.

혹시나 하는 마음을 설마 하는 마음으로 눌러두었던 기풍한이었다.

육 개월.

짧다면 짧고 길다면 긴 시간.

그러나 적어도 마교가 멸망하기에는 너무나 짧은 시간이었다.

"그게 언제였소?"

"기 조장님이 실종되시고 얼마가 지나지 않아서입니다."

"……!"

"육 개월 전, 전대 무림맹주였던 사마진룡 대협께서 구파일방의 제자들을 이끌고 마교를 기습 공격했습니다. 그 공격에 마교 본단이 무너지면서 각 지역의 지단이 연이어 무너졌지요."

"잠깐! 사마 맹주라 하셨소?"

"네."

사마진룡이 생존해 있다는 정보는 그녀를 통해 예전에 이미 들었다.

그가 구파의 제자들과 마교를 공격했다는 것도 놀라운 일이었지만 기풍한을 놀라게 한 것은 마교가 그리 쉽게 무너졌다는 것이었다.

"그들이 마교의 십대절진을 깼단 말이오?"

통이문주가 고개를 가로저었다.

"그것을 파훼한 것은……."

잠시 말을 끊은 통이문주가 기풍한을 응시했다.

"바로 질풍조였습니다."

쿵!

충격은 이어지고 있었다.

"풍운령이 발동되었습니다."

"아아……!"

기풍한이 탄식과도 같은 신음을 토해냈다.

그 한마디로 많은 의문이 자연스럽게 해결되었다.

기풍한이 그토록 우려한 일이 발생한 것이다.

"풍운령에 대해서는 이후 단 어르신께 따로 들은 일입니다."

기풍한이 지그시 눈을 감았다.

"양패구상한 것이오?"

기풍한의 목소리는 떨리고 있었다.

그러나 통이문주의 대답은 너무나 의외였다.

"아닙니다. 그들이 멸망한 것은 질풍조 때문이 아니었습니다."

기풍한의 눈이 번쩍 뜨였다.

통이문주는 기풍한의 의구심을 이해했기에 빠르게 설명을 이어갔다.

"질풍조와 마교의 대결은 천마와 질풍조의 노선배와의 일 대 일 비무로 결정났습니다."

"아……."

그나마 불행 중 다행한 일이었다.

"천마와 노선배 모두 큰 내상을 입고 서로 휴전을 하게 되었지요."

차마 묻지 못한 물음이 기풍한의 입에서 조심스럽게 흘러나왔다.

"그럼 철이와 영이는……."

대답을 기다리는 그 짧은 순간이 기풍한에게는 억겁의 세월처럼 길게 느껴졌다.

"다행히 그들은 무사합니다. 비무 직후, 마교 측에서 그들을 풀어주었습니다. 그리고 그들은 그날 질풍조의 선배들과 함께 산을 내려왔습니다. 이후 며칠간 상처를 치료한 후 그들은 종적을 감추었습니다."

기풍한이 긴 안도의 한숨을 내쉬었다.

종적을 감춘 것이 아니라 모두 원래의 자리로 돌아갔을 것이다.

지난 반년간 하루도 빠짐없이 가슴을 내리누르던 커다란 바윗돌이 사라진 기분이었다.

"떠나기 전, 후배 분들은 아직 기 조장님이 살아 있을지 모른다며 다시 마교로 돌아가야 한다고 고집을 부렸답니다. 하지만 질풍조의 노선배께서 그 일을 허락하지 않으셨지요."

기풍한의 머리 속에 대충 그날의 상황이 그려졌다.

곽철과 비영은 반드시 자신이 죽었으리라 생각했을 것이다. 극마동에 떨어지기 전에도 이미 죽은 거나 다름없는 몸이었으니까. 반면 그날 자신의 참혹한 상황을 직접 보지 못한 팔용이나 서린은 자신의 죽음을 쉽게 인정하지 못했을 것이다. 특히 팔용은 앞뒤 가리지 않고 소동을 부렸을 것이다.

"어쨌든 질풍조가 이곳을 떠난 그날 밤, 사마 맹주가 이끄는 정파연합군이 마교를 기습했습니다. 질풍조에 의해 파괴된 십대절진을 마교 측에서 채 복구하지 못했기에 가능한 일이었지요."

기풍한이 이해할 수 없다는 표정을 지었다.

십대절진이 깨어지고 천마가 내상을 당했다고는 하나 마교는 호락호락한 곳이 아니었다. 육마존은 물론 북풍혈마대를 비롯한 신마기들까지 있지 않은가?

그 의문은 통이문주의 다음 이야기에 모두 해소되었다.

"정파연합군이 사용한 무공은 반마공이었습니다."

반마공이란 말에 기풍한의 눈이 번쩍 뜨였다.

"그들의 반마공에 마교가 그대로 밀려 버렸습니다."

기풍한은 직감할 수 있었다.

반마공은 분명 묵룡천가의 무공이리라.

다시 기풍한의 머리 속으로 하나의 영상이 그려졌다.

계곡을 따라 저 멀리 달아나던 무명노인과 혈사련주의 뒷모습.

그때 그들을 죽였어야 했다. 이런 일이 벌어질까 두려워 그토록 끈질기게 추적했던 것인데, 결국 일이 벌어지고 만 것이다.

"이후 들려온 정보에 의하면 거의 일방적인 싸움이었다고 합니다. 북풍혈마대와 철갑마기병, 그리고 마교의 신종강시 반 이상 그곳에서 전멸했습니다. 살아남은 마인들은 뿔뿔이 흩어져 천룡맹의 무인들에게 쫓기고 있지요."

기풍한이 복잡한 심정으로 물었다.

"천마는 어떻게 되었소?"

"마교와의 대승 이후 천룡맹에서는 천마가 죽었다고 발표했습니다."

"아!"

"하지만 저희 정보는 다릅니다. 천마를 비롯한 일부 육마존의 고수들을 누군가 구해갔습니다."

"흐음."

기풍한이 한숨을 내쉬었다. 천마가 살아나서 기쁜 것인지 안타깝다는 것인지 알 수 없었다.

"사 년 전, 사마진룡의 반역죄 역시 마교 섬멸을 위한 위장 작전이었다는 것이 알려지며 그는 강호의 일대영웅으로 추앙받으며 무림맹주로 복권되었습니다. 또한 그날 전투에 참가했던 구파의 제자들은 모두 소천룡(小天龍)이란 이름으로 불리게 되었지요."

기풍한은 앞서 매 소저를 핍박하던 청년을 떠올렸다.

나이에 비해 고강한 무공을 지녔던 그 역시 반마공을 익힌 구파의 제자 중 하나였을 것이다.

기풍한의 물음은 계속 이어졌다.

"연화 아가씨는 어떻게 되었소?"

"사마 맹주가 돌아오자 천룡맹으로 돌아갔습니다."

가짜 사마진룡이 존재한다는 사실을 모르는 기풍한이 고개를 끄덕이며 안도했다.

사마진룡의 진정한 의도가 어디에 있는지를 떠나, 적어도 자신의 아버지와 함께라면 사마연화만큼은 무사하리란 생각 때문이었다.

기풍한이 생각에 잠기자, 잠시 침묵이 이어졌다.

때마침 매가 차를 가지고 방 안으로 들어왔다.

"드시면서 말씀 나누시지요."

방을 나가던 매가 통이문주를 향해 살짝 미소를 지어 보였다.

그 미소가 의미하는 바가 무엇인지 알았기에 통이문주는 짐짓 까불지 말라는 표정을 지었다.

졸졸졸.

통이문주가 기풍한의 잔에 차를 부었다.

"드시지요."

"고맙소."

두 사람은 묵묵히 차를 마셨다.

마지막으로 묻고 싶은 것을 기풍한은 묻지 않고 있었다.

통이문주는 그 물음이 무엇인지 알고 있었다.

이현의 행방이리라.

"그녀는……."

찻잔의 바닥이 보일 즈음 통이문주의 말이 조용히 흘러나오기 시작했다.

第49章

재회

재회

같은 시각. 낙양 천룡맹 본단.

쏴아아아!

아침부터 내리기 시작한 빗줄기는 오후 들어 더욱 굵어지고 있었다.

맹주 집무실의 주인은 바뀌어 있었다.

의자에 몸을 기댄 채 창밖의 빗줄기를 바라보는 사람은 사마진룡이었다.

똑똑.

"진섭니다."

"들어오너라."

사마진서가 안으로 들어섰다. 맹주의 복장을 벗은 그는 처음 이곳에 왔을 때와 같은 복장이었다.

사마진룡이 사마진서를 응시하며 말했다.

"오늘 떠날 생각이냐?"

"네, 이제 돌아가야지요."

"계속 내 일을 도와줄 순 없느냐?"

그러자 사마진서가 고개를 가로저었다.

"제 할 일은 모두 끝났습니다."

"그래……."

"꼭 대업을 이루십시오."

사마진룡이 사마진서의 손을 꽉 움켜쥐었다.

서로를 향한 믿음은 눈빛만으로도 충분했다.

"잠시 차 한잔할 시간은 있겠지?"

사마진룡이 손수 차를 타려 하자 사마진서가 송구한 얼굴이 되었다.

"제가 하겠습니다."

"아니다. 먼 길 가는데 이 정도는 이 형이 해줘야지."

사마진룡이 손수 차를 내왔다.

두 사람인데 찻잔은 세 개였다.

"천."

그러자 천장에서 언제나처럼 변함없는 목소리가 들렸다.

"네."

"내려오너라."

"……!"

천도 사마진서도 모두 놀라고 있었다.

비밀리에 맹주를 호위하는 천은 거의 모습을 드러낸 적이 없었던 것이다.

"그래도 마지막 인사는 해야지."

사마진서를 사 년간이나 지켜줬던 천이었다. 사마진룡은 그들에게 작별의 시간을 주고자 하는 것이다.

스르륵.

천이 유령처럼 모습을 드러냈다.

충직함이 얼굴에 그대로 드러나는 중년 무인이었다.

"앉게."

그렇게 세 사람이 묵묵히 차를 마셨다.

사마진서가 천에게 미소를 지었다.

"이렇게 얼굴을 보는 것은 처음이구먼."

"그간 모시게 되어 영광이었습니다."

"고마웠네."

서로를 바라보는 눈빛 속에 섭섭함이 담뿍 담겼다.

"자, 비록 술이 아니라 아쉽지만 이별의 잔이라 생각하고 한잔씩 쭉 들지."

사마진룡이 건배를 권하자 두 사람이 시원스럽게 차를 들이켰다.

찻잔을 내려놓으며 사마진서가 문득 궁금하다는 듯 물었다.

"사도맹에서 이번 일로 어떤 요구를 해왔습니까?"

사마진룡의 위장 반역부터 혈옥의 일에 이르기까지 이번 마교 섬멸 계획에 상당한 도움을 주었던 그들이었다.

"마교가 차지하고 있던 세력의 삼 할을 요구해 왔다."

"음… 들어주실 작정입니까?"

사마진룡이 알지 못할 야릇한 미소를 지었다.

형의 뜻을 짐작한 사마진서가 자신의 생각을 조심스럽게 밝혔다.

"신중히 처리하서야 합니다. 용천악은 보통 인물이 아닙니다."

"걱정 마라."

"그리고 천마를 끝까지 추적해 반드시 제거하셔야 합니다."

"그래야지. 하나 이미 그자는 모든 기반을 잃었다. 지금 당장은 걱정할 일이 아니야. 더구나 우리에게 반마공이 있는 한 마교는 영원히 강호에 발을 붙이지 못해."

"형님! 천마를 우습게 보시면 안 됩니다."

사마진룡은 이미 마교에 대한 걱정은 잊은 듯 보였다.

두 사람이 중요한 대화를 나누는 자리에 있자 천이 마음이 불편했는지 자리에서 일어났다.

"전 이만 올라가겠습니다."

천이 두 사람에게 정중하게 인사를 했다.

다시 천이 천장으로 사라지려던 그때였다.

"커억!"

천이 목을 움켜쥐며 파르르 떨기 시작했다.

깜짝 놀란 사마진서가 그를 부축하려는 순간.

"쿠엑!"

사마진서 역시 목을 움켜쥐고는 피를 왈칵 쏟아냈다.

"…독(毒)? 형님… 독입니다… 조심……."

사마진서가 황급히 사마진룡에게 경고를 하다가 말문을 닫았다.

사마진룡은 자신을 내려다보며 웃고 있었다.

"무형독이지."

천의 몸이 먼저 쓰러졌다.

쿵!

"저 아이에게는 조금 강하게 탔지. 무공이 제법이거든. 네겐 조금 시간이 있을 거다."

사마진서가 고통스럽게 말했다.

"…형, 형님, 왜……?"

사마진룡이 미소를 지으며 말했다.

"네 형이 저승에서 외로워할 것 같아서."

"뭐?"

머리 속이 핑 돌며 사마진서가 바닥에 쓰러졌다.

"넌… 넌 누구냐?"

마지막 힘을 다해 물었지만 사마진룡은 그저 사악한 미소만 지을 뿐이었다.

툭.

사마진서의 고개가 돌아갔다.

덜컥.

다시 문이 열리고 세 사람의 청년이 들어왔다.

가슴에 검은 용 자를 새긴 소천룡들이었다.

"치워라."

두 청년이 시체를 하나씩 안아 들고 밖으로 나갔다.

남은 청년은 원래 천이 있던 자리로 날아올라 갔다.

사마진룡이 만족스럽게 말했다.

"묵(墨)!"

천장에서 어김없이 대답이 들려왔다.

"네!"

그 충성스런 목소리에 사마진룡의 웃음소리가 집무실을 울렸다.

쏴아아아!

거세게 내리는 빗속. 천룡맹 뒷 야산의 공터에서 두 청년이 땅을 파고 있었다.

비에 젖은 땅은 청년들의 검이 몇 번 휘둘러지자 순식간에 깊은 구덩이를 만들어냈다.

털썩.

구덩이에 던져지는 것은 사마진서와 천의 시체였다.

묵룡천가의 무공으로 완전히 심령이 제압당해 심성이 바뀌어 버린 그들은 과거 자신들이 파리 한 마리 목숨도 소중히 여기던 명문정파의 제자란 사실을 조금도 기억하지 못했다.

파파파!

청년이 장력을 휘두르자 이내 구덩이가 메워졌다.

그리고는 그 자리에 침을 탁 뱉었다.

"비도 오는데, 재수없게."

"크크크."

옆에 있던 다른 청년이 괴이한 웃음소리를 냈다. 그들은 과거의 자신들이 보았다면 두 눈을 파내고 싶을 정도로 충격적인 일을 웃으면서 하고 있다는 것을 인지하지 못하고 있었다.

그렇게 두 사람이 그곳에서 사라졌다.

잠시 후.

그곳으로 누군가 나타났다.

바로 사마연화와 단화경이었다.

연화가 검을 휘둘러 땅을 파기 시작했다.

"비켜보거라."
연화가 물러서자 단화경이 장력을 일으켰다.
파파파파!
순식간에 땅이 파헤쳐지며 두 구의 시체가 모습을 드러냈다.
사마연화가 황급히 두 사람의 입에 단약을 밀어 넣었다.
단화경이 두 사람의 등에 번갈아 장력을 주입했다.
얼마나 시간이 흘렀을까?
"쿨럭! 쿨럭!"
심하게 기침을 하며 두 사람이 정신을 차렸다.
"휴!"
연화가 안도의 한숨을 길게 내쉬었다.
흙탕물에 엉망진창이 된 사마진서는 반쯤 넋이 나간 얼굴이었다.
"괜찮으세요?"
연화의 물음에 사마진서가 그녀가 자신을 구해줬다는 것을 알 수 있었다.
"…네가 어떻게?"
"다행입니다. 그자가 독을 사용하지 않았다면 큰 낭패를 당할 뻔했습니다."
"어떻게 된 일이냐? 미리 알고 있었더냐?"
"네."
"언제부터?"
"그자를 처음 만난 그날부터였습니다."
연화가 차분하게 설명을 이어갔다.
"어딘가 아버지가 변했다고 생각했습니다. 처음에는 그저 오랜만에 만나서 그런 줄 알았어요. 아니, 새로운 무공을 익혀서 그런 줄 알았지요. 하지만 시간이 지날수록 그 눈빛은 더욱 강해졌습니다. 저를 바라보는 눈빛은 분명 아버지의 눈빛이 아니었지요. 그것은……."

사마진서가 알아차리지 못한 것을 연화가 알아차린 것은 그녀가 여인이었기 때문이다.

동생인 사마진서 앞에서는 완벽히 정체를 감추었지만, 연화를 바라보는 그 작은 욕망만큼은 감추지 못했던 것이다.

그녀가 더욱 빨리 사마진룡의 눈빛을 알아차린 것은 질풍조와의 생활이 컸다. 기풍한을 비롯한 질풍조원들의 눈빛은 그와는 전혀 다른 성격이었으니까.

"수상히 여긴 제가 그에게 한 가지 시험을 했습니다. 그자는 밤마다 은밀히 아버지를 찾아왔던 복면 오라버니의 존재를 모르고 있었습니다. 결코 모를 리 없는 일이었지요."

이후 연화는 즉시 이 일을 단화경과 의논했다.

다른 질풍조원들은 모두 어디론가 사라졌지만, 단화경은 여전히 낙양을 떠나지 않고 있었던 것이다.

단화경은 은밀히 천룡맹을 감시하며 사마진룡의 동태를 살폈다. 한편으로는 이전에 화노에게 받아두었던 무형독의 해약까지 준비하며 나름대로 만반의 준비를 하고 있었던 것이다.

단화경은 만약 독을 사용하지 않고 사마진서를 죽인다면, 그냥 연화만 데리고 그곳에서 탈출할 생각을 하고 있었다. 물론 그것은 사마진서를 어떻게든 살려야 한다는 연화의 마음과는 다른 그만의 생각이었다. 자신과 연화만으로는 결코 그들을 상대할 수 없었기 때문이다.

"왜 내게 말하지 않았느냐?"

"그랬다면… 제 말을 믿어주셨겠습니까?"

사마진서가 힘없이 고개를 끄덕였다.

연화는 자신을 불신하고 있었다. 아마 자신을 함정에 빠뜨리려 한다고 생각했을 것이다.

그리고 자신이 사마진룡에게 그 이야기를 했다면, 연화가 먼저 당했을 것이다.

사마진서의 눈빛에서 분노가 끓어올랐다. 놈의 말에 의하면 자신의 형은 이미 죽음을 당한 후가 아닌가?

"크흑! 형님!"

옆에 있는 천 역시도 무시무시한 분노에 휩싸이고 있었다.

만약 사마진룡이 이미 죽었고, 오늘 사마진서마저 죽었다면 맹주의 호위였던 그는 자신이 지켜줘야 할 두 사람을 모두 잃은 채 목숨을 잃었을 것이기 때문이었다.

사마연화가 비가 쏟아지는 하늘을 올려다보며 말했다.

"아버지는 돌아가시지 않았어요."

정말 그렇게 느껴지는 것인지, 아니면 그렇게 믿고 싶은 것인지 모를 연화의 마음이었다.

"어서 여길 떠나세요. 지금은 그자들을 감당할 수 없습니다."

"함께 가자!"

"안 됩니다. 제가 빠져나가면 의심을 받게 될 겁니다."

"연화야!"

"제 걱정은 마세요. 여기 선배님께서 절 지켜주실 겁니다."

사마진서가 단화경을 바라보았다.

"두 분은 제 아버님을 찾아주십시오."

연화는 정말 사마진룡이 살아 있다고 믿고 있었다.

"알았다. 형님을 꼭 찾으마… 만약 돌아가셨으면… 시신이라도 찾아 돌아오마."

돌아서려던 사마진서가 다시 연화를 돌아보았다.

"조심해야 한다."

"네."

풀어야 할 감정이 깊은 두 사람이었다.

하지만 지금 필요한 것은 사마진서의 한마디였다.

"반드시 돌아오마."

그렇게 울분을 삼키며 사마진서와 천이 빗속으로 사라졌다.

그들이 떠나는 것을 바라보며 연화가 힘없이 말했다.

"…전 이제 어떻게 하지요?"

단화경이 한숨을 내쉬었다.

기풍한은 죽었고, 마교와의 일전 이후 곽철 등의 질풍조는 어디론가 모두 사라졌다. 그들에게 도움을 구해야 했지만 단화경도 연화도 그들이 어디에 있는지 알지 못했다. 화노는 떠나면서 연락을 할 때까지 그저 기다리라고만 하고 떠난 것이다.

단화경이 뒷짐을 진 채 쏟아지는 비를 올려다보며 나지막이 말했다.

"걱정 마라. 넌 내가 지켜주마."

…그렇게 비는 끝없이 쏟아지고 있었다.

*　　　*　　　*

대천산 야산 부근에는 석 달 전부터 작은 광산이 하나 생겨났다.

워낙 작은 규모라 그곳에 광산이 있다는 것을 아는 사람조차 거의 없었다.

쏴아아아!

쏟아지는 비를 보며 천막 아래 인부 칠팔 명이 비를 피하며 잡담을 나누고 있었다.

"참 우라지게도 쏟아진다."

솜씨 좋기로 소문난 목수 이 노인이 어둑한 하늘을 올려다보고 있었다.

그러자 옆에 있던 인부 하나가 함께 빗줄기를 올려다보았다.

"그냥 지나가는 비가 아닙니다. 한 며칠 작업을 못하겠구먼요."

이 노인이 짤막한 한숨을 내쉬었다.

"그렇구먼. 그 사람은 아직 안에 있나?"

"네. 뒷정리 중입니다. 그 여자 억척 하나는 알아주지 않습니까?"

이 노인이 바라보는 곳에는 두세 사람이 드나들 수 있을 크기의 작은 갱도 입구가 보였다.

그들이 대천산 아래를 파들어 가기 시작한 것도 벌써 석 달째였다.

자신들을 고용한 사람은 여인이었다.

처음 그 여인이 자신을 고용할 때 금광을 찾겠다고 했다.

금광을 개인이 소유하는 것은 불법이었고, 그걸 떠나 광산 일에 경험이 풍부한 이 노인은 결코 대천산에 금광이 있을 리 없다는 것을 알았기에 일언지하 거절했다.

그러나 여인이 제시한 품삯은 거절할 수 없을 만큼 큰돈이었다.

은밀히 인부 십여 명이 모아졌고 다음날부터 굴을 파들어 가기 시작한 것이다.

이렇게 폭우가 쏟아지는 날에는 자연 공사가 중단될 수밖에 없었다.

지반이 약해져 굴이 무너질 염려가 있었고, 또 파낸 흙을 처리하는 작업을 폭우 속에서 할 수 없었기 때문이다.

벌렁 드러누워서 다리를 까닥거리던 최씨가 이 노인에게 물었다.

"그나저나 정말 이 산에 금이 묻혀 있는 거요?"

"흐흐, 자네 눈빛을 보니 금이라도 나오면 몽땅 싸들고 야반도주라도 할 기세구먼."

"으하하하. 그럼요. 이 망할 막일 청산할 수만 있다면 이놈의 대천산을 짊어지고서라도 달아나지요. 으하하!"

이십 년을 막일을 하고 살아온 최씨였다.

주위의 대부분 인부들 역시 비슷한 처지였기에 최씨의 말에 공감하며 함께 웃었다.

최씨가 혀를 쯧쯧 차며 고개를 가로저었다.

"근데 암만 봐도 여긴 아냐. 그냥 삽질하는 것 같단 말이야."

그러자 옆 자리 인부가 대수롭지 않게 말했다.

"뭐, 어차피 우리야 돈이나 제때 받으면 그만이지."

또 다른 인부 하나가 문득 말했다.

"그나저나 세상 좋아졌습니다. 몇 달 전만 해도 감히 대천산을 파헤칠 생각이나 했겠소?"

그 말에 모두들 고개를 끄덕였다.

제아무리 권불십년이라지만 그 무섭던 마교가 이렇게 허망하게 망할 줄 누가 알았겠는가?

최씨가 다시 못마땅한 얼굴로 다리를 까닥거렸다.

"그럼 뭐 하나… 어차피 우리와는 관계도 없는 일인데. 솔직히 난 오히려 불안해. 마교가 대천산에 있을 때 우리에게 해코지를 한 적은 없지 않았나? 그 덕분에 녹림은 고사하고 그 꼴보기 싫은 무림인들 칼부림 한번 없지 않았냐 말이야."

최씨의 말은 사실이었다.

마교는 오히려 중원의 무림인들로부터 성가촌을 지켜주는 보호막의 역할을 하고 있었던 것이다.

그러자 또 다른 인부가 말했다.

"뭐가 나아져도 더 나아지겠지."

인부들의 잡담을 뒤로하고 이 노인이 빗속을 뚫어 갱도로 달려갔다.

갱도 입구에 서서 이 노인이 크게 소리쳤다.

"이제 그만 나오시게!"

잠시 후, 그곳에서 한 여인이 걸어나왔다.

그녀의 얼굴은 물론 온몸까지 흙먼지와 진흙이 새까맣게 묻어 있었다.

미리 여자라 알고 봐서 그렇지 처음 보는 사람이라면 남자라 여길 정도였다.

여인은 바로 이현이었다.

이 노인이 못 말린다는 얼굴로 그녀의 머리에 묻은 흙먼지를 털어주었다.

"이 사람, 몸도 생각해야지."

이현은 그저 미소만 지을 뿐이었다.

석 달 전 일을 처음 시작할 때보다 눈에 띄게 수척해진 그녀였다.

이현은 인부들과 함께 일을 했고, 인부들이 돌아간 다음까지 혼자 남아 굴을 팠다.

이 노인은 그런 그녀의 억척에 혀를 내둘렀지만, 정말 이 여인이 왜 이렇게 굴을 파려는지 알지 못했다.

"내가 물을 일은 아니네만… 이 안에 무엇이 있나?"

지금까지 몇 번이나 물었지만 그때마다 이현은 그저 미소만 지을 뿐이었다.

아니나 다를까, 오늘도 이현은 그저 미소를 지은 채 인부들의 품삯이 든 주머니를 내밀었다.

"허허. 이러지 않아도 되는데."

이현은 비가 와서 일을 할 수 없을 때도 반드시 돈을 챙겨주었다.

"괜찮습니다. 비가 그치면 다시 와주세요."

"그래야지. 며칠 후에 봄세."

쏴아아아아아!

갱도 입구의 작은 나무 상자에 걸터앉아 이현은 빗속을 뚫어 인부들이 산을 내려가는 모습을 멍하니 지켜보았다.

그들이 내려가자 주위는 오직 빗줄기 떨어지는 소리만 들렸다.

그녀가 가만히 손을 내밀었다.

차가운 빗방울이 그녀의 손바닥을 적시며 튀어 올랐다.

그녀의 마음속에 들려오는 하나의 소리.

"그는 죽었네."

여섯 달 전, 자신이 기다리고 있던 낙양제일루로 단화경이 홀로 돌아왔다.

대천산을 내려온 그 길로 다른 질풍조원들은 다들 어디론가 떠나 버렸다고 했다.

그리고 기풍한이 죽었다는 이야기를 전해 들었다.

그녀는 시체를 직접 보기 전에는 결코 그 말을 믿을 수 없었다.

이성을 잃은 그녀는 이미 늦었다며 자신을 막는 단화경에게 '웃기지 마!' 라는 막말을 하고 뛰쳐나왔다. 그 소식을 듣자마자 혼절한 연화를 챙길 여유도 없었다. 오직 그녀는 대천산으로 달려가야 한다는 생각뿐이었다.

그렇게 미친년처럼 석 달 동안 대천산을 헤매었다.

폐허가 된 마교를 몇 번이나 헤매었는지 기억할 수도 없었다.

그런 그녀에게 석 달 전 비영이 찾아왔다.

회생 불가능한 몸으로 극마동에 떨어졌다는 소리에 그녀는 당장이라도 극마동으로 달려가려 했다.

비영은 이미 그곳이 막혀 버렸다고 했지만 그녀는 무작정 구화전으로 올라갔다.

비영의 말처럼 극마동으로 향하는 입구는 완전히 막혀 있었다.

마교인들이 후퇴하면서 기관을 파괴해 입구를 완전히 막아버린 것이다.

홀로 땅을 파며 통로를 찾았지만, 그녀는 더 이상 작업을 계속할 수 없었다. 천룡맹의 무인들이 수시로 순찰을 도는 그곳에서 계속 땅을 팔 순 없었던 것이다.

그러나 그녀는 포기하지 않았다.

그날부터 대천산을 파기 시작했다.

말도 안 되는 생각이었지만 그녀는 그대로 있을 수 없었다.

그녀는 평생이 걸려 대천산을 다 파헤쳐 내더라도 극마동으로 향하는 길을 꼭 찾아낼 생각이었다.

파다 보면 언젠가는 기풍한을 찾을 수 있으리라 믿었다.

만약 그가 죽었다면 시체라도 찾아 수습해 준 후, 자신도 자결하리라 마음먹은 것이었다.

그런 이야기를 어찌 인부들에게 해줄 수 있겠는가?

금광을 찾기 위해서라는 속보이는 거짓말을 했을 뿐이었다.

다시 이현이 굴 속으로 들어가려 자리에서 일어났다. 혼자서 조금이라도 굴을 더 파기 위함이었다.

돌아서려던 이현의 신형이 딱 멈췄다. 저 멀리 빗속에서 누군가 걸어오고 있었다.

처음 만난 이후 지금까지 단 하루도 잊은 적이 없는 남자.

기풍한이 자신을 향해 걸어오고 있었다.

그녀가 눈을 질끈 감았다가 다시 떴다.

기풍한의 모습이 더욱 또렷이 보였다.

그녀가 다시 눈을 감았다가 떴다.

이번에는 기풍한의 웃는 얼굴이 보였다.

그녀가 다시 두 눈을 질끈 감았다.

눈을 떴을 때 기풍한은 두 팔을 활짝 벌리고 있었다.

이제 그녀는 눈을 감지 않았다.

그녀가 기풍한을 향해 뛰어갔다.

그녀의 심장이 터질 듯이 뛰었다.

그를 안는 순간, 신기루처럼 그가 사라져 버릴까 두려웠다.

그를 안는 순간, 갱도의 끝에서 막 잠에서 깬 자신의 모습을 발견할까 무서웠다.

그를 안는 순간, 자신의 심장이 터져 버릴까 봐 겁이 났다.

그렇게 그녀가 기풍한의 품속에 와락 안겨들었다.

그녀의 눈에서 눈물이 주르륵 흘러내렸다.

기풍한도, 이현도 아무 말을 하지 않았다.

쏟아지는 빗줄기 속에서 두 사람은 서로를 안은 채 아무 말도 하지 않았다.

第50章

재소집

재소집

열흘 후. 화음(華陰).

번화한 시장 골목 한옆에서 화노는 이제 굶느냐 먹느냐를 결정할 중대한 마무리 작업이 한창이었다.

"이게 무엇이냐? 생사신의 유백천 어르신이 삼 년의 각고 끝에 만들어낸 희대의 명약. 바로 불로장생신묘단(不老長生神妙丹)! 단돈 두 냥!"

휘이잉.

주위를 가득 메웠던 인파가 썰물 빠지듯 사라졌다.

"휘이이유~"

화노와 팔용이 동시에 한숨을 내쉬었다.

팔용의 배 속에서 식충이들이 합창을 시작했다.

꼬르르륵.

팔용이 힘없이 말했다.

"배고파요. 우리 저기 가서 국수 딱 한 그릇만 먹고 와요."

팔용이 가리키는 곳은 장터 골목의 허름한 객잔이었다.

"아서라. 아직 밥값도 못 벌었다."

"흑흑흑. 딱 한 그릇만."

화노가 한숨을 내쉬었다.

"강호의 인심이 변했어. 예전에는 알고도 속고, 모르고도 속았는데… 이제 사람들이 너무 약아졌어."

화노의 한숨에 팔용이,

"소재를 바꿔야겠어요. 요즘 누가 청룡이니 인면지주니 하는 말을 믿겠어요. 그냥 소림사에서 대환단을 훔쳐 왔다면 어때요?"

딱!

"이놈아! 그거나 이거나. 그건 믿어주겠냐?"

"그럼 사기 그만 치고 그냥 입맛을 돌게 하는 약이라고 솔직히 말하고 팔아요."

화노가 화들짝 놀라 주위를 살피며 팔용의 입을 틀어막았다.

"이놈아, 정말 굶어 죽을 작정이냐?"

"흑, 이미 전 죽어가고 있어요."

"그리고 은밀히 이건 사기가 아니야. 자고로 음식을 잘 먹는 게 최고의 보약이라고 했다. 사람의 입맛을 돌게 하는 약이야말로 진정한 만병통치약이지."

먹는 이야기에 자극을 받았는지 팔용이 갑자기 박수를 치며 소리쳤다.

"형님! 좋은 생각이 있어요!"

"아서라. 네놈 머리통에는 그런 거 없다."

"일단 들어봐요!"

팔용이 화노에게 진지하게 말했다.

"지금까지 제가 시범을 보였잖아요."

"그렇지."

"이제 형님이 시범을 보이는 거예요."

"응?"

어떤 말이 나올지 화노의 표정이 조금 불안해졌다.

"늙으면 본래 욕심이 더 많이 생긴다잖아요? 형님을 봐도 그렇고."

"이놈!"

"음, 그러니까 주 고객층을 바꾸는 거예요. 늙은이들에게 정력에 좋은 약이라고 파는 거지요. 늙은 것도 서러운데 정력까지 떨어지니 얼마나 비통하겠어요? 안 그래요?"

"왜, 왜 내게 묻는 게냐!"

"흐흐흐."

"망할 놈! 너도 늙어봐라. 그건 그렇고 시범은 어떻게 보이자는 거냐?"

"형님이 오줌발로 벽돌을 깨부수……."

딱!

두들겨 맞은 곳은 머리통이었지만 여전히 비명은 팔용의 배가 질러댔다.

꼬르르르륵.

팔용이 참지 못하고 다시 화노를 졸랐다.

"꼬불쳐 둔 돈 풀어요!"

"어림없다!"

"지금 나 벌 주는 거 맞죠?"

"흐흐. 이제 알았냐?"

팔용이 억울하다는 얼굴로 항변했다.

"그게 어찌 제 잘못인가요? 철이 놈이!"

딱!

"참으로 바람직한 우정이다!"

"철이 놈 때문이라니까요!"

"그러게 애초에 풍운록을 훔쳐 달아나지 말았어야지. 노선배께서 그만하길 다행으로 여겨라. 안 그랬음 선배들에게 너희들은 맞아 죽었어."

문득 팔용이 진지한 얼굴로 말했다.

"노선배님께서는 괜찮으시겠죠?"

화노가 고개를 끄덕였다.

"그래. 워낙 내공의 화후(火候)가 깊으신 분이니."

"이제 저희는 어떻게 되는 거죠?"

"글쎄다. 일단 노선배께서 그대로 대기하라고 하셨으니."

"새 조장이 와서 이번 일을 마무리하게 될까요?"

"아마 그렇게 되겠지."

팔용의 표정이 무겁게 가라앉았다.

화노는 팔용이 기풍한을 그리워하고 있다는 것을 알 수 있었다.

기 조장이라면 자다가 벌떡 일어나 달려가던 팔용이었다.

요 근래 활발한 척 실없는 소리가 늘은 것도 그를 향한 그리움을 감추기 위한 필사적인 노력이란 것을 화노는 알고 있었다.

"…비상금 조금만 쓸까?"

"……."

흠칫!

팔용의 기풍한을 향한 그리움에 파문이 일었다.

"…조금 쓸 수도 있는데."

"……!"

죽은 기풍한을 생각하면 먹을 것이 넘어가겠냐는 듯 팔용이 이를 악물고 버텼다.

"싫음 말고."

슬슬 입을 열던 화노의 돈주머니가 조개처럼 입을 다물려 하자 팔용이 벌떡 일어나 화노의 손을 잡아끌었다.

"으헤헤! 빨리 가요."

"이놈아, 약은 챙겨야지."

"이걸 다 언제 챙겨요. 그럼 나 죽어요. 그리고 아무도 안 가져가요. 걱정 말고 가요."

아예 팔용이 화노를 번쩍 안아 들고 달렸다.

"이놈아, 안 된다."

그렇게 화노가 팔용에게 납치되다시피 객잔으로 끌려갔다.

딱 국수 한 그릇만 먹겠다던 팔용은 구운 오리 한 마리와 죽엽청 두 병을 비운 다음에야 일어났다.

화노는 먹는 내내 팔용을 구박했지만 입가의 미소는 떠나지 않고 있었다.

'그래, 산 사람들은 살아가야겠지.'

두 사람이 다시 약을 팔던 곳으로 돌아왔을 때였다.

자신들이 약을 팔던 자리에는 십여 명의 사람들이 옹기종기 모여 있었다.

"엉? 뭐지?"

"어이쿠, 손님이다!"

"뛰어요!"

화노와 팔용이 깜짝 놀라 그곳으로 달려갔다.

그곳에는 손님만 있는 것이 아니었다.

사람들 너머로 여인의 목소리가 들려왔다.

조금의 과장됨이 없는 진솔한 어조였는데 구경꾼들은 그녀의 이야기를 홀린 듯 듣고 있었다.

"…그래서 저희 오라버니는 그 무서운 마교의 극마동에 빠지게 되었답니다. 그곳에서 인면적주와 삼각독혈망의 내단을 얻게 되었지요. 자, 보세요."

화노와 팔용이 구경꾼들 사이로 파고들었을 때 이현이 기풍한의 팔뚝에 검을 내려치고 있었다.

검이 경쾌한 소리를 내며 반으로 뚝 부러졌다.

"오오오!"

구경꾼들이 일제히 감탄했다.

이현이 약을 한 병 들고 말했다.

"이 약이 바로 그 내단으로 만든 약이지요. 약하디약한 사람의 몸을 도검불침 강철로 만들어주는 이 희대의 명약이……."

이현이 귀신이라도 본 것처럼 멍청하게 서 있는 팔용과 화노에게 활짝 웃으며 물었다.

"…얼마죠?"

그 옆에서 기풍한이 환하게 웃고 있었다.

*　　　　*　　　　*

알록달록한 단풍이 사방을 둘러싼 가파른 절벽의 중턱을 비영이 숨을 몰아쉬며 오르고 있었다.

거친 숨소리 하나 내지 않고 비영이 능수능란하게 절벽을 올랐다. 이마에 송골송골 맺히는 땀방울로 봐서 내공을 사용하지 않고 오르는 것 같았다.

그럼에도 비영은 마치 수백 번 오르락내리락한 것처럼 매우 능숙하게 손과 발을 지지할 절벽의 틈을 찾아내고 있었다.

대천산을 내려와 화노에게 치료를 받고 다시 뿔뿔이 흩어질 때까지 비영은 곽철과 한마디 이야기도 나누지 않았다.

곽철 역시 자신에게 아무 말도 하지 않았다.

기풍한을 구하지 못한 것에 대해 그 누구도 자신들을 탓하지 않았다. 아니, 오히려 모두들 두 사람이 무사한 것에 대해 기뻐하고 있었다.

그러나 곽철과 비영은 스스로를 용서하지 못하고 있었다.

같은 마음이라는 것을 알았기에 더욱 할 말이 없었다.

"헛!"

잠시 잡념에 빠진 사이 비영이 발을 헛디뎠지만 비영은 이내 중심을 잡았다.

투투툭.

발밑으로 부서진 돌들이 까마득한 절벽 아래로 흘러내렸다.

아래를 무심히 내려다보는 비영의 마음속으로 오래전 그날이 떠오르고 있었다.

지금 비영이 오르고 있는 그 절벽을 질풍조의 네 조무래기들이 힘겹게 오르고 있었다. 훈련조 시절의 어린 그들이었다.

"앗!"

비영이 잠시 발을 헛디딘 순간 부서진 돌 조각들이 아래로 떨어졌다.

주루룩.

절벽에서 미끄러져 내려가던 비영이 간신히 하나의 돌부리를 잡았다.

돌에 긁혀 양팔에서는 피가 흘러내리고 있었다.

"괜찮아?"

옆에서 나란히 기어오르던 곽철이 걱정스럽게 물었다.

비영은 괜한 걱정 따윈 필요없다는 얼굴로 곽철을 외면해 버렸다.

왜였을까?

어차피 세상은 혼자 살아가야 한다는 것을 너무 어린 나이에 깨달아 버린 것일까?

아니면 자신도 모르게 아버지에 대한 불신이 세상에 대한 불신으로 확대된 것일까?

어쩌면 단지 곽철에게 지고 싶지 않다는 경쟁심이었을지도 몰랐다.

비영이 힐끔 아래쪽을 내려다보았다.

저 아래 힘겹게 절벽을 오르는 팔용과 서린의 모습이 보였다.

이를 악물고 악착같이 매달린 서린.

평소 얌전하고 착하기만 한 서린은 훈련 때만 되면 완전히 달라졌다.

비영은 그것이 남자들에게 지지 않으려는 마음이란 것을 느끼고 있었다.

그런 그녀의 악다구니에 가까운 집념은 팔용을 이길 정도였지 자신과 곽철을 따라잡진 못했다.

그에 비해 팔용은 경쟁심 같은 것은 조금도 가지지 않았다. 그저 함께 훈련하고 무사히 훈련을 마치는 것에 기뻐하고 있었다.

절벽 위에서 기풍한의 우렁찬 목소리가 들려왔다.

"집중해!"

그 소리에 비영이 번뜩 정신을 차렸다.

어느새 곽철은 저만치 앞서 올라가고 있었다.

비영이 다시 절벽을 오르기 시작했다.

'지지 않아.'

지지 않아야 했다. 이 세상에서 살아남는 방법은 지지 않는 길뿐이다. 가장 먼저 절벽에 올라가는 사람만이 살아남는 것이다.

비영이 다시 절벽을 기어오르기 시작했다.

곽철을 따라잡으려고 비영이 무리를 하기 시작했다.

주루룩.

몇 번이나 미끄러졌지만 비영은 더욱 빠르게 속도를 냈다.

곽철이 힐끔 자신을 내려다보는 것이 보였다.

곽철은 자신을 기다려 주지 않았다. 곽철이 더욱 속력을 내며 올라가기 시작했다.

"칫!"

비영이 이를 악물었다.

기풍한은 절벽 위에서 묵묵히 두 사람의 경쟁을 지켜보았다.

두 사람 모두 거의 절벽의 정상에 다다랐을 때였다.

이제 곽철과의 간격은 거의 좁혀진 상황이었다.
그때 비영의 얼굴이 일그러졌다.
'이런!'
자신이 오르던 그 방향에는 더 이상 손을 지지할 곳이 없었던 것이다.
비영이 황급히 주위를 살폈다.
자신이 오르던 좌측 위로 삐죽 튀어나온 하나의 돌.
'저것을 잡으면 된다.'
그러나 그곳까지의 거리는 만만치 않았다.
비영이 아래를 내려다보았다.
팔용과 서린 너머로 아득히 보이는 바윗돌들이 보였다.
떨어지면 반드시 죽을 것 같았다.
그러나 비영의 고민은 길지 않았다.
비영이 위험천만하게 몸을 날렸다.
'꼭 잡는다!'
튀어나온 돌을 향해 비영이 손을 한껏 내밀었다.
그러나 비영의 손에 잡히는 것은 끝없는 추락을 예고하는 허망한 빈 허공이었다.
"아악!"
비영이 두 팔을 내저으며 추락하기 시작했다.
"아앗!"
자신들의 옆을 지나쳐 떨어져 내리는 비영을 보며 팔용과 서린이 동시에 비명을 질렀고 앞서 오르던 곽철이 내려다보며 소리쳤다.
"영아!"

떨어져 내리는 비영의 눈으로 그들의 모습이 똑똑히 보였다.

점점 그들의 모습이 멀어지기 시작했다.

그들의 모습은 점점 작아졌지만 커지고 있는 것이 하나 있었다.

기풍한이 무서운 속도로 자신을 향해 날아오고 있었다.

순식간에 거리를 좁혀온 기풍한이 손을 내밀었다.

그 찰나의 순간 비영은 망설였다.

손을 잡으면 패배자가 될 것 같은 느낌.

'차라리 이대로 죽는 것이 나아.'

손을 내미는 대신 비영은 눈을 질끈 감았다.

그렇게 비영이 바닥으로 추락하려는 그 순간.

아슬아슬하게 기풍한이 비영을 낚아챘다.

그리고는 비영을 보호해 감싸 안으며 몸을 틀었다.

꽈당!

기풍한의 등이 바닥에 그대로 충돌했다.

두둑.

뼈가 어긋나는 그 소리는 천둥처럼 크게 비영의 귓가에 들렸고 기풍한이 큰 부상을 당했다는 것을 알 수 있었다.

그럼에도 기풍한은 아무 일이 없다는 듯 툭툭 자리를 털고 일어났다.

비영을 일으켜 세운 후 기풍한이 담담하게 물었다.

"괜찮으냐?"

"……."

비영은 그저 고개만 숙인 채 아무 말도 하지 않았다.

그의 눈에서 서러운 눈물이 흘러내렸다.

비영은 자존심이 상했다.
언제나 일등을 하고자 욕심을 부렸지만, 그럴 때마다 돌아오는 것은 이런 참담한 기분뿐이었다.
기풍한이 비영의 어깨에 가만히 손을 올리며 말했다.
"단지 먼저 오르는 것이 이기는 것이 아니다."
비영이 울먹이며 물었다.
"…그럼 무엇이 이기는 겁니까?"
기풍한은 그저 절벽 위를 올려다볼 뿐이었다.
마치 그 해답은 네 스스로 찾아봐야 한다는 모습처럼 보였다.
저 멀리 절벽 위에서 동료들의 걱정스런 외침이 아득히 들려오고 있었다.

절벽을 쉬지 않고 오르던 비영이 잠시 멈춘 곳은 어린 시절 손을 지지할 곳이 없었던 바로 그곳이었다.
바로 자신이 떨어진 그곳이었다.
오랜 세월이 지났음에도 좌측의 그 튀어나온 돌이 그대로 있었다.
아마 분명히 이제는 잡을 수 있을 것이다.
왜 이곳에 와보고 싶었을까?
비영은 자신도 그 이유를 알지 못했다. 다만 왠지 이곳에 한번쯤은 와봐야 한다고 항상 생각하고 있었다.
새삼 감회에 젖어 그 돌을 바라보던 비영이 가볍게 몸을 날렸다.
내력을 사용하지 않은 도약이었지만 비영의 손은 이미 그 돌부리를 움켜쥐고 있었다.
빠직.

순간 돌이 가루가 되어 부서져 내리며 비영이 추락했다.

휘이이익.

떨어지면서 비영이 하늘을 바라보는 자세로 두 팔을 활짝 벌렸다.

"하하하."

비영은 자꾸 웃음이 터져 나왔다.

내공을 끌어올리면 충분히 무사히 내려설 수 있음에도 비영은 그렇게 바람을 느끼며 추락하고 있었다.

예전처럼 비영이 두 눈을 질끈 감았다.

그냥 이대로 죽어버리면 어떻게 될까 생각했다.

문득 난희의 얼굴이 떠올랐다.

비영이 씁쓸한 미소를 지으며 내력을 일으키려던 바로 그때였다.

무엇인가 자신에게 쇄도해 온다는 느낌에 비영이 눈을 떴다.

누군가 자신을 향해 내려오고 있었다.

비영의 눈이 커다랗게 떠졌다.

"조장님?"

분명 무서운 속도로 날아오는 그는 기풍한이었다.

죽었다고 생각한 기풍한이 자신을 보며 웃고 있었다.

어린 시절 그날처럼 기풍한이 손을 내밀었다.

꽈악.

비영이 힘차게 그 손을 맞잡았다.

휘리릭.

서로 손을 잡아채는 반동을 이용해 두 사람이 허공에서 공중제비를 돌며 바닥으로 내려섰다.

얼떨떨한 얼굴로 자신을 바라보는 비영을 향해 기풍한이 물었다.

"무엇이 이기는 것이냐?"

과거 자신이 기풍한에게 물었던 질문이었다.

비영이 미소를 지으며 담담하게 말했다.

"왜 오르는가를 아는 사람이 이기는 것입니다."

기풍한이 환하게 웃으며 비영의 어깨를 감싸 안았다.

절벽 꼭대기에서 팔용의 볼멘소리가 우렁차게 들려왔다.

"으아아악! 이제 겨우 올라왔는데~"

*　　　*　　　*

오 일 후 산양(山陽).

산양의 저잣거리에는 몇 달 전부터 하나의 명물이 생겼다.

그것은 장강의 소삼협(小三峽)과 같은 절로 감탄을 자아내는 수려한 경관도, 강남의 유명한 황학루(黃鶴樓)와 같은 유구한 역사의 향기를 느낄 수 있는 누각도, 허기진 여행객들의 발길을 붙잡는 사천의 어향육사(魚香肉絲)와 같은 먹거리도 아니었다.

한 명의 젊은 여인.

작은 수레를 끌고 장터에 나와 월병(月餠)을 파는 미녀. 사람들은 그 여인을 월하미인(月下美人)이라 불렀다.

그녀가 명물로 불린 것은 단지 미모가 뛰어난 것 때문은 아니었다.

바로 말을 하지 못했기 때문이다.

월하미인은 바로 서린이었다.

그녀가 고향으로 돌아오자 가장 반가워한 것은 심씨 일가였다.

예전 용화방에 첫째 딸 숙이를 대신해 끌려갔던 서린이 아니었다면 지금 숙은 어떤 꼴을 당했을지 모를 일이었다.

덕분에 숙은 그사이 혼인을 해 다른 지방으로 떠난 후였다.

용화방이 망한 후에 서린과의 소식이 끊겨 전전긍긍하던 심씨 일가였다. 그러니 서린의 귀향이 그들을 얼마나 기쁘게 했는지 그들의 떨리는 손을 맞잡아보지 않아도 알 수 있는 일이었다.

서린은 귀향한 후 거의 한 달가량을 넋이 나간 듯 방구석에 틀어박혀 지냈다.

눈을 감으면 기풍한의 얼굴이 떠올랐고 풀이 죽은 곽철과 비영의 모습이 떠올랐다.

기풍한을 만난 이후, 그녀는 단 한 번도 그가 죽으리란 생각을 가진 적이 없었다.

…그러나 기풍한은 죽었다.

서린의 우울증은 점차 정도가 심해졌다.

돌아가신 외할머니가 남긴 작은 텃밭을 가꾸며 스스로 삶의 활기를 찾으려 했지만 아무 소용이 없었다.

다행히 심씨 부부의 민아와 혜아 남매가 하루가 멀다 하고 들락거리지 않았다면 미쳐 버렸을지도 모를 일이었다.

결국 사람들과 부대끼는 장사라도 해보라는 심씨의 충고대로 월병장사에 나선 것이었다.

심씨가 수레를 직접 만들어주었고 월병을 만드는 법은 심씨 부인이 친절히 가르쳐 주었다.

처음 해보는 장사였지만 그리 힘들지 않았다.

다만 자신이 무슨 구경거리인 양 힐끔거리는 사람들의 시선이 부담스러웠지만 몇 달 지나고 나자 그것조차 신경 쓰지 않게 되었다.

"누나!"
"언니!"
멀리서 숨을 헐떡이며 달려오는 두 아이는 바로 민이와 혜아 남매였다.
서린이 수화로 벌써 학당을 마쳤냐고 물어보았다.
그러자 민이 당연하다는 듯 말했다.
"그럼, 아까 끝났어."
그러자 혜아가 냉큼 입을 놀렸다.
"거짓말. 빨리 가서 언니를 도와야 한다며 일찍 빠져나왔어."
"저게!"
민이 꿀밤을 때리려 하자 혜아가 서린의 뒤에 숨어 혀를 내밀었다.
서린이 민이에게 수화로 앞으로 그러면 안 된다고 말했다.
이제 두 아이들은 거의 완벽히 서린의 의사를 알아듣고 있었다.
"알았어."
서린이 대견하다는 듯 민의 머리를 쓰다듬어 주었다.
그때 손님 하나가 쭈뼛거리며 다가왔다.
더벅머리 청년 하나가 눈가에 연정을 가득 담고 다가온 것이다.
"어, 얼마요?"
벌써 보름째 매일 와서 월병을 사갔던 청년이 그 값을 모를 리 없었지만 말이라도 한 번 더 붙여볼까 또 묻고 있는 것이다.
서린이 언제나처럼 미소를 지으며 손가락 하나를 세워 한 푼이라 말해 주었다.
넋을 잃고 서린을 바라보는 청년의 모습에 민의 인상이 구겨졌다.
"자, 여기 있으니까 돈 줘요!"

민은 한시라도 빨리 청년을 내쫓으려는 듯, 월병 하나를 대충 종이에 싸서 내밀었다. 할 수만 있다면 월병에 침이라도 뱉어주고 싶은 민이었다.

그 강력한 연적의 등장으로 청년과 민의 눈싸움이 시작되었다.

뭐, 사실 둘 다 가능성이 전혀 없는 싸움이었지만 '네놈만 아니면!' 이라는 큰 착각에 빠진 둘은 무섭도록 진지했다.

그 모습을 바라보던 혜아가 서린의 옷깃을 당겼다.

서린이 돌아보자 혜아가 한숨을 쉬며 말했다.

"남자들은 바보야. 그치?"

그 말에 서린이 환하게 웃었다.

더벅머리 총각이 월병을 들고 사라지자, 민이 화가 덜 풀린 얼굴로 돌아섰다.

"누나, 앞으로 저놈에게 팔지 마."

서린이 왜냐고 묻자 민의 불타는 질투심이 인신공격으로 이어졌다.

"저놈 딱 보니까 놀고먹자 한량이야. 일도 안 하고 매일 이곳에 어슬렁거리기나 하고, 게다가 남자가 치사하게 한 개씩만 사냐! 그리고…음……."

전혀 근거없는 억지였기에 더 가져다 붙이기 어려웠는지 민이 마지막 일격을 날렸다.

"누나는 남자를 몰라."

딴엔 사내라고 질투까지 하는 민을 보며 서린이 입을 가리고 소리없이 웃었다.

"월병 팔아요. 둘이 먹다 셋이 죽어도 모르는 월병이요~"

민과 혜아가 신나게 소리치던 그때였다.

"비켜라!"

저 멀리 날카로운 외침과 함께 비명 소리가 이어졌다.

"아아아악!"

소리를 듣지 못하는 서린도 아이들과 동시에 고개를 돌렸다.

비명이 들린 쪽에서 느껴지는 살기 때문이었다.

시장에서 노리개를 팔던 노씨의 가판을 부수며 이쪽으로 날아오는 두 명의 사내들.

순간 서린의 눈빛이 반짝 빛났다.

그들에게서 느껴지는 기운은 분명 마기였다.

과연 그들은 북풍혈마대의 마인들이었다.

시장 행인들의 어깨를 거칠게 밟으며 이쪽으로 몸을 날리는 그들 뒤로 한 명의 청년이 뒤쫓고 있었다.

그는 매를 체포하다 기풍한에게 이가 부러진 그 소천룡이었다.

도주하던 마인들이 양쪽으로 흩어졌다.

"어림없다."

쉬이이잉!

청년의 검에서 검기가 날았다.

사람들이 북적대는 곳에서 청년은 거침없이 살수를 사용한 것이다.

"으악!"

비명 소리는 마인의 입에서 나온 것이 아니었다.

검기가 마인의 몸을 가르기 전, 이미 두 사람의 상인을 베고 지나간 것이다.

"크윽!"

뒤이어 마인의 등이 갈라지며 그대로 쓰러졌다.

순식간에 난장판이 되며 상인들과 행인들이 비명을 질러댔다.
그 와중에도 추격은 계속되고 있었다.
마인이 서린의 수레 쪽으로 달려왔다.
서린이 황급히 민이와 혜아를 데리고 뒤로 물러섰다.
청년과 마인의 거리는 순식간에 줄어들고 있었다.
도저히 추격을 뿌리칠 수 없자 달리는 것을 멈추고 검을 뽑아 들며 돌아섰다.
쉬익!
마인의 검에서 북풍혈마대 무인들의 비전절예인 혈마섬이 발출되었다.
자신을 향해 날아드는 검기를 향해 청년이 검을 휘둘렀다.
츠리리릿.
청년의 검에서 독특한 바람 소리가 들리는가 싶더니 이내 마인의 검기가 흔적도 없이 사라졌다.
"크크크."
청년이 가소롭다는 웃음을 지었다.
서린은 그 수법이 바로 천룡맹이 마교를 칠 때 사용한 반마공 중 하나란 것을 알 수 있었다.
"천룡맹의 개새끼야! 네 뜻대로는 되지 않을 것이다!"
마인이 검으로 자신의 목을 베어버렸다.
쿵!
마인이 그대로 피를 뿜으며 쓰러졌다.
서린이 황급히 민과 혜를 감싸 안으며 그 모습을 보지 못하게 가렸다.

만족스런 미소를 지으며 마인의 시체를 내려다보던 청년이 그 모습을 보았다.

"마교의 개들을 처치하는 순고한 자리다. 모두 똑똑히 보라."

행인들이 눈살을 찌푸렸지만 감히 고개를 돌리는 사람은 없었다.

서린이 아이들을 감싼 채 돌아서지 않자 청년이 소리쳤다.

"거기, 돌아서라."

그러나 서린이 그 말을 들을 수 있을 리 없었다.

청년의 표정이 서늘하게 가라앉았다.

혜아가 서린의 품을 벗어나며 놀란 얼굴로 말했다.

"저 사람이 돌아서래."

그제야 서린이 두 아이를 자신의 몸 뒤로 감추며 돌아섰다.

돌아선 서린의 얼굴을 본 청년이 내심 깜짝 놀랐다.

서린의 얼굴은 장터 골목에서 오다 가다 마주치기에는 너무나 순수하고 아름다운 얼굴이었다.

"호! 제법이군."

청년의 노골적인 감탄에 서린의 미간이 조금 좁혀졌다. 그 한마디에 청년의 악한 심성을 대번 파악해 낸 것이다.

"이름이 뭐냐?"

"……."

다시 대답이 없자 청년의 표정이 단박에 불쾌해졌다.

그때 서린의 뒤에 숨어 있던 혜아가 고개를 내밀며 겁먹은 얼굴로 말했다.

"우리 언니는 말을 못해요."

그러자 청년이 혀를 차며 말했다.

"벙어리라 이 말이지? 아깝군."

그때 민이 옆으로 나오며 버럭 소리쳤다.

"벙어리란 말 하지 마!"

서린에게 벙어리라 놀리는 동네 악동과 사생결단을 했던 민이었다. 세상에서 가장 듣기 싫은 소리가 서린에게 벙어리란 말을 하는 것이었다.

"크크… 그럼 벙어리를 벙어리라 하지 뭐라 하느냐?"

청년이 건방지게 나선 민을 후려갈기기에 앞서 말을 앞세운 유일한 이유는 서린의 아름다운 외모 때문이었다.

"이 나쁜 놈아!"

민이 버럭 소리를 질렀다. 상대가 천룡맹의 무인으로 그 무서운 마교의 무인들을 둘이나 죽인 상대였지만 지금 민에게 그는 그저 서린을 놀린 나쁜 놈에 불과했다.

"너 같은 놈은 어렸을 때부터 따끔히 버릇을 고쳐야지. 아니면 커서 마교 따위에나 기어들어 가겠지."

청년이 서서히 서린 쪽으로 다가섰다. 민을 빌미로 서린을 희롱할 작정이었던 것이다.

서린은 어떻게 해야 하나 고민을 하고 있었다.

그냥 적당히 당해주고 이 일을 피해 버리기에는 상대에게서 뿜어지는 사기(邪氣)가 너무 강했다.

그렇다고 맞서 싸우자니 무공을 드러내는 것은 둘째 치고 옆에 있는 아이들이 다칠까 봐 걱정이 되었다.

청년이 다가가자 주위에서 지켜보던 상인들이 '저걸 어째' 라며 발을 동동 굴렀지만 그렇다고 나서서 막아줄 용기가 있는 사람은 없었다.

"천룡맹의 무인이 무슨 이따위야!"

민의 두려움 가득한 발악은 하늘의 도움을 바라기에 이르렀다.

"우릴 괴롭히면 천벌을 받을 거야."

"으하하! 천벌이라? 그전에 네놈부터 어르신을 놀린 벌을 받아야 할 것이다."

다음 순간, 그 광경을 지켜보던 모든 사람들이 세상에는 분명 천벌이 있다는 것을 죽을 때까지 믿게 만든 일이 일어났다.

번쩍!

모두가 본 것은 하얀 빛이 청년의 머리로 떨어졌다는 것이다.

분명 벼락은 아니었다.

몇 걸음 더 걷던 청년이 그대로 쓰러졌다. 말 그대로 통나무가 넘어지듯 그대로 쓰러졌고 피가 흐르지도 비명 소리를 내지도 않았다.

그 빛이 아니었다면 사람들은 청년이 혼자 쓰러지는 연기를 했다고 생각할 모습이었다.

너무나 허무하게 청년이 죽어버린 것이다.

민은 물론이고 지켜보던 이들은 너무 놀라 입을 쩍 벌린 채 굳어버렸다.

그때 서린의 수레 쪽에서 말소리가 들려오기 시작했다.

"하나씩 먹어! 이놈아!"

"우와! 너무 맛있다!"

먼저 수레 쪽으로 돌아선 혜아가 놀란 눈을 껌벅이며 서린의 옷자락을 당겼다. 무심코 돌아서던 서린의 눈앞으로 꿈에서조차 상상 못한 광경이 펼쳐지고 있었다.

"그 속에 도대체 몇 놈의 거지가 숨어 사는 게냐?"

화노가 월병 세 개를 한입에 넣고 있는 팔용의 배를 주먹으로 두들기며 구박하고 있었다.

"허락없이 먹었어요. 죄송해요."

월병을 반쯤 먹던 이현이 환하게 웃으며 살짝 고개를 숙였다. 그 옆에 비영이 수레에 비스듬히 기대 팔짱을 낀 채 미소 짓고 있었다.

그리고…….

너무나 보고 싶어 우울증까지 걸리게 했던 그 사람이 두 팔을 활짝 벌리며 자신을 향해 걸어오고 있었다.

*　　　*　　　*

다시 육 일 후.

여산의 일장춘몽 도박장은 다시 한 번 대소동이 벌어지고 있었다.

"곽 공자는! 곽 공자는 어떻게 되었느냐?"

도주의 두 눈썹이 다시 하늘로 치솟기 시작했다.

"그게……."

보고를 하러 달려온 수하가 우물쭈물하자 도주의 미간에 그려진 세 줄기의 강이 범람하기 시작했다.

뜨악한 수하가 도주의 푸짐한 허벅지에 매달렸다.

"그냥 다 따가게 두랍니다."

"컥! 이게 제 돈이냐! 내 돈이지!"

도주가 혈압을 조심해야 한다며 신신당부하는 아내의 부탁에도 다시 방방 뛰기 시작한 이유는 땅거미가 질 무렵 슬그머니 판에 끼어든 도귀(賭鬼) 하나가 도박장의 돈을 쓸어 담기 시작했을 때부터였다.

몇 달 전 돌아온 곽 공자, 즉 곽철은 꼭 이런 중요한 순간에는 기루에 처박혀 술타령을 하고 있었고, 과연 오늘도 뒤통수가 뜨끈해지는 팔자 좋은 소리만 하고 있었던 것이다.

"도저히 안 되겠다."

도주가 도박장 문을 박차며 달려나갔다.

그가 커다란 엉덩이를 흔들며 달려가기 시작한 곳은 일장춘몽 도박장에서 조금 떨어진 기루였다.

그 시각.

곽철은 기녀의 무릎을 베고 누워 노래를 부르고 있었다.

그리운 사람 그리며 홀로 누우니
쌓였던 걱정 씻기고 저 홀로 맑아지네.
이 마음 높이 나는 새를 그리워만 하는데
인연의 뜻은 멀리 깊은 정 전해주도다.

과연 노래와 풍류로 먹고사는 기녀마저 감동시킬 구슬픈 가락이었다.

노래를 마친 곽철이 기녀가 입에 넣어주는 술을 누운 채로 마셨다.

"홍아."

기녀의 이름은 홍이었다.

"네, 공자님."

"너는 사는 게 재밌냐?"

"호호호!"

홍이 재밌다는 듯 깔깔거렸다.

"나는 사는 게 재미가 없네."

"세상에 재밌어서 사는 사람이 몇이나 되겠어요. 호호호."

"그럼 너도 재미없냐?"

"뭐, 재밌을 때도 있고 죽고 싶을 만큼 슬플 때도 있지요. 하지만 공자님이 오신 날은 재밌어요. 호호호."

홍이 이번에는 안주를 곽철의 입에 넣어주었다. 곽철은 새끼 종달새처럼 잘도 받아먹었다.

"홍아, 너는 좋아하는 남자가 있느냐?"

"세상 남자들이 모두 제 서방이지요."

"하하, 과연."

"공자님이 좋아하시는 분은 어떤 분이세요?"

"왜 그렇게 생각하느냐?"

"…이런 질문을 하는 사내는 대부분 좋아하는 사람이 있거든요."

잠시 곽철의 눈빛이 깊어졌다.

또렷이 떠오르는 서린의 얼굴.

곽철이 고개를 가로저으며 홍의 허리를 감싸 안았다.

"나야 네가 있잖느냐?"

"호호호."

그때 옆방에서 와장창 상이 뒤집어지는 소리와 함께 기녀들의 비명소리가 터져 나왔다.

"또 싸움이 났나 보네요."

홍은 하루 이틀 겪은 일이 아닌지라 대수롭지 않게 말했다.

주먹질하는 소리가 점점 커졌다.

후다닥 누군가 복도를 달리는 소리가 들리는가 싶더니 사내 하나가 곽철이 있던 방문을 부수며 쓰러졌다.

"꺄악!"

홍이 깜짝 놀라 비명을 질렀다.

그 뒤로 털북숭이사내가 달려들었다.

"이 새끼! 오늘 죽어봐라!"

털북숭이가 사내의 몸에 올라타 마구잡이로 주먹을 날리기 시작했다.

퍽퍽.

쓰러진 사내의 코피가 터지고 볼이 부어올랐다.

팔로 머리를 받치고 모로 누워 그 일방적인 구타를 구경하던 곽철이 심드렁하게 말했다.

"짐승 같은 놈이군."

노골적인 시비였다.

털북숭이의 얼굴이 일그러졌다.

"넌 뭐야?"

"나야 보다시피 구경꾼이지."

"이 새끼가?"

털북숭이가 버럭 욕부터 내뱉었지만 함부로 덤벼들진 못했다.

이리 뜯어보고 저리 살펴봐도 그저 반반한 기둥서방처럼 보였지만 혹시라도 곽철이 강호인이 아닐까 하는 눈치를 살피는 것이었다.

그때 곽철이 다시 상대를 자극했다.

"이렇게 누워서 시비 거니까, 솔직히 겁나지?"

"……."

"아침 해장 거리도 안돼 보이는 놈, 확 밟아버려야 하는데 혹시 똥이라도 밟을까 걱정되지? 이렇게 누워 있다가 갑자기…….”

곽철이 비수라도 꺼내 던지려는 듯 재빨리 품 안에 손을 집어넣었다.

“으헉!”

털북숭이가 깜짝 놀라 물러서다 자신이 깔고 앉은 사내의 손에 걸려 엉덩방아를 찧고 넘어졌다.

곽철이 빈손을 좌우로 흔들며 털북숭이를 놀려댔다.

“헤헤. 뭔 사내놈이 그리 겁이 많아?”

털북숭이가 벌떡 일어나 이를 바득바득 갈았다.

사내를 올려다보며 곽철이 느물느물 일장설을 풀었다.

“겁나면 그냥 가. 하긴 요즘 세상 사내로 살아간다는 게 쉽지 않지. 석 달 열흘 공들여 꼬드긴 여자와 바람이라도 한번 쐬려면 꼭 건들건들 시비 거는 파락호 놈들이나 만나고 말야, 그 망할 놈들은 꼭 떼로 몰려다녀요. 그래도 어쩔 거야… 뻔히 죽도록 터질 것 알아도 그냥 내뺄 수 없는 게 사내잖아. 휴, 그놈의 자존심이 뭔지. 그나마 여자가 두들겨 맞은 상처에 약이라도 발라주며 잘 참았다고 자존심이나 챙겨주면 그나마 낫지, 꼴에 본 활극은 많아서 약한 남자 싫다며 엉덩짝이라도 걷어차면 그야말로 끔찍하지. 뭐, 이래저래 남자들만 불쌍하지. 자자, 그냥 가. 한 번쯤 남자 아니면 어때? 그래도 다들 잘만 살더라.”

“이익!”

분을 삭이지 못하던 털북숭이가 문득 한옆에 선 홍의 눈치를 살폈다.

홍은 긴장한 얼굴이었는데 분명 자신이 곽철을 때릴까 걱정하는 얼굴이었다.

"이 새끼가 수작을 부려?"

퍽!

털북숭이사내가 사정없이 곽철을 걷어찼다.

무기력하게 곽철이 엎어터지자 털북숭이는 지금까지 허풍에 속았다는 것을 확신했다.

"넌 이제 죽었어."

털북숭이가 곽철의 멱살을 잡고 일으켰다.

곽철은 아무 저항도 하지 않았다.

"미친개는 자고로 몽둥이가 약이랬지."

퍽! 퍽!

그 우악스런 주먹질에 곽철의 입술이 터지고 눈가가 찢어졌다.

옆에서 발을 구르던 홍이 보다 못해 달려들었다.

"하지 마! 새끼야!"

홍이 털북숭이의 팔에 매달렸다.

"이년이!"

털북숭이가 홍의 뺨을 후려치려고 손을 치켜들었다.

그때 곽철이 재빨리 말했다.

"여자 때리면 개쌍놈!"

"이익!"

그 말에 차마 홍을 때리지 못하고 다시 곽철을 두들겨 패기 시작했다.

퍽! 퍽!

얻어맞으면서 곽철은 웃고 있었다.

그것이 털북숭이를 더욱 자극하는 것을 알면서도, 맞기를 작정한 듯 곽철의 웃음은 멈추지 않았다.
결국 때리다 지쳐 버린 털북숭이였다.
"헉헉… 끈질긴 놈."
"헤헤헤."
털북숭이가 신경질적으로 곽철을 패대기쳤다.
"으하하하!"
곽철이 바닥에 누워서 통쾌한 웃음을 터뜨렸다.
두들겨 맞아서 오히려 후련한 얼굴이었다.
털북숭이가 원래 두들겨 패던 사내를 질질 끌고 방을 나가며 곽철에게 소리쳤다.
"에이, 미친놈! 퉤!"
그들이 사라지자 홍이 곽철 옆에 앉았다.
홍이 가만히 얼굴에서 흐르는 피를 닦아주었다.
"공자님은 참 이상한 사람이에요."
"헤헤헤. 아까 보니 꽤 의리있던데?"
"호호. 기녀의 의리를 우습게 보지 마세요."
홍은 이전부터 곽철에게서 뭔가 말 못할 사정을 느끼고 있었다.
그가 이렇게 기루에서 얻어맞고 다닐 사람이 아니란 것도 느끼고 있었다.
곽철이 제집처럼 기루에 살아도 단 한 번도 자신의 몸을 탐한 적이 없었다. 오히려 자신이 원했지만 곽철은 한 번도 자신의 유혹에 넘어온 적이 없었다.
홍은 곽철이야말로 진정한 풍류공자이면서, 동시에 풍류와 가장 거리가 먼 사내란 것을 알고 있었다.

홍이 부드러운 손길로 곽철의 상처를 만져 주었다.

그때 다시 아래층에서 퉁탕거리는 소리가 들려왔다.

"비켜라!"

기루의 이층으로 미친 소처럼 돌진한 것은 바로 일장춘몽 도박장의 도주였다.

계단을 내려오던 기녀들이 사뿐하게 그를 피했다. 아무도 놀라거나 하지 않는 것을 보아, 하루 이틀 있는 일이 아닌 것 같았다.

도주가 곽철의 방으로 뛰어들었다.

죽도록 얻어터진 곽철을 보며 도주가 인상을 찡그렸다.

"또 터졌네."

도주가 곽철을 냅다 업었다.

"또 놀러 올게!"

곽철이 도주의 등에 업혀 홍에게 손을 흔들자 그녀가 깔깔거리며 손을 흔들어주었다.

도주가 무서운 속도로 달리기 시작했다.

그에게 지금 시간은 목숨보다 소중한 돈이었다.

도주의 등에 업힌 곽철이 도주의 등에 얼굴을 비비며 장난을 쳤다.

"징그러워, 왜 이래!"

곽철이 다시 돌아왔을 때, 처음 한동안 도주는 곽철의 눈치를 살피느라 잠도 제대로 자지 못했다.

벽력패검 인후를 재기 불능이 되도록 두들겨 팬 곽철이 아니던가?

그러나 다시 돌아온 곽철은 전과 달랐다.

매번 시비가 붙으면 두들겨 맞기 일쑤였다.

혹시 큰 내상이라도 입은 것이 아닐까 조심스럽게 추측했지만 그렇다고 곽철을 함부로 대할 수는 없었다.

어쨌든 곽철의 이해할 수 없는 행동 때문에 오히려 지난 몇 달 사이 두 사람은 많이 친해졌다.

헉헉거리는 도주의 숨소리를 들으며 곽철이 넌지시 말했다.

"도주 어른."

"왜 그러나?"

"그 돈 다 벌어서 어디에 쓰려고 그러시오?"

"큼. 그걸 말이라고 하나? 요즘 애들 교육비가 얼마나 비싼지 알기나 하나? 물가는 하루하루 오르지, 또 세금은 얼마나 비싼지."

"세금은 속여서 조금만 내잖아요."

"……."

"그리고요?"

"딸자식 제법 반듯한 집에 혼례라도 시킬라면 요구하는 건 또 왜 그리 많은지."

곽철을 업고 달리면서도 도주는 용케 할 말을 다 하고 있었다.

"자식들 빼고는요? 가보고 싶은 곳 없어요? 먹고 싶은 건요? 사고 싶은 건요?"

"없어! 근데 자식을 왜 빼? 그 아이들이 내 전부야."

그러자 곽철이 다시 도주의 등에 얼굴을 가져다 대며 비벼댔다.

"도주 어른의 자식으로 태어나고 싶어요. 아버지. 아버지. 저도 남부럽지 않게 키워주세요."

"컥. 징그럽다니깐!"

이윽고 두 사람이 도박장에 도착했다.

문을 박차고 들어선 도주가 곽철을 바닥에 내던지며 소리쳤다.

"절대 지면 안 돼!"

바닥을 떼굴떼굴 구르던 곽철이 발딱 일어섰다.

"헤헤헤."

술 냄새가 풀풀 풍기며 몰골이 말이 아니었지만, 적어도 일장춘몽 도박장의 노름꾼들 사이에서 곽철은 영웅이었다.

"와아아아!"

"곽 공자다!"

곽철이 멋있게 노름꾼들을 향해 한 손을 번쩍 들었다.

"와아아아!"

곽철이 엉뚱한 짓에 정신을 팔자, 도주가 달려와서 곽철을 구석 탁자 쪽으로 밀어붙였다.

상대는 죽립을 깊게 눌러쓴 사내였다.

사내 앞에는 어느새 돈이 수북이 쌓여 있었고 도주는 그 돈들을 바라보며 벌벌 떨고 있었다.

곽철이 한숨을 내쉬며 나직이 말했다.

"그래요, 우리 조카 좋은 곳에 시집보내 봅시다."

곽철이 죽립사내 앞에 마주 앉았다.

"헤헤, 어르신. 제가 술이 아직 덜 깼습니다요. 그러니까 단판으로 승부를 짓는 게 어떻겠습니까요?"

그러자 죽립사내가 고개를 끄덕이곤 자신의 앞에 있는 돈을 모두 앞으로 내밀었다.

곽철이 주사위를 사발에 넣어 이리저리 흔들었다.

"큰 수로 갈까요?"

죽립사내가 묵묵히 고개를 끄덕였다.

"헤헤. 말이 없으신 분이군요."

곽철이 막 주사위를 던지던 그 순간이었다.

죽립인이 불쑥 말했다.

"철아."

곽철의 신형이 흠칫하는 사이 주사위가 탁자 위를 굴렀다.

삼. 오. 육.

곽철의 실력을 생각한다면 지금 그가 얼마나 놀랐는지를 잘 보여주고 있었다.

"이제 그만 놀고 가자!"

죽립사내의 목소리에는 웃음기가 묻어나고 있었다.

곽철의 어깨가 서서히 떨리기 시작해서 점차 그 떨림이 커졌다.

죽립인이 죽립을 벗자 그 속에서 기풍한이 환하게 웃고 있었다.

기풍한이 일어서며 탁자 위에 주사위를 던졌다.

육. 오. 오.

"이번 판은 내가 이겼다."

"으하하하하하!"

곽철이 미친 듯이 웃기 시작했다.

이미 곽철의 눈에는 눈물이 가득 고여 있었다.

자신의 눈가의 멍을 매만지는 척 눈물을 닦으며 투덜거렸다.

"망할… 오면 온다고 서찰이나 미리 주지. 쪽 팔리게."

기풍한이 어떻게 살아났는지는 따위는 묻지 않았다.

기풍한 뒤쪽의 구경꾼들 사이로 질풍조원들이 모습을 드러냈다.

그들이 곽철을 향해 차례대로 한마디씩 던졌다.

"오랜만이에요."

이현의 반가운 인사에 비해 비영은 무뚝뚝하게 한마디 툭 내뱉었다.

"멍청한 노름쟁이."

팔용은 품 안에서 꼬깃꼬깃 때가 묻은 서찰을 꺼내 들었다.

"흑흑, 철아. 매 소저에게 보낼 서찰 아직 다 못 썼다."

화노는 한심하다는 얼굴로 고개를 가로저었다.

"얼굴 꼬락서니하곤. 지금껏 네놈에게 처먹인 약이 아깝다, 이놈아!"

그리고 한 사람.

자신을 바라보는 서린의 변함없는 미소.

서린이 천천히 곽철에게 다가갔다.

곽철의 뺨을 매만지던 그녀가 다시 눈가의 멍을 만졌다.

두 사람이 말없이 서로를 응시했다.

서린의 눈가에 살짝 장난기가 스치던 그때였다.

"하지 마!"

곽철의 경고에도 이미 서린의 양손은 곽철의 양 볼을 잡아당기고 있었다.

"컥. 재미 붙였군!"

두 사람을 보며 모두들 미소를 지었다.

"아, 맞다. 잠시만 기다려요!"

곽철이 어디론가 뛰어가려 하자 팔용이 황급히 붙잡았다.

"어디 가?"

"두들겨 패줘야 할 놈이 있어! 망할 털북숭이 같으니라구."

그러자 기풍한이 미소를 지으며 말했다.

"우리가 진짜 두들겨 패줘야 할 놈은 따로 있지 않느냐?"

그 말에 곽철이 피식 웃었다.

비영이 곽철의 어깨에 손을 올리며 모처럼 미소를 지었다.

다른 쪽 어깨에 팔용의 두툼한 손이 올라왔다.

서린이 내민 주먹에 이현이 팔뚝을 가져다 부딪쳤다.

기풍한이 앞장서 걸어가며 힘차게 말했다.

"가자. 강호를 원래대로 돌려놓으러."

질풍조의 새로운 작전은 일장춘몽 도박장의 도주와 노름꾼들의 시원섭섭한 배웅을 받으며 그렇게 조용히 시작되고 있었다.

『일도양단』 6권으로 이어집니다